DUNKLE TAGE IM LICHT

DIE GEFANGENE

LENA KLEINE

Roman

Vorwort

Wir zwei Autorinnen haben uns wieder redlich darum bemüht, alle gängigen Klischees zu bedienen - und wir hatten unseren Spaß dabei. Wer unsere Bücher liest, sollte das akzeptieren können.

„Dunkle Tage im Licht" ist eine *fantastische (=fiktive),* erotische, harte, seichte, skurrile Liebesgeschichte über Unterwerfung, Rebellion und Verluste. Es ist eine abgeschlossene Geschichte mit 300 Taschenbuchseiten.

Für alle, die unsere Geschichte von der ausführlicheren Leseprobe (Blue - Dunkle Tage) her kennen, es sind zusätzliche Kapitel und mehr als das Doppelte (+ 170 Taschenbuchseiten) an Lesestoff hinzugekommen. Insgesamt hat das Buch ca. 54.000 Wörter.

1. Auflage

Umschlaggestaltung: Lena Kleine

Nacht

Die Tage waren düster und kalt geworden. Grau war die dominierende Farbe dieser Tage. Der Regen verwandelte sich immer häufiger in Hagel. Doch die Gestalt, die durch die Finsternis schritt, fühlte die beißende Kälte nicht, sie stolzierte im dünnen, hellgrünen Sommerkleid und Barfuß durch die Straßen. Ihr Haar und ihre Haut waren vom eisigen Dauerregen aufgeweicht. Aber selbst der aufkommende Schneesturm brachte sie nicht von ihrem Kurs ab, aber das mochte auch daran liegen, dass es kein Ziel gab. Sie irrte auf den einsamen Straßen umher, ohne zu wissen, wo und wann ihre Reise enden würde.

Das dunkle Make-Up des Mädchens verlief in ihrem blassen Gesicht und verdeckte ihre Schönheit unter den schwarzen Schlieren ihres Kajals.

Sie wankte, dann ging sie in die Knie. Es störte sie nicht, dass die Pflastersteine eiskalt waren und sich der Saum ihres grünen Kleides mit dem Schmutzwasser der Straße vollsog.

Mit gesenktem Kopf saß sie dort und lauschte der Dunkelheit der Nacht. Ihr war vom Alkohol, den sie in missbräuchlichen Mengen konsumiert hatte, schwindelig, aber nicht der Wodka war es gewesen, der sie in die Knie gezwungen hatte, sondern das Leben.

»Auch, wenn mir diese demutsvolle Position gefällt, ist es definitiv zu kalt, um halbnackt auf dem Boden zu sitzen«, ertönte eine dunkle Stimme und ein Mann im schwarzen Wollmantel tauchte vor dem leicht bekleideten Mädchen auf, »also komm, steh auf.«

Sie legte den Kopf in den Nacken und sah zu dem Störenfried auf, der so unvermittelt aus dem Nichts erschienen war und ihre selbstzerstörerische Hingabe an die Melancholie durchkreuzte.

In einer anderen Lebenslage hätte sie der Eindringling zumindest geängstigt, aber jetzt empfand sie seine Anwesenheit einfach nur als lästig. Daran konnten auch seine braungoldenen, wunderschönen Augen nichts ändern.

Zu ihrem absoluten Missfallen streckte er ihr auch noch erwartungsvoll seine Hand entgegen, um ihr aus dem Schlamm zu helfen.

Es war an der Zeit, ihren Helden unsanft aufzuklären, was sie von seiner Hilfsbereitschaft hielt.

»Verschwinde«, zischte sie und schlug den Arm ihres unerwünschten Retters fort.

»Nur mit dir zusammen.« Er lächelte trotz ihres undankbaren Verhaltens stoisch weiter.

Sie krallte ihre Finger in die nassen, dreckigen Pflastersteine, bis ihre Fingernägel brachen. »Verdammt, hau ab. Ich will deine Hilfe nicht. Kümmere dich um deine eigenen Angelegenheiten und verschwinde.«

»Marlene, mal abgesehen davon, dass du unhöflich bist, *bist du ein Bestandteil meiner Angelegenheit*«, tadelte er sie und ihr Gesicht ruckte erschrocken zu ihm hoch. Sofort studierte sie ihn genauer.

»Woher kennst du meinen Namen?«

»Na, weil ich weiß, wer du bist«, meinte er ruhig und ging in die Hocke. Sein warmer Atem kitzelte an ihrer eiskalten Stirn. Sie blinzelte ihn an und krabbelte ein paar Zentimeter von ihm fort, nicht weit, nur ein Stück, um ihn im Licht der Straßenlaterne besser sehen zu können.

»Haben wir uns schon mal gesehen, kennen wir uns?«

»Nein«, er lächelte sanft und sah dabei wunderschön aus. »Jedenfalls von deinem Standpunkt aus sind wir Fremde.«

»Hm«, stieß sie argwöhnisch aus und Atemwölkchen stiegen in die frostige Nachtluft hinauf. Es brannten ihr zwar weitere Nachfragen auf der Zunge, aber schließlich wollte sie die unerfreuliche Konversation so knapp wie möglich halten, daher blieb sie standhaft und ging nicht auf sein Spiel ein. Betont gelangweilt richtete sie lediglich ihre wichtigste Frage an ihn: »Was muss ich tun, damit du verschwindest?«

Er verfolgte jede Bewegung von ihr interessiert, dann glitt sein Blick über ihren zitternden Leib und aus der neutralen Miene wurde eine leicht besorgte. »Ich beobachte dich schon sehr lange, nicht alles, was ich gesehen habe, hat mir gefallen, aber so schlimm wie heute war es noch nie.« Seine hübschen, warmherzigen Bernsteinaugen verwandelten sich in harte Goldklumpen. »Du hast mich dazu gezwungen, in Erscheinung zu treten, obwohl die Zeit dafür noch nicht gekommen war.« Er seufzte. »Blue wird nicht erfreut sein, wenn ich ihm mitteile, was geschehen ist.«

Sie runzelte, ob der absurden Situation, ihre Stirn. Sie verspürte keine Angst, nur Unglauben und eine große Portion Ungeduld, sie wollte, dass der Kerl endlich verschwand.

»Na, das tut mir leid«, schnauzte sie verächtlich, »ich wollte den Voyeur nicht verärgern. Sorry. Musst dir wohl eine andere Frau zum Spannen suchen.«

Er schmunzelte. »Keine Sorge, Marli, mich hast du nicht verärgert, Blue hingegen schon!«

»Blue«, ätzte sie, »keine Ahnung was das für ein Typ oder was das für ein bescheuerter Name sein soll, aber jetzt hau endlich ab!«

Seine Hand schnellte plötzlich nach vorne und umklammerte schraubstockartig ihr Kinn, sein Griff war ungewöhnlich fest, selbst für einen Mann seiner kräftigen Statur. Erstaunt stöhnte sie auf, als er ihre Wangen mit Daumen und Zeigefinger zusammenquetschte, ohne dass er dabei besonders viel Kraft aufzuwenden schien.

»Aua, lass mich los«, nuschelte sie, denn eine verständliche Artikulation war Dank seiner Finger kaum möglich. »Oder ich schreie.«

Er sah sie durchdringend an. »Und dann?«

Verblüfft registrierte sie, dass er ihre Warnung nicht mal ansatzweise ernst nahm. »Ich tue es…«, flüsterte sie heiser in den prasselnden Schneeregen hinein. Der Fremde war inzwischen selbst schon vollkommen durchnässt, denn sein Wollmantel glänzte feucht und dunkel im fahlen Licht der Laterne.

Wieder huschte ein mysteriöses, wissendes Lächeln über seine wohlgeformten Lippen und seine Augen funkelten auf. »Dann schrei, schrei so laut du kannst. Weck die ganze Nachbarschaft auf, brüll dir die Seele aus dem Leib.« Er lehnte seinen Oberkörper nach vorne und legte seinen Mund an ihr Ohr. Seine nächsten Worte waren nur ein sachtes Wispern: »Los! Trau dich.«

Sie blieb stumm und er wippte nickend mit seinem Kopf. »Dachte ich es mir doch.«

Sie schluckte die Spucke ihre brennende Kehle hinunter, denn durch ihre Wanderung im Freien hatte sie sich leichte Halsschmerzen zugezogen. Das hellgrüne Kleid klebte an ihrem Körper und gab inzwischen mehr preis, als dass es verbarg. Ihre Rundungen zeichneten sich sanft unter dem durchscheinenden Stoff ab, sodass allein ihr dunkles, langes Haar ihre Brüste und ihre Nippel verdeckte.

»Marlene, ich bin gekommen, um dich zu holen. Gehst du freiwillig mit oder soll ich nachhelfen?« Seine Stimme klang selbstsicher und fest. Er scherzte nicht.

Sie hob ihre Lider und erwiderte den strengen Blick des Fremden, der noch immer ihr Kinn umschlungen hielt und es anscheinend auch nicht sobald freigeben wollte.

Wieder schluckte sie. Unwohl biss sie auf ihre Unterlippe und versuchte, nicht in seine braunen, stechenden Augen zu schauen. Er war ihr unheimlich, obwohl sie keine Angst verspürte, denn schließlich war sie aufgebrochen, um dem Tod zu begegnen. Nur hatte sie nicht damit gerechnet, ihm in Menschengestalt gegenüber zu treten.

Seine Hand glitt nun doch von ihrem Gesicht, aber sie verweilte weiterhin in Marlenes Nähe.

»Dein Zögern werte ich als deine Zustimmung«, meinte er lapidar und ohne, dass sie überhaupt realisierte, was passierte, hatte er sie schon am Oberarm gepackt, war selbst aufgesprungen und hatte sie dabei vom Boden aufgeklaubt.

Zitternd stand sie neben ihm, aber sie bibberte nicht aufgrund seiner rüden Behandlung, sondern vor Kälte. Es war eine Körperreaktion, die sie gerne abgestellt hätte, aber wozu sie nicht fähig war. *Leider.* Sie hoffte, der Kerl würde sich nicht einbilden, dass sie ihn fürchtete.

»Ich gehe nicht mit dir mit«, schnaubte sie unwillig, aber deutlich, nachdem er endlich ihren Kiefer losgelassen hatte und sie wieder frei sprechen konnte, auch wenn sich dafür nun seine Finger tief und grob in ihren Oberarm gruben.

Er schenkte ihr einen gelangweilten Seitenblick. »Doch, das wirst du.«

Sie riss vergeblich an seiner Hand, aber alles Rütteln half nichts, er hielt sie eisern fest, dabei rührte er seinen Körper keinen Zentimeter fort, sodass sie bald an seiner Menschlichkeit zweifelte.

»Lass mich los«, keuchte sie und bohrte ihre eingerissenen Fingernägel in seinen Unterarm, um ihn zur Aufgabe zu bewegen, aber er sog nur scharf die Luft ein und hielt sie weiterhin fest.

Nach einigen Minuten, in denen sie erfolglos gekämpft und gezerrt hatte, kam sie zur Ruhe. Langsam atmete sie die kalte Nachtluft ein und drehte ihm ihr Gesicht zu.

»Was hast du vor?«

Wieder erntete sie nur einen missbilligenden Seitenblick, der angefüllt war mit Verachtung. »Dich mitnehmen. Das habe ich dir doch schon gesagt.«

Sie verdrehte ihren Hals und starrte in die Dunkelheit hinein. »Und warum stehen wir dann hier?«

»Wir warten auf Master Blue. Ich habe ihm gerade Bescheid gegeben, dass du in meiner Obhut bist. Er wird gleich da sein.«

»Wie?«, verdattert runzelte sie ihre Stirn. »Du hast mit niemandem gesprochen. Was redest du denn da für einen Quatsch?!«

Er seufzte aus voller Brust auf, sein Oberkörper hob sich unter dem nassen Wollmantel deutlich an. »Du musst wirklich noch viel lernen, Marli.«

»Nenn mich nicht so! Das darf niemand.«

»So?« Er zuckte belanglos mit seinen Schultern. »Es ist sowieso nur ein irdischer Name, ich verwende ihn nur, um dir einen Gefallen zu tun. Meinetwegen können wir gerne darauf verzichten.«

Irdisch?! Langsam wurde es Marlene doch klamm ums Herz. Sie fürchtete den Tod nicht, denn sie war auf die Straße gegangen, um zu erfrieren, aber sie wollte ganz sicher nicht in den Händen eines Irren sterben. Denn zwischen gewissen Todesarten lag nun mal ein himmelsweiter Unterschied und den Luxus der selbstgewählten, wahrscheinlich schmerzfreieren Methode wollte sie sich nicht nehmen lassen.

»Hör mal zu, ich biete dir einen Deal an«, säuselte sie und zupfte mit ihren Fingern die Träger ihres Kleides herunter. Der durchtränkte Stoff klebte jedoch fest an ihrer Haut, sodass lediglich ihre Schultern freigelegt wurden. Verdrießlich zog sie an der widerspenstigen Seide, um auch ihren Oberkörper zu entblößen. »Du darfst mich betatschen, dann lässt du mich endlich in Ruhe.« Sie reckte ihr Kinn in die Höhe, um ihm zu signalisieren, was sie von ihm Wicht hielt. »Wenn du darauf stehst, dass die Frauen vor dir Angst haben, dann kann ich dir das auch gerne vorgaukeln…«

Batsch. Die Ohrfeige traf sie überraschend und unvorbereitet. Das Klatschen hallte durch die dunkle Gasse und Marlene schniefte vor Schreck auf. Bevor sie den nächsten Hieb abwehren konnte, hatte er die gleiche Stelle noch einmal erwischt. *Batsch.*

»Zieh dich wieder an«, sagte er trocken und gefährlich leise.

Sie hielt sich ihre pulsierende Wange. Der Schmerz war nicht überwältigen schlimm, aber die Scham sorgte augenblicklich dafür, dass ihre Augen feucht wurden. Tränen vermischten sich mit den Regentropfen auf ihrer Haut.

Und plötzlich wischte der Fremde mit seinem Daumen behutsam über ihr Unterlid.

»Du weinst«, meinte er betroffen und sofort wurde seine Miene weich. »Habe ich dir etwa wehgetan?«

»Nein«, knurrte sie und versuchte, ihre Verletzlichkeit mit einem bösartigen Zähneblecken zu überspielen. Innerlich heulte sie wie ein Schlosshund.

Doch ihre Aufmerksamkeit verweilte nicht lange auf ihrer Person, denn am Ende der Straße tauchte ein großer Mann auf, der ebenfalls in einen dunklen Mantel gehüllt war. Mit ausgreifenden Schritten kam er näher und Marlene brachte es nicht fertig, ihre Augen von dem Fremden zu wenden. Seine Augen und seine Haare schimmerten in einem dunklen Marineblau, dass selbst fähig war, die Dunkelheit der Nacht zu durchbrechen. Seine Gangart war elegant und geschmeidig, seine Aura strahlte eine unerschütterliche Selbstsicherheit aus. Der Mann fürchtete keine Konkurrenz.

Mit offenem Mund und klopfenden Herzen verfolgte sie, wie er mit einem energischen Schritt den letzten Meter überwand und vor ihr zum Stehen kam. Sie musste den Kopf weit in den Nacken legen, so groß war der Fremde. Regen tropfte unangenehm in ihre geweiteten Augen, als sie zu ihm aufschaute. »Blue«, hauchte sie. Sein Name war Programm, nie zuvor hatte Marlene ein derartig intensives, reines, klares Blau zu Gesicht bekommen.

»Ich sehe schon, ich muss mich nicht mehr vorstellen«, erwiderte er im rauen Tonfall ihre ungewollte Begrüßung.

Sie leckte über ihre trockenen Lippen, die trotz des vielen Wassers, das unaufhörlich vom Himmel fiel, aufgesprungen waren. Ein magisches Leuchten umgab seinen Körper und ein eigenartiges Kribbeln überzog ihre Haut, als er näher rückte und nur noch wenige Zentimeter von ihr entfernt stand. Die Luft war elektrisiert von seiner Anwesenheit, doch zu ihrer Enttäuschung galt seine Aufmerksamkeit nur kurz ihr, dann seinem Kumpel, der sie hart am Oberarm festhielt.

»Sarsal, wieso hast du Kontakt mit ihr aufgenommen? Habe ich dir das erlaubt?« Der Angesprochene sank zusammen, seine Schultern fielen nach vorne und er senkte reumütig sein Haupt. Es erstaunte Marlene, wie der vermeintlich harte Kerl im Beisein des Fremden verändert wirkte. Er war nur noch ein Schatten seiner selbst. Aber genau diese Veränderung bewies ihr, dass Blue nicht zu unterschätzen war. Wenn sie vor einem Psychopathen fliehen sollte, dann wohl vor ihm.

»Master Blue, es war notwendig, einzugreifen. Das Gefäß läuft Gefahr, uns verloren zu gehen.«

Der große Mann verengte seine Augen und plötzlich fühlte Marlene sich im Fokus seines Interesses nicht mehr wohl. Vor wenigen

Minuten hatte sie seine Aufmerksamkeit noch herbeigesehnt, jetzt aber wäre sie gerne im Nichts verschwunden, denn seine Musterung verlief kalt und fachmännisch.

»Ist sie denn schon bereit?«, wollte er schließlich nach einer langen Zeit wissen, in der er sie eingehend studiert hatte. Doch bevor Sarsal antworten konnte, winkte er ab. »Nein, du hast richtig entschieden, wir werden sie mitnehmen müssen, dann ziehen wir das Ritual eben vor.«

»Ritual?«, flüsterte Marlene mit erstickter Stimme. Ihre Beine wurden butterweich und drohten nachzugeben, aber Sarsal hielt sie gewaltsam aufrecht.

Blue lächelte, aber es war kein freundliches Lächeln, sondern ein analytisches, berechnendes Grinsen. »Du hast dafür gesorgt, dass wir dich holen müssen, jetzt musst du auch für das Ritual bereit sein. Also sei ein liebes Mädchen und folge uns, dann bin ich vielleicht auch ein netter Kerl.«

Das mit dem *netten Kerl* glaubte sie ihm nicht. Sie sah sich eher mit einem Messer in der Brust, tiefen Schnittwunden und verblutend auf einem Altar liegen.

Sie wandte ihren Arm in Sarsals Griff und öffnete ihren Mund zum Schreien. Lieber brüllte sie nun doch die ganze Nachbarschaft wach und riskierte ins Krankenhaus eingeliefert zu werden, als mit den zwei offensichtlich verrückten Männern zu gehen.

»Na, na, na«, erscholl es sofort, bevor überhaupt ein Laut ihre Lippen verlassen hatte und eine harte Männerhand legte sich über ihren Mund. »Die Chance hast du leider verpasst.« Es war Sarsals höhnische Stimme gewesen und auch seine Hand, die ihren Hilfeschrei im Keim erstickte. Er musste ihre Gedanken gelesen oder ihr Verhalten genausten beobachtet haben.

Sie gurgelte auf, als er sie mit einem knappen Ruck an seinen Oberkörper zog und ihren Kopf fest gegen seine Brust drückte.

»Bleib ruhig, reize Blue nicht«, raunte er in ihr Ohr, während er laut wiederholte. »Halt deinen Mund oder ich tue dir weh.«

Fremde Welt

»Blue meldet, ein Gefäß geerntet zu haben.«

Ein bärtiger Mann mit grauen Augen blickte zu dem jüngeren Informanten auf.

»Weiblich oder männlich?«

»Ein Erdenmädchen«, meinte der Andere erfreut und seine blassen Wangen röteten sich.

»Hm…Erde? Nun gut.«

»Ja, nicht die beste Herkunft, aber dafür ein weibliches Gefäß.«

Der Ältere musterte sein Gegenüber genau. »So wie du dich freust, nehme ich an, dass du zusammen mit Master Blue die Vereinigung übernehmen wirst?«

»Das ist der Plan«, meinte der Andere verschmitzt und sein Gesicht leuchtete mit seinen roten Rubinaugen um die Wette.

Der Ältere schien weniger begeistert, denn seine Miene blieb fast unbewegt. »Dein erstes Erdenmädchen?«

Nun wurde Reds Ausdruck steif und die Vorfreude wurde mit jedem Atemzug weniger. »Nein, aber seit dem Vorfall mit Master Blue und seinem Gefäß…«, er rang gequält nach den passenden Worten, brach dann aber ab. »Es ist einfach schon lange her.«

Der Grauhaarige deutete ein Nicken an. »Ich verstehe. Was weiß man über Master Blues Wahl?«

Der Rothaarige zuckte mit seinen Schultern. »Er hat sie nach den strengen Kriterien der Magie ausgewählt. Sie ist ein stabiles Gefäß, das das heilige Licht in sich aufnehmen kann.«

»Irgendwelche Komplikationen oder Risiken bekannt?«, fragte der Ältere den Jüngeren routiniert ab.

Jetzt zögerte Red kurz, doch dann zwang er sich ein Lächeln auf die Lippen. »Nein, Master Tiefgrau.«

»Dann viel Glück. Die Erlaubnis zum Öffnen der Schleuse sei euch hiermit von Gremium erlaubt. Bringt den Fang nach Hause.« Er klang gelangweilt.

»Ja, Herr Vorsitzender. Ich werde sie zum Portal bringen.«

Master

Sie folgte den Männern nicht freiwillig, sondern gezwungenermaßen zu einem kleinen, unscheinbaren Auto, das am Straßenrand parkte. Eine dritte Person stand vor der geöffneten Fahrertür und winkte den Ankommenden zu. »Sarsal, Master Blue«, rief er mit gedämpfter, unterdrückter, aber freudiger Stimme, »habt ihr sie gefunden?«

»Ja«, erwiderte Blue »wir haben das Mädchen«, aber er klang nicht sehr erfreut über die Tatsache, dass sie nun in ihren Fängen war. Marlene konnte es ihm nachempfinden, sie wäre jetzt ebenfalls gerne ohne Begleitung unterwegs gewesen. So musste sie aber Vorlieb mit den seltsamen Männern nehmen, die ihr mehr Angst einjagten als der Tod.

Als sie näher kamen, konnte Marlene in der Dunkelheit den jungen Mann, der sie beinahe vergnügt und voller Neugierde betrachtete, immer besser wahrnehmen. Aber im grauen Schleier der Nacht bemerkte sie erst seine ungewöhnliche, tiefrote, feurige Augen- und Haarfarbe, als sie direkt vor ihm stand. Es befremdete sie zutiefst, denn auch als sie einen sehr genauen Blick in seine Pupillen wagte, waren keine Kontaktlinsen zu erkennen. Sie erschauderte daher, als der junge Mann nach ihrer Schulter griff und ihr zaghaft über den Hals strich.

»Oh, Master Blue, ich bin ja so aufgeregt«, hauchte er und seine Finger spielten mit ihrem Haar, während sie einfach nur regungslos dastand und verwundert blinzelte. Langsam begann sie, an der Realität zu zweifeln. Sollte sie etwa doch schon verstorben sein und diese kruden Figuren entsprangen ihrem dahinscheidenden Geist? Möglich wäre es.

Baff von der ungewöhnlichen Erscheinung des glutäugigen Mannes reichte sie ihm sogar ihre Hand, als er seine zum Gruß entgegenstreckte.

»Ich bin Red. Und du bist die kleine Marli, richtig?«

Sarsal fiel ihm spöttisch ins Wort. »Sie möchte nicht mehr so genannt werden.« Ein abfälliger Zug umspielte seine Mundwinkel. »Und ich finde es ebenfalls eine gute Idee, sie nicht bei ihrem irdischen Namen zu rufen.«

Der Rothaarige zuckte gelassen mit den Schultern, dann lächelte er. »Ist ihre Farbe denn schon bekannt?«

»Nein«, beantwortete Blue seine Frage schlicht und knapp gehalten.

Reds Tonfall wirkte sichtlich enttäuscht. »Schade.« Doch dann hellte sich seine Miene auf. »Dann ist sie ja eine richtige Wundertüte.«

Der Blauhaarige seufzte tief auf. »Deinen Enthusiasmus hätte ich gerne.« Dann wechselte er das Thema. »Ist das Tor vom Rat geöffnet worden?«

Der Rote nickte eifrig. »Ja, in der Nähe eines verwilderten, verlassenen Waldes, damit keine neugierigen Menschen es zufällig entdecken.«

Plötzlich fixierten Blues dunkle Augen wieder Marli, die erschrocken zurückwich, als sie erneut im Fokus des unheimlichen Mannes stand. Bis jetzt hatte sie interessiert der Konversation der Männer gelauscht und dabei glatt vergessen, dass sie das Objekt war, über das man derart belanglos plauderte. »Du«, blaffte er, »steige in den Wagen.«

»Nein«, widersetzte sie sich ihm mutig, aber Blue zauderte nicht lange und legte seine schwere, eiskalte Hand auf ihr Genick.

»Es ist nur ein Befehl meinerseits, ob du ihn freiwillig befolgst oder nicht, ist mir gleichgültig, aber wenn du gehorchst, bin ich später bereit, gnädiger mit dir zu sein. Aber in das Auto wirst du auf jeden Fall steigen.« Sein Griff in ihrem Nacken wurde eine Spur härter. »Wie entscheidest du dich?«

Sie stöhnte gepeinigt auf, als seine Finger in ihre Nackenmuskulatur drangen und sie empfindlich quetschten. »Lass mich los«, knurrte sie und gab ihm damit lediglich eine Interpretationsmöglichkeit: *Sie würde seinem Befehl nicht Folge leisten.*

Doch wider ihrer Erwartung lächelte der Kerl. »Nein?«, hakte er gefährlich liebenswürdig nach. »Bist du dir da sicher? Denn wenn du später deine Meinung revidieren oder gar bereuen solltest, wird dein Betteln auf taube Ohren stoßen.« Seine Tonlage sank tiefer. »Das ist deine letzte Chance…« Er sah abwartend auf sie hinab, während er ihren Hals schmerzhaft umklammert hielt. »Triff deine Wahl weise.«

Sie sprang wütend zur Seite und befreite ihren Nacken so aus dem Griff des Mannes, der sie nur weiterhin sanftmütig anschaute, auch als er leicht nickte und raunte: »Wie ich sehe, hast du deine Entscheidung getroffen.«

»Wenn ich das nicht träume, dann seid ihre alle Irre…«, keuchte sie.

»...die man nicht ärgern sollte«, vollendete Blue ihren Satz mit einem charmanten, aber eiskalten Lächeln. Gleichzeitig öffnete er die Hintertür des Wagens und machte eine auffordernde Geste, die aber nicht ihr, sondern Sarsal galt, der seitlich neben ihr stand.

Sie wurde von zwei harten, festen Händen gepackt, während Blue ihren Kopf nach unten drückte, damit sie ihn nicht am Autodach stieß. Sie schrie schrill und gellend auf und tatsächlich erhellten sich ein paar Fenster in den umliegenden Häusern.

»Verdammt, das nervt«, grollte der Blauhaarige Sarsal an, der sofort reagierte und ihr mit seiner Hand den Mund verschloss, was aber zur Folge hatte, dass er nur noch eine Hand dafür nutzen konnte, sie ins Auto zu verfrachten.

Sie trat nach dem Leib hinter ihr aus und erntete ein gedämpftes Aufstöhnen. Sie hatte ihn getroffen. Doch die Freude über ihren Triumph währte nicht lange, denn Blue unterband ihren Widerstand mit brutaler Gewalt. Ohne Umschweife packte er sie am Schopf, ganz dicht an den Haarwurzeln, und riss ihren Kopf herum.

Der Schmerz raubte ihr den Verstand, sie Begriff nicht, wie ein simpler Griff, sie derart peinigen konnte. Es war, als würde er ihr einen Eiszapfen durch die Kopfhaut direkt ins Gehirn bohren.

»Du dummes Ding«, fauchte er blechern, »denkst du wirklich, du hättest eine reelle Chance gegen uns?« Er schüttelte seinen Kopf. »Nein, wir haben uns bis jetzt einfach nur zurückgehalten, aber wir können auch ganz anders. Wir können dir solche Schmerzen bereiten, dass du nur noch sterben willst, was wir aber nicht erlauben werden. Wenn wir wollen, erlebst du die Hölle ohne Aussicht auf Erlösung. Ist das in deinem zickigen Geist angekommen, oder möchtest du eine Kostprobe haben, hm?!« Die Drohung in seinen Worten war authentisch. Sie glaubte es ihm auf unerklärliche Weise sofort.

»Nein«, gab sie leise Auskunft. »Ich habe keine Chance gegen euch.«

»Dann beweis mir, dass du es kapiert hast und steige ein.«

Obwohl sie freiwillig in den Wagen kletterte, wurde sie von Blue förmlich hineingestoßen. Er folgte ihr auch sofort ins Innere und nahm neben ihr Platz, während von der anderen Seite der Rothaarige einstieg. So saß sie zwischen den beiden Männern eingekeilt und fragte sich, wie sie in eine solche Situation hatte geraten können. Während Blues Körper eine eisige Kälte ausströmte, entfachte Red eine Gluthitze. Sie fror und schwitzte gleichzeitig.

Nervös drehte sie ihren Kopf. Beide Männer schienen sie zu ignorieren, während Sarsal den Wagen startete und steuerte.

»Wohin bringt ihr mich?«, durchbrach sie zögernd die gespenstische Stille im Wageninneren.

Reds Ellenbogen knuffte unsanft in ihren Rippenbogen. »Du bist ein Gefäß, es ist dir nicht erlaubt, zu sprechen, solange du dazu nicht aufgefordert wirst.«

»Ein Gefäß?«, staunte sie und vergaß dabei gleich das auferlegte Sprechverbot, was sie mit einem herben Schlag auf ihren Nacken büßte.

»Was hast du an Master Reds Befehl nicht verstanden?!«, donnerte Blue, der ihr auch den Hieb versetzt hatte. »Du sollst still sein.«

Ein Gefäß. Falls sie wirklich einem Sterbetraum nachhing, war ihre Fantasie bis zum Schluss äußerst kreativ. Missmutig rieb sie mit ihrem Zeigefinger über die pochende Stelle an ihrem Hals. Die getroffene Haut tat für einen Albtraum verdammt weh.

In der Hoffnung bald auf der verschneiten Straße aufzuwachen oder auch dort endgültig zu versterben, ließ sie sich in die Polster der Rückbank sinken. *Das war alles nicht real.*

Sie fuhren eine gefühlte Ewigkeit und ihr Körper zitterte vor Kälte und Hitze zugleich. Es war als würden ihre Körperhälften verschiedenen Temperaturen ausgesetzt sein. Ihre linke Seite wurde gekocht, während sich ihre rechte Hälfte in der Antarktis befinden musste. Ihr wurde schummrig vor Augen, das Chaos der unerklärlichen Klimazonen setzte ihrem Kreislauf empfindlich zu.

Sarsal, der sie im Rückspiegel aufmerksam beobachtete, räusperte sich, dann meinte er zu den zwei Männern gewandt. »Master Blue, Master Red, ich glaube, das Menschenkind ist noch nicht stark genug, um eure Magie zu ertragen.«

Der Blauhaarige und der Rothaarige sahen synchron zu ihr hinab. Verdutzt wich erst Blue, dann Red von ihr zurück, sodass endlich das Temperaturchaos auf ihrer Haut abebbte. Erleichtert atmete sie ein, ihr Herzschlag und Atmung normalisierten sich langsam, aber stetig wieder.

Blue musterte ihre glasigen Augen. »Nach dem Ritual wird es leichter für sie werden…«

Red sog die Luft ein. »Wenn sie es übersteht. Wir haben sie schließlich viel zu früh geholt.«

Der Blaue lächelte geheimnisvoll und warf seinem Freund einen komischen, verschleierten Blick zu. »Keine Sorge, das wird sie. Wir müssen sie nur gut darauf vorbereiten.«

Die unheimlichen Andeutungen wurden für Marlene zu viel, ohne nachzudenken oder einen ausgeklügelten Fluchtplan zu haben, warf sie ihren Körper nach vorne, genau zwischen die Mittelkonsole und wollte nach vorne krabbeln. Sie wollte weg. *Nur weg, egal ob das ein reales Szenario war oder eben nicht.* So hatte sie sich das Sterben nicht vorgestellt. Panisch trat sie nach den Händen, die sie greifen und zurückbefördern wollten. Sie strampelte kreischend die Klauen ab, traf abwechselnd auf heiße oder kalte Haut und hielt ihre Gegner auf Abstand. Mit Tränen in den Augen krallte sie ihre Finger in das Polster des Vordersitzes, als kühle Finger ihre Hüfte mit aller Gewalt umklammerten und sie unerbittlich nach hinten auf die Rückbank gezogen wurde. Während ihr Leib über die Mittelkonsole geschleift wurde, beugte sich plötzlich Red über sie.

»Scht«, beruhigte er sie und schlang gleichzeitig seinen Unterarm um ihre Kehle. »Sei ein braves Mädchen, dann muss ich dir auch nicht wehtun.«

Aber seine warnenden Worte, unter dem Deckmantel der Freundlichkeit versteckt, erreichten ihren panischen Verstand nicht. Sie holte aus und bohrte ihren Ellenbogen tief in seine Eingeweide. »Lasst mich los«, forderte sie dabei fauchend und brüllend, aber natürlich kamen sie ihrer Aufforderung nicht nach, sondern hielten sie noch unerbittlicher fest.

Red spannte nur einen minimalen Teil seiner Muskeln an und ihr blieb die Luft weg. Langsam zog er seinen Arm immer dichter um ihren Hals und verstärkte so den Druck auf ihre Halsvenen. Sie hörte, ihr eigenes Blut in den Ohren rauschen, gleichzeitig war sie krampfhaft bemüht, ihren Nacken so zu drehen, dass genug Blut ihr Gehirn erreichen konnte. »Aufhören…«, schniefte sie schließlich, als sie resigniert feststellen musste, den Männern hoffnungslos unterlegen zu sein. »Bitte.«

»Jetzt bettelst du schon?«, kam es schneidend aus Reds Mund. »Ich habe noch nicht einmal angefangen, dich für dein Fehlverhalten zu bestrafen.«

Bunte Sterne tanzten vor ihren Augen. Sie hatte inzwischen das Polster losgelassen und zerrte mit beiden Händen verzweifelt an dem muskulösen Unterarm, der sie aber nicht freigeben wollte. Red nutzte ihre momentane Hilflosigkeit und zog sie zurück und an seinen Körper. Hitze durchflutete Marlene, als sie mit noch mehr Körperteilen von dem Mann in Berührung kam.

»Halt still, dann lass ich dich los«, zischte er in ihr Ohr. Sie nickte heftig mit ihrem Kopf und tatsächlich - sie hätte nicht damit gerechnet - gab er sie frei. Sie sank sofort erschöpfte vorneüber und hustete. Blues Hand strich derweilen über ihren Rücken und machte so das glühende Brennen erträglicher. Seine Kälte tilgte die Hitze.

»Atme ruhig. Ein und aus«, wies sie Blues dominante Stimme harsch an, als sie auch noch nach Minuten nach Luft rang. Sanft klopfte er auf ihr Rückgrat und gab somit den Takt ihres Atemflusses vor. Dann hörte sie seine Stimme. »Sarsal, gib mir die Decke, die auf dem Vordersitz liegt, für heute kam sie mit genug Magie in Kontakt. Ich habe das Gefühl, ihr Körper ist völlig überfordert!«

»Ja, Master Blue.« Eine weiche Wolldecke wurde nach hinten geworfen und landete über Marlenes Oberkörper.

»Wickel dich darin ein«, sagte der Blauhaarige, »dann wird es dir schnell besser gehen.«

Müde, erschöpft und verweint gehorchte sie dieses Mal klaglos und schlang den Stoff über ihren Leib, sodass endlich die Hitze und Kälte abnahm.

»Besser?«, wollte Blue wissen, dabei war sein Ton neutral und nicht besorgt. Es lag ihm nichts an ihrem Wohlergehen, sondern nur daran, dass sie heil ankam, wohin man sie auch immer bringen würde.

»Ja.«

»Schön«, kommentierte er ihre Aussage. »Dann wirst du jetzt auch stark genug sein, wenn ich dir sage, dass ich dir leider die Augen verbinden muss, da wir uns unserem Geheimversteck nähern.«

Sie ruckte zu Blue herum, der sie aus ausdruckslosen, tiefblauen Augen musterte. In seiner Mimik lag eine stumme Warnung, die sie sofort registrierte. Es war ihr klar, dass wenn sie rebellierte, er ihr Schmerzen zufügen würde. Da sie immer noch mit einer unbestimmten Übelkeit und Schwäche zu kämpfen hatte und ihr nicht mehr genug Kraftreserven zur Verfügung standen, nickte sie nur ergeben.

»Lehn dich zurück, entspann dich und schließ die Augen«, befahl der Blauhaarige sofort, nachdem sie ihr wortloses Einverständnis gegeben hatte. Auch hier kam sie seiner Aufforderung unmittelbar und zügig nach. Schwärze in Form einer dunklen, samtigen Augenbinde legte sich über sie. Kurzdarauf folgten Kopfhörer und sie war - bis auf ihren Tast- und Geruchsinn- vollkommen von der Außenwelt abgeschnitten. Unruhig wartete sie auf den geheimnisvollen Zielort, an dem man ihr wahrscheinlich endlich offenbaren würde, was man mit ihr vorhatte. Doch Blues Zeitempfinden schien gravierend von ihrem abzuweichen, denn sie fuhren fast noch einmal die gleiche Strecke, sodass sie jegliche Orientierung verlor.

Dann hielt der Wagen plötzlich an und ein eiskalter Lufthauch verriet ihr, dass die Türen des Fahrzeugs geöffnet wurden. Jemand nahm ihr die Kopfhörer ab.

»Steig vorsichtig aus, ich halte dich«, erscholl Reds jugendliche Stimme.

Ihre Beine und Knie bebten so furchtbar im Angesicht der erwarteten Gräueltaten, dass sie es nicht schaffte, auszusteigen.

»Du hast Angst, nicht wahr?«

Mit staubtrockener Kehle brachte sie nur ein gekrächztes »Ja« zustande.

»Wir waren sehr grob zu dir«, entschuldigte sich Red, »aber du brauchst dich nicht zu fürchten, wir wollen dir nichts antun.« Seine Hand strich ganz kurz über ihren Oberarm und hinterließ ein heißes Kribbeln. »Komm jetzt raus.«

Behutsam tastete sie sich vorwärts und aus dem Auto hinaus. Die Decke rutschte dabei von ihrem Leib und die kalte Luft umspielte ihren Körper. Aber die Kälte währte nicht lange, denn Reds Hand, die sich um ihren Oberarm schlang, entfachte augenblicklich ein heißes Fieber in ihrem Körper.

Ungerührt ihres Stöhnens und der Tatsache, dass sie das Gefühl hatte, innerlich zu verbrennen, wurde sie von ihm über einen Kiesweg geschleift. Sie stolperte, er riss sie wieder hoch, aber es war zu spät. Sie hatte sich schon ihre Knie an den spitzen Steinen aufgeschlagen, aber auch hier kam kein Wort des Trostes, sondern nur eine scharfe Zurechtweisung.

»Pass doch auf! Dummes Mädchen!«

Sie zweifelte inzwischen an der Aufrichtigkeit des jungen Mannes. Wahrscheinlich war seine warme Ansprache zuvor lediglich eine Finte gewesen, um sie unkompliziert aus dem Fahrzeug zu locken. Wieder konnte sie ein starkes Zittern nicht unterdrücken.

Eine Tür wurde geöffnet und der Geruch von Lavendel umhüllte beruhigend ihre Sinne. »Achtung, Stufen«, ertönte seine vertraute Stimme. Sein Griff wurde härter und er bugsierte sie eine kleine Wendeltreppe hinauf. Als sie über eine Stufe stolperte, war er dieses Mal vorbereiteter und hielt sie am Kleid fest, sodass sie nicht fallen konnte. Ungeduldig stellte er sie wieder auf die Beine. »Weiter«, kommandierte er barsch und schob sie von hinten an.

»Bitte nicht anfassen«, keuchte sie, denn die Wärme nahm inzwischen ein unerträgliches Ausmaß an. »Ich verbrenne.«

»Ich glaube«, erwiderte er gelangweilt, »Blue hat dich vorher ausreichend gewarnt, dass, wenn du nicht kooperierst, wir auch keine Rücksicht auf dich nehmen werden. Er hat dir die Wahl gelassen, die du nun auch ausbaden wirst. Finde dich damit ab, leiden zu müssen.«

Sie schluckte. Dann verdrängte sie ihren Stolz und ihre Würde, denn die Qual des Verbrennens suchte sie heim. »Bitte, ich habe mich entschieden, euch zu gehorchen. Ich werde alles tun, was ihr wollt. Nur bitte, nicht berühren. Ich kann nicht mehr.« Den letzten Teil hatte sie unter Tränen hervorgebracht. Doch ihre seelische Verfassung schien keine Wirkung auf ihn zu haben, denn es folgte nur ein spöttisches Lachen.

»Nein, ein Gefäß lernt am besten, wenn es die Konsequenzen seines Handelns weiß und kennt. Du machst gerade einen wichtigen Lernprozess durch, den ich nur ungern unterbrechen möchte.«

»Aber ich habe es doch verstanden und außerdem hast du versprochen, mir nichts zu tun«, heulte sie unter brennenden Schmerzen.

Plötzlich zog er seine Hände von ihrem geschundenen Körper zurück. »Nein, meine Kleine, du hast überhaupt nichts begriffen, aber ich werde heute nachsichtig sein, denn es ist schließlich das erste Zusammentreffen, welches du mit uns genießen durftest. Man könnte sagen, du wusstest tatsächlich nicht, was dir blüht, wenn du nicht artig bist. Und mein sogenanntes Versprechen bezog sich auf dein Leben, wir haben nicht vor, dich zu töten. Schmerzen fallen hingegen unter eine andere Kategorie.«

»Ja, ja…genau«, schnaufte sie, »ich wusste es nicht.« Sie nickte eifrig. »Aber jetzt weiß ich es. Jetzt bin ich artig. Keine Schmerzen mehr, okay?«

Wieder hörte sie das charakteristische Klicken eines Türschlosses. Sie wurde von Red in einen Raum geführt, der seltsam zu vibrieren schien. Durch ihren Leib glitten Schockwellen, in ihren Ohren rauschte und donnerte es unerträglich laut, dann wurde es plötzlich eigenartig still. Doch Marlene wusste nicht, ob ihre Sinne ihr nicht einfach einen Streich gespielt hatten, denn ihr Körper war angefüllt mit Adrenalin und Alkohol. Schwer atmend drehte sie blind ihren Kopf erst nach links, dann nach rechts. Sie lauschte, fühlte den festen Boden unter ihren Füßen. Doch es blieb ruhig.

»Zieh dich aus und dann knie dich hin«, kamen nach einer kurzen Weile Reds warmen Worte. »Ich werde währenddessen warten und deinen Gehorsam beurteilen. Gefällt mir nicht, was ich sehe, werde ich dich solange anfassen, bist du das Gefühl hast, bei lebendigen Leib gegart zu werden.«

Sie schluckte schwer und sog ihre Unterlippe ein. »Darf ich…«

»Du darfst gar nichts, außer das zu tun, was man dir aufträgt«, unterbrach er sie hart. »Und du kannst froh sein, dass ich dein Zögern nicht als Respektlosigkeit werte. Jetzt mach endlich voran!«

Sie leckte über ihre spröden Lippen. Sie war von seiner Hitze vollkommen ausgedörrt. Langsam streifte sie erst den linken, dann den rechten Träger ihres hauchdünnen Sommerkleids herunter und ließ es auf den Boden gleiten.

»Dreh dich einmal um deine Achse«, befahl er, »und anschließend ziehst du auch die Unterwäsche aus. Ich will dich begutachten.«

Ein Kloß in ihrem Hals bildete sich. »Aber…«

»Noch ein Widerwort«, unterband er ihren zaghaften Widerstand, »und ich kenne kein Erbarmen mehr. Egal, ob das unsere erste Begegnung ist oder nicht. Eine Novizin hat den Magiern bedingungslos zu folgen.«

Sie unterdrückte ein Schluchzen und tapste einmal im Kreis, bevor sie mit bebenden Händen ihren BH und das Höschen auszog. Schlotternd stand sie blind und unsicher im Raum.

»Hinknien.«

Die Anweisung hatte sie vor lauter Aufregung glatt vergessen. Schnell sank sie auf ihre Knie und senkte beschämt den Kopf nach unten. Sie presste ihre Schenkel, so fest es ging, aufeinander und verdeckte mit ihren Armen die Blößen.

»Entspann dich«, amüsierte Red sich, »du siehst mir ein wenig verkrampft aus. Los, Arme runter und Beine leicht gespreizt.«

Zögernd biss sie auf ihrer Lippe herum, bis seine schneidende Stimme erscholl und schon einen sehr gereizten Unterton aufwies.

»Es erfolgt eine Standarduntersuchung, um herauszufinden, ob du die Magie schon in deinen Körper aufnehmen kannst. Wenn ich oder Master Blue sie durchführen, wirst du dabei ziemlich leiden, es gäbe natürlich auch die

Möglichkeit, Sarsal zu holen, der eine Gabe hat, die deinem Körper keine Schmerzen bereitet, aber dafür müsstest du mich schon von deiner Folgsamkeit überzeugen.« Er machte eine kurze Pause. »Was im Moment nicht der Fall ist.«

»Doch«, haspelte sie und ließ ihre Arme sofort schlaff neben ihrem nackten Leib baumeln und öffnete leicht die Knie. Mit klopfendem Herzen saß sie da und wartete nervös auf sein Urteil.

»Mhm«, zog er seine Entscheidung in die Länge und spannte sie auf die Folter.

»Master Red«, diese Anrede war ihr unglaublich schwergefallen und am liebsten hätte sie sich auf ihre eigene Zunge gebissen, »Master Red, ich bin brav.«

Er atmete geräuschvoll aus, dann sog er die Luft genauso laut wieder ein. »Na gut, ich werde Sarsal schicken. Dir wird wieder eine Schonfrist gewährt werden.«

Jetzt war sie es, die hörbar ausamtete. »Danke, Master.«

Seine Schritte verklangen und sie kauerte regungslos, in eine demütigende Haltung gezwungen, auf dem Boden. Kurz überlegte sie, ob sie die Augenbinde entfernen sollte, aber sie verwarf den Gedanken, als sie an Reds Drohung zurückdachte.

Plötzlich, sie hatte keine Schritte vernommen, legte sich eine Hand auf ihre Schultern. Erschrocken schrie sie auf und zuckte zusammen. *Wie um Himmels Willen hatte er sich derart lautlos hereinschleichen können?! Oder war er etwa die ganze Zeit schon im Raum gewesen?*

»Ich mach dir die Augenbinde ab«, sagte Sarsal leise und wenige Sekunden später blendete grelles Neonlicht ihre Augen. Sie kniff ihre Lider zusammen und blinzelte minutenlang gegen die Helligkeit an, bevor sie den Mann als dunklen Umriss wahrnehmen konnte.

»Du wirst dich schnell ans Licht gewöhnt haben«, meinte er trocken und griff ihr unter die Arme, um sie hochzuziehen.

»Was ist das?«, stotterte sie und ihre Augen tränten. Nie zuvor hatte sie so ein Licht gesehen. Es war beißend, gleißend hell und doch warm und sanft. Eine skurrile Mischung.

»Ein künstliches Licht aus unserer Welt, deine Augen brauchen wohl einige Zeit, um sich daran zu gewöhnen. Soll ich dir die Binde wieder umlegen, ist dir das lieber?«

Ihr Kopfschütteln fiel entsprechend heftig aus. »Nein, auf gar keinen Fall.« Er lächelte sanft, oder jedenfalls glaubte Marlene, diese Gefühlsregung in seinem Gesicht sehen zu können, aber so ganz sicher war sie sich nicht, denn das Licht blendete sie immer noch schmerzhaft.

Sie tastete mehr blind als sehend nach Sarsals Hemd und krallte ihre Finger Halt suchend hinein, nachdem er sie auf die Füße gestellt hatte und sie von oben bis unten musterte.

»Willst du wirklich keine Augenbinde?«, fragte er mitfühlend und wischte ihr die Tränen aus den Augenwinkeln.

»Nein, es geht schon«, murrte sie und schob seine Hände von ihrem Gesicht fort. Ganz leicht hob sie ihre Lider an und beobachtete den Mann, der vor ihr stand. »Warum bin ich hier, Sarsal?« Die Ruhe in ihrem Tonfall verwunderte sie, denn Innerlich bebte sie.

Er machte eine einladende Geste zu einer Liege hin. »Leg dich hin, ich werde es dir erklären, während ich deine Tauglichkeit für das Ritual überprüfe.«

»Wirst du…«, sie schluckte, »mir wehtun?«

Er tätschelte ihren Kopf. »Komm, Novizin, folge meiner Aufforderung einfach.« Wie er das Thema umschiffte, ließ nur den Schluss zu, dass die Prüfung nicht gerade zimperlich ausfallen würde.

Schwankend ging sie zur Liege.

Er sah sie aufmunternd an. »Keine falsche Scheu, Kleine, klettere aufs Polster und mach es dir gemütlich.«

Sie gehorchte ihm nicht sofort, sondern stand beklommen vor der Liege und befühlte mit ihren Fingern das glatte Kunstleder. Sie empfand ihre Situation mehr als unangenehm. Schließlich stand sie nackt vor einem Wildfremden, der an sich ganz sympathisch und nett wirkte, aber es sicherlich nicht war. »Ich glaube, ich kann das nicht«, säuselte sie mit erstickter Stimme.

Seine Miene blieb für einen Bruchteil unbewegt, doch dann verzogen seine Gesichtszüge sich verständnislos. »Was kannst du nicht, meine Kleine?«

Sie machte eine deutende Kopfbewegung zu der weiß und kalt glänzenden Bezugsoberfläche hin. »Mich da drauf legen…« Sie ließ ihren Kopf hängen und Tränen füllten ihre Augen.

»Du hast keine Wahl«, sagte der Mann leise und trat auf sie zu. Er streichelte ihr beruhigend über die zuckenden Schultern, als sie anfing, zu schluchzen. »Ich würde ungern Master Blue und Red holen, aber ich werde es tun, wenn du dich weigerst, meinen Anordnungen nachzukommen.«

Sie blickte ihn panisch an. Seine Drohung hatte gesessen. »Nicht die Zwei!«

Er seufzte auf und klopfte auffordernd mit der rechten Hand auf das Polster, während er mit seinem linken Unterarm Marlene nach vorne drückte. »Dann leg dich einfach hin, ich bin im Umgang mit Menschenwesen geschult, es ist mein einziger Daseinszweck, den Gefäßen zu helfen.« Seine Züge erschlafften und er sah plötzlich sehr traurig aus. Betroffen über seine Melancholie, die sie nur zu gut nachempfinden konnte, schenkte sie ihm ein zaghaftes Lächeln.

»Du machst das wirklich gut«, lobte sie ihn unsinnigerweise. Schließlich war er ihr immer noch feindlich gesinnt.

»Danke«, sein Gesicht leuchtete matt auf. Ihre Huldigung war anscheinend nur ein schwacher Trost. Er bohrte seinen Zeigefinger in ihr Rückgrat und zwang sie so, auf die Liege zu krabbeln. »Auf den Rücken«, forderte er und krempelte sich zeitgleich seine Ärmel hoch.

Sie verfolgte sein Tun mit misstrauischen Augen, während er sie freundlich anlächelte.

»Hab keine Angst, du bist viel zu wertvoll, als das man dir wirklichen Schaden zufügen würde.«

Sie runzelte missbilligend ihre Stirn. Sie hielt sein Gesäusel für eine Ablenkungstechnik, aber er nickte ihr nur bestätigend zu. Sie konnte keine Lüge in seiner Miene ablesen und sie war gut darin, Blender zu enttarnen. »Ach ja?«, ließ sie ihre Worte besonders rotzig und provokativ klingen. Aber er blieb weiterhin ruhig und freundlich, nichts schien ihn aus der Fassung zu bringen.

»Ja, du bist ein Kind der Gabe, ein Gefäß, das die Magie aufnehmen und tragen kann. Master Blue hätte dich nie ausgewählt, wenn du minderwertig gewesen wärst, er bevorzugt nur das Beste für seine Vereinigung.«

»Wie bitte?«, ihr Erstaunen, aber auch ihr Entsetzen war grenzenlos. »Der Typ will mit mir schlafen?!«

Erst schüttelte Sarsal seinen Kopf, sodass Marlene erleichtert aufatmete, doch dann nickte er und ihr schlug das Herz wild und schmerzhaft in der Brust. »Nein, nicht nur Master Blue, auch Master Red. Es braucht zwei Meister, um eine neue Gabe zu erschaffen und in das Gefäß einzupflanzen.«

»Okay«, schnaubte sie und stütze ihren Oberkörper mit dem Ellenbogen ab. »Entweder bin ich komplett irregeworden oder ihr drei seid geisteskrank. In beiden Fällen sollte ich nicht hierbleiben…« Sie schwang ihre Beine von der Fläche und sprang hinunter. Mit erhobenem Haupt stolzierte sie an dem verwirrt dreinblickenden Sarsal vorbei.

»Halt«, rief er zornig, aber sie dachte nicht daran, ihm zu gehorchen. Womit wollte er ihr drohen? Mit dem Tod? *Wie lächerlich.*

»Zwing mich nicht dazu, die Master zu verständigen«, knurrte er und seine Tonlage wurde erst beim nächsten Satz weicher. »Bitte, die Master werden sonst ihre Magie anwenden und ihr Menschenwesen seid doch so zart und zerbrechlich gegenüber der Gabe, wenn das Ritual nicht schon mindestens einmal durchgeführt wurde. Du wirst schreckliche Schmerzen haben, wenn die Master sich deiner annehmen müssen!«

Sie blieb kurz vor der Tür stehen, warf Sarsal einen langen Schulterblick zu. »Ich lass mich doch nicht von Verrückten ficken! Vergiss es. Keine Ahnung, was die mir vorher für Drogen verabreicht haben, dass es mir so schlecht ging, aber ich glaube doch deinen Quatsch nicht. Gabe. Magie. Vereinigung. Ts…Unsinn.«

Sie widmete ihre Aufmerksamkeit wieder der Tür, doch diese existierte plötzlich nicht mehr.

Verdattert starrte sie auf den weißen Fleck, wo einst eine massive Eichentür gewesen war und nun Master Blue mit einem grimmigen Lächeln auf den Lippen stand. Ohne Umschweife schnappten seine Finger um ihr Kinn und er beförderte ihren Kopf leicht in den Nacken. Ein kühler Hauch umwehte seine Aura.

»Ob du daran glaubst oder nicht, ist ohne Bedeutung, du wirst dich wie alle Gefäße fügen müssen. Ich kann dir deinen Aufenthalt erträglich oder ziemlich unangenehm gestalten, je nachdem, ob bei dir das Zuckerbrot oder die Peitsche mehr fruchtet. Derzeit scheinen mir die Lederriemen angemessen, so frech wie du bist.« Seine Hände klatschten links und rechts auf ihre Schultern und sie fröstelte so stark, als hätte man sie am Nordpol im heftigsten Schneesturm ausgesetzt. Ihre Zähne schlugen unkontrolliert aufeinander und ihre Körpermuskulatur krampfte sich zusammen. Doch über all der Angst schwebte immer noch der pure Unglaube, dass die Tür plötzlich verschwunden und dafür Blue aus dem Nichts aufgetaucht war. Sie musste unter einem Halluzinogen stehen.

»Geh zurück auf die Liege oder ich helfe nach«, herrschte Master Blue sie an. »Du wirst, wie es das Protokoll der Vereinigung verlangt, auf deine Aufnahmefähigkeit untersucht und dann dem Ritual unterzogen werden. Das ist unsere Aufgabe und Pflicht, die wir alle erfüllen müssen.«

Blues Trophäe

Ein Raunen und Flüstern erfüllte die magische Welt, seit das Gefäß durch das Portal nach Lucea gebracht worden war. Das Wispern wurde zu einem Getuschel, das Getuschel zu Klatsch, der Klatsch zur weitverbreiteten Neuigkeit.

»Hast du schon gehört, Master Blue war auf seiner Jagd erfolgreich. Ein weibliches Gefäß von der Erde sagt man.«

»Er und ein Erdenmädchen?! Unglaublich. Ich dachte, er wollte nie wieder ein Gefäß von der Erde befüllen?«

»Doch, doch. Er hat es getan. Er hat sie von der Erde geholt.«

»Was will er? Warum ein Erdenkind? Er, der große, mächtige Magier und ein so niederes Geschöpf?«

»Oh, er wird seine Gründe haben, nie würde Master Blue ein fehlerhaftes Gefäß für seine Magie aussuchen. Dafür ist er zu erfahren.«

»Ja, da hast du wohl recht.«

Sarsal – Gefäßner

»Meine Pflicht?«, echote sie. Da war sie definitiv einer anderen Meinung.

»Ja, kleine Novizin«, trotz seiner überstrahlenden Dominanz klang er erstaunlich freundlich, fast wie eine Vertreter, der sein Produkt verkaufen wollte. »Die Vereinigung betrifft dich und mich.«

»Ich verstehe das alles nicht«, sie schüttelte ihren Kopf, »bin ich verrückt geworden? Das ist doch alles total unreal.«

»Sarsal«, der geheimnisvolle Mann schenkte ihr einen langen Blick, bevor er seinen Diener heranwinkte. »Gib ihr mehr Zeit und alle Informationen, die sie braucht.«

Überrascht nickte der Angesprochene. »Ja, Master.«

Und dann geschah das, was Marlene endgültig an ihrem Verstand zweifeln ließ, Blue löste sich vor ihren Augen auf. Als erstes verschwanden seine Finger auf ihrer Haut, dann folgte der Arm und schlussendlich der restliche Körper.

Paralysiert und zutiefst erschrocken stand sie in dem grellen Raum. »Wo…was?«, stammelte sie immer wieder, bis Sarsal ihr behutsam seine Hand auf die Schulter legte. »Er ist verschwunden!« Der letzte Satz von ihr hörte sich nicht mehr verwundert, sondern absolut panisch an.

»Nein, er war nie da«, erklärte der kleinere Mann, doch seine Theorie sorgte nicht für weniger Verwirrung.

»Ich habe ihn gespürt…«, wisperte Marlene weiterhin völlig fassungslos und strich mit dem Zeigefinger über die Hautstellen, die er berührt hatte, und die sich immer noch kühler als der Rest ihres Körpers anfühlten.

»Manifeste Projektion«, seufzte Sarsal in einem Tonfall, in dem Väter ihren kleinen Töchtern die Welt erklären.

»Aha«, erwiderte sie ahnungslos und blinzelte in das gähnende Nichts hinein, wo vor ein paar Sekunden noch ein Mann aus Fleisch und Blut gestanden hatte.

»Komm«, riss sie Sarsal endgültig aus ihrer Erstarrung, »du wirst noch genug Zeit haben, dich über alles Mögliche zu wundern. Aber jetzt muss ich dich überprüfen.«

Sie drehte ihren Nacken, suchte Sarsals Augen und verzog ihre Miene scheu. »Tut das weh?«

Er lächelte nachsichtig. »Nicht, wenn ich es mache. Bei Blue und Red verhält es sich anders.«

»O…okay«, gab sie schließlich ihre Einwilligung. Sie tapste mit klopfendem Herzen zu der Liege zurück und kletterte unbeholfen darauf. Sofort drehte sie ihr Gesicht zur Seite und starrte krampfhaft zur weißen Wand hin, die vor ihren Augen immer wieder im hellen Licht verschwamm.

»Du brauchst keine Angst haben«, sagte er leise, als er bemerkte, wie sie ihren Blick abwendete. »Wie ich schon vorher erwähnte, ist mein einziger Daseinszweck mit euch Gefäßen zu hantieren. Ich besitze daher eine außergewöhnliche Eigenschaft. Jede Berührung von mir kann, wenn ich es möchte, unendliche Lust erzeugen.«

Sie neigte sanft ihren Kopf, schielte zu Sarsal, der über sie gebeugt stand und sie einfach nur anlächelte.

»Wollen wir es einfach mal ausprobieren, kleine Novizin?«

Sie kniff kurz ihren Augen zusammen, schloss das funkelnde, weiße Licht aus, und überlegte. Doch schließlich nickte sie zaghaft.

»Dann leg dich entspannt hin«, er taxierte ihren nackten Leib, »möchtest du eine Decke haben?«

Wieder brachte sie nur eine stumme Geste zustande, aber der Mann war gut im Lesen der menschlichen Körpersprache und zauberte eine filigrane, goldene Seidendecke hervor. Marlene versucht erst gar nicht, zu ergründen, woher er plötzlich die Decke hatte. In diesem Haus war einfach alles voller Absurditäten - die Bewohner miteingeschlossen.

Der Stoff, der sich federleicht, aber gleichzeitig beschützend über ihren Körper ausbreitete, fühlte sich völlig anders an, als sie es von den Stoffen gewohnt war, die sie kannte. Es war weder Seide, noch Leinen, Wolle oder Synthetik. Es war überhaupt kein festes Material, der Stoff schien aus Licht gewebt zu sein. Fasziniert strich Marlene mit ihrer Hand über das wärmende Gebilde, welches sich unter dem Druck ihrer Handkante teilte und ihren Körper mit einem glitzernden, goldenen Nebel umschloss.

Als das Lichtgemisch fast alle Blößen ihres nackten Leibes bedeckt hatte, setzte sich Sarsal neben sie und studierte ihr Gesicht. »Darf ich?«, fragte er sie und wischte im gleichen

Augenblick, ohne ihre Antwort abzuwarten, ihre verweinten, von der Schminke verschmierten Augen mit einem feuchten Tuch sauber. »So siehst du deutlich hübscher aus«, meinte er sanft, »als mit dem ganzen grässlichen schwarzen Zeug. Was findet ihr Erdenwesen nur an dieser Bemalung? Hat das eine bestimmte Bedeutung?«

Jetzt war sie an der Reihe, zu lächeln. Sein unbedarfter Tonfall verriet ihr, dass er genauso wenig von ihrer Welt verstand wie sie von seiner.

»Es hilft uns Frauen mutiger zu sein und uns hübsch zu fühlen«, erklärte sie ihm und während sie mit ihm so vertraut plauderte, merkte sie, wie sie immer entspannter wurde. Von der anfänglichen Panik war kaum noch etwas übrig. Vielleicht war es seine Taktik, vielleicht aber auch nur seine offene Art, die sie dazu brachte, häufiger zu lächeln. Selbst ihre Melancholie schien langsam in seinem Beisein zu verblassen.

»Ihr habt seltsame Bräuche«, befand er und streckte seinen Arm aus, um unter die schützende Lichtdecke zu gleiten. »Aber das gleiche musst du von unseren Ritualen denken.«

Da konnte sie ihm nur beipflichten.

Seine Finger berührten ihr Handgelenk. Ein elektrisches Kribbeln durchzuckte ihren Körper, als er seine Finger sanft über die Innenseite ihres Arms streichen ließ. »Lass dich fallen«, säuselte er, als er ihre aufkeimende Unruhe spürte, »ich werde dir nichts tun.« Er sah ihr fest in die Augen. »Versprochen.«

Die Lichtdecke teilte sich, als er näher rückte und seine Hände nun über ihren Oberkörper gleiten ließ. Seine Finger glitten in sanften, kreisenden Bewegungen über ihre Haut und hinterließen ein wohliges, erregendes Gefühl. Behutsam tasteten seine Fingerkuppen über ihre weiblichen Rundungen, spielten auf ihrer Haut eine eigenartige Symphonie der Lust und Marlene konnte ein impulsartiges Aufstöhnen nicht mehr unterdrücken.

Sie rekelte ihren Leib auf dem Polster, vergessen waren alle ihre Bedenken gegenüber den seltsamen Geschöpfen, die aus einer anderen Dimension zu kommen schienen.

»Falle tiefer…und tiefer«, wiederholte Sarsal in einem dunklen, hypnotischen Tonfall, der ihren Geist komplett einlullte, während ihr Körper in wilder Ekstase gefangen war. Sie rieb ihre blanken Schenkel aneinander, denn ein ungeahntes Pulsieren nahm von ihrem Unterleib Besitz. Immer wieder seufzte sie auf, wenn seine Finger über ihren Leib glitten und das goldene

Licht zur Seite schoben. Sobald er auch nur eine Sekunde seine Finger von ihrer Haut nahm, hinterließ er maßlose Enttäuschung und unerfüllte Begierde. Nie hatte Marlene derartiges verspürt. In ihr wuchs eine Sehnsucht, Sarsal näher und näher zu kommen, aber sobald sie sich ihm willig entgegenstreckte, entzog er sich ihr.

»Ruhig…lass los, du musst nichts tun, außer zu empfangen«, sagte er in einem sonoren Timbre, streichelte dabei ihren Bauch und wanderte zu ihrem Venushügel hin. Allein diese simple Veränderung der Lage seiner Handfläche brachte Marlene fast um ihren Verstand. Sie hob ihr Becken an, krallte ihre Finger in das Laken und stieß leise Lustschreie aus.

Er lächelte nur wissend, während er quälend lange seine Hand lediglich auf ihrem Hügel ablegte und nichts tat.

In ihrer Lust gefangen, warf Marlene ihren Kopf hin und her, streckte ihre Zehn aus und presste ihre Lippen aufeinander. Sie war ihm in ihrer Erregung hilflos ausgeliefert und er kostete den Moment in vollen Zügen aus. Er wusste, dass sie wie Wachs in seinen magischen Händen war und er ihre Lust formen, abebben oder anschwellen lassen konnte.

Sie drohte, gleich zu explodieren. Ihre Muskulatur vibrierte, sie überstreckte ihren Nacken, wölbte ihren Oberkörper und betete innerlich, dass er sie endlich erlösen würde. Sie wollte den Höhepunkt. Jetzt. Sofort. Sie zerriss sonst gleich.

Sein Zeigefinger strich über den Flaum der Scham. Lediglich ganz zart, sachte, oberflächlich und doch kam es Marlene so vor, als würde er tief in sie eindringen und einen Punkt in ihr stimulieren, der aus ihr ein lechzendes, wildes Tier machte.

»Bitte«, hauchte sie, »nimm mich.«

Wieder erntete sie von ihm nur sein allumfassendes, stoisches Lächeln. Seine Finger schenkten ihr unglaubliche Lust, ohne sie zu befreien. Es war eine bittersüße Qual.

»Bitte«, wiederholte sie hektisch atmend und präsentierte sich ihm noch offenherziger, indem sie ihre Beine spreizte.

»Nein«, meinte er zuckersüß, auch wenn seine Worte in ihren Ohren nur bitter klangen, »das steht nur den Mastern zu.«

Gleich würde sie selbst Hand anlegen und dabei war es ihr egal, einen fremden Zuschauer zu haben. Sie hielt die körperliche Anspannung nicht mehr aus. Ihr ganzer Körper erzitterte vor

Erregung, ein heftiges Pochen und Pulsieren wütete in ihr, nahm ihr die Contenance und ließ sie darben.

»Mach es«, hechelte sie.

»Nein.« Er strich ein letztes Mal über ihr empfindliches Fleisch, entfesselte untragbare, süße Qual und rutschte dann von der Liege zurück.

»Nein«, schrie sie fast. Die Leere, die er zurückließ, war grenzenlos. »Nein, nicht aufhören.«

Wie im Wahn glitt ihre Hand zu ihrem Zentrum der Lust, aber bevor sie es erreichen und sie sich Erleichterung verschaffen konnte, zog die Lichtdecke sich ruckartig zusammen und umschmiegte plötzlich eisenhart ihren bebenden Leib. Der federleichte Lichtstoff wog plötzlich viele Zentner und gab keinen Millimeter nach.

»Was soll das?«, kreischte sie, ihrer Rettung beraubt, auf. Sie begehrte gegen das Licht auf, doch je heftiger sie sich wehrte, desto härter drückte es auf ihren blanken Leib. Von der vorangegangenen Durchlässigkeit war nichts mehr zu spüren.

»Das ist der Schlingenzauber«, belehrte sie Sarsal, »er reagiert auf Gegenwehr. Bleibst du ruhig, gibt er dich frei, kämpfst du jedoch dagegen an, wird er sich immer enger um deinen Körper schlingen, bis du keine andere Wahl mehr hast, als still zu liegen.«

Sie schniefte empört auf. In ihr brodelte die Lust, die herausbrechen wollte, aber nicht konnte, denn das goldene Licht erfüllte seine Aufgabe perfekt. Es dauerte, bis sie ihren Geist und Körper zur Ruhe zwingen konnte, doch das fiese Prickeln in ihrem Unterleib blieb. Wenn sie wenigstens ihre Schenkel aneinander reiben könnte, aber sogar diese minimale Linderung wurde ihr durch das goldene Glitzern verwehrt. Als ihr nur noch ihr Verstand blieb, fokussierte sie ihre Aufmerksamkeit weg von ihrem Begehren und auf Sarsal, der dabei seltsam unbeteiligt wirkte.

»Möchtest du nicht auch?«, fragte sie heiser, denn vom Stöhnen war ihre Kehle ausgetrocknet.

Seine braunen, unergründlichen Augen schweiften sie kurz. Mehr als einen flüchtigen Blick hatte er für ihren nackten Leib, der verführerisch unter dem gelben Licht hervorschimmerte, nicht übrig.

»Nein.«

Plötzlich kam sie sich hässlich vor. Scham überzog ihre hellen Wangen mit einem rosa

Hauch. Das Licht ließ ihr aufgrund ihrer eintretenden Resignation wieder mehr Spielraum. »Findest du mich abstoßend?«

Dieses Mal lag eine andere Intension in seinem Lächeln, welches er so oft zeigte, es wirkte offener, ehrlicher. »Es ist kompliziert, kleine Novizin. Meine Gabe weckt in dir ein unstillbares Begehren, doch was sie dir an Lust schenkt, entnimmt sie mir. Ich bin nur ein Gefäßner. Ich bereite die Gefäße vor, erkunde ihre Aufnahmefähigkeit und ihr Potential. Alles andere steht mir nicht zu.«

Sie sah ihn mit großen, runden und neugierigen Augen an. »Du verspürst also keine Erregung bei dem, was du tust?«

Er schwieg. Dann gewann das undurchsichtige Grinsen auf seinen Lippen, das kein Stück seiner wahren Persönlichkeit preisgab, sondern sie komplett verbarg, wieder die Oberhand. »Ach, Novizin«, sagte er leise, »du musst noch viel lernen.«

Die Lichtdecke verlor zunehmend an Intensität und Kraft, reagierte aber sofort, sobald Marlene ihre Arme oder Beine rührte. Sie beharrte nicht weiter auf Antworten, die Sarsal ihr offenkundig nicht geben wollte, sondern lenkte ihre Konzentration auf das goldene

Flimmern. Obwohl es ihren Körper sachte umschmeichelte, machte sie die unmittelbare Nähe der heimtückischen Decke aggressiv. Probeweise spannte sie ihre Muskeln an, aber die Konsequenz blieb immer die gleiche - das Licht unterband jede Regung.

Er beobachtete ihr Tun interessiert. »Wieso machst du das? Ich habe dir doch schon gesagt, dass es ein Schlingenzauber ist.«

Sie zuckte mit ihren Schultern, vergaß dabei, dass der Lichtstoff auch diese Bewegung als Provokation einordnete und schnaufte auf, als sie fest gegen die Liege gepresst wurde. Eine unauffällige Handbewegung von Sarsal erfolgte und die Decke gab Marlene wieder soweit frei, dass sie nicht wie eine Sardine in der Büchse zusammengequetscht wurde.

Er schmunzelte. »Meine Gabe ist manchmal etwas übereifrig.«

Sie verzog ihren Mund. »Ganz deiner Meinung.«

Plötzlich veränderte sich etwas in Sarsals Miene. Aus dem freundlichen Gesicht wurde ein ernstes und unterwürfiges. Die kalte Aura, die den Raum erfüllte, sagte Marlene, bevor sie ihren Kopf überhaupt auf die andere Seite drehen konnte, dass Blue - oder sein Projektions Dingsda - eingetreten war.

»Und?« Der Blauhaarige sparte sich jegliche Floskeln oder Freundlichkeiten. Selbst auf unnötige Wörter schien er getrost in der Annahme, dass sein Diener wusste, was sein Herr wollte, zu verzichten.

Der Andere räusperte sich verlegen, setzte eine noch distanziertere Miene auf und sprach ruhig und sachlich.

»Sie ist ein Gefäß der 3. Stufe…«

Blues Gesicht blieb unbewegt, daher konnte Marlene nicht daraus lesen, ob ihn die Nachricht erfreute oder sogar enttäuschte.

»In ihrem Inneren fließt die Farbe Grau«, nun machte der Diener eine bedeutungsvolle Pause, bevor er rau fortfuhr, »aber ihre Aura ist hellgrün.«

Blue hob seine linke Augenbraue an, mehr Emotionen gestattete er sich nicht. Doch bevor Marlene seinen Ausdruck genauer unter die Lupe nehmen konnte, war er wie ein unsichtbarer Schatten zu ihrer Liege geglitten und drückte ihr einen Kuss auf. Seine eisigen, seidigen Lippen bitzelten auf ihrem Mund. Er schmeckte nach Eis, Tau und Macht. Vor wenigen Tagen hätte sie diese

Geschmacksrichtungen nicht für möglich gehalten, aber Blue rief genau diese Assoziationen in ihr hervor.

Es mochten nur Millisekunden sein, in denen er seine Lippen auf die ihren legte, aber die Zeit schien dabei stillzustehen. Sie versank in seinem Kuss, obwohl seine Haut gleichzeitig ihre Lippen, ja sogar ihre Wangen mit einer feinen Raureifschicht überzog. Sie fröstelte.

Er zog sich langsam von ihr zurück. Seine blauen Eisaugen drangen tief in ihre Seele vor, als er seinen Oberkörper langsam wieder aufrichtete, ohne sie dabei aus dem Blick zu verlieren.

»Sie schmeckt nach zwei Lichtern. Ein Flügelkind also«, meinte er nachdenklich. »Wer hätte das gedacht.« Dann löste er seine Fixierung und nickte Sarsal auffordernd zu. »Berichte weiter.«

»Nun«, der Angesprochene knetete seine Hände und schwieg verlegen. Doch sein Gegenüber durchbohrte ihn mit seinem festen Blick und hob auffordernd seine Augenbraue. »Und?!«

Der Diener wandte sich, etwas in ihm scheute sich, die Information auszusprechen, doch dann tat er es, wenn auch so schnell, dass das Gesagt kaum zu verstehen war. »Sie hat Risse. Sie ist als Gefäß unbrauchbar.«

Blues Augen wurden so dunkel, dass es Marlene ängstigte.

»Risse? Wie viele?«

Sarsal hob ein wenig trotzig seinen Kopf. »Unwahrscheinlich, dass sie das Ritual mit beiden Mastern übersteht.«

Blues Miene entglitt in vollkommene Dunkelheit. »Unmöglich. Ich mache keine Fehler.«

Gewissheit

Red saß zusammengekauert im weißen Nichts. Die menschliche Gestalt, die sein rotes Licht umgab, erzitterte, als er die blaue Erschütterung der Macht vernahm.

Die Magie trug Blues Schmerz direkt zu ihm, zu seinem treuen Magiepartner. *Er musste zugeben, er war nicht überrascht, er hatte darauf gewartet. Darauf das Blues Welt, die gerade begonnen hatte, sich wieder zusammenzufügen, erneut zerbrach.*

Obwohl er inzwischen der niedere Zauberer von ihnen Beiden war und sein Freund ihn vor Jahrhunderten überholt hatte, war ihm die

Fehlerhaftigkeit des Gefäßes vom ersten Augenblick an nicht verborgen geblieben, während Blue anscheinend blind gewesen war.

Red legte seinen Kopf auf den angezogenen Knien ab, das Leid seines Freundes betrübte und bekümmerte ihn. Gerne hätte er ihm Sarsals Urteil erspart, aber das Gefäß war so offensichtlich kaputt, dass die Wahrheit gesagt werden musste.

Er dachte an die Situation in dem Auto zurück, als er das Mädchen festgehalten und sofort ihre Fehlerhaftigkeit gespürt hatte. Schon damals hatte er nicht nachvollziehen können, wie sein Freund die Risse nicht hatte bemerken können. Aber Blue wieder auf der Jagd und einigermaßen fröhlich zu sehen, hatte ihn schweigen lassen…Jetzt bezahlten sie beide einen hohen Preis dafür. Er hatte Schuldgefühle, während Master Blue die bittere Nachricht seines Gefäßners nicht wahrhaben wollte.

Red streckte seine Beine aus, starrte mit erhobenem Kopf in die weiße Leere. *Er fragte sich, wie er mit der Situation umgehen sollte?*

Das helle, heilige Licht umfloss seinen Körper, tröstete ihn. Die Magie sprach mit ihm, er vernahm deutlich das magische Wispern, welches nur zu seinen Ohren vordrang.

Dann zeichnete sich plötzlich ein zartes Lächeln auf seinem verkniffenen Mund ab.

Das war kein Zufall. Das war Schicksal. Das war die Botschaft, die ihm das heilige Licht mitteilte.

Er stand beschwingt auf, sein Herz fühlte sich um eine schwere Last befreit.

Was auch immer mit seiner Welt passieren würde, was immer Blue erdulden musste, es war vorbestimmt. Das Licht wollte es so.

Ungewissheit

»Unmöglich«, wiederholte er und nun war Marlene in der Lage, seine Enttäuschung herauszuhören, »sie ist das perfekte Gefäß. Red und ich können uns nicht geirrt haben, nicht bei ihr.«

Sarsal nickte ergeben, die Geste sollte wohl dazu beitragen, seine nächsten Worte abzumildern. »Ja, Herr, aber sie ist eben auch ein Flügelkind. Gabe und Aura passen farblich nicht zusammen, sie sind nicht identisch und damit nicht im Einklang.«

»Grau und Grün, hm«, sagte Blue versunken, dann wurden seine Augen ernst, »eine sehr seltene Mischung aus dunkeln und hellen Farben, auch für ein Flügelkind.«

»Ja«, pflichtete sein Diener ihm zu, »und daher auch äußerst instabil.«

Marlene lauschte den Worten der Männer mit gemischten Gefühlen. Einerseits keimte in ihr die Hoffnung auf, dass man sie gehen lassen würde, andererseits befürchtete sie, dass man sie als unbrauchbare Ware schlecht behandeln würde. Zudem war sie bestürzt darüber, wie Sarsal sie abwertete. Sie hatte angenommen, der Diener würde sie mögen – irgendwie, auf seine spezielle Art und Weise. *Ein Irrtum.*

Blue starrte sie weiter relativ fassungslos an, dann schüttelte er seufzend seinen Kopf. »Bring sie in den Aufbewahrungsraum, ich werde inzwischen klären, wie mit ihr zu verfahren ist. Es ist eine Schande.«

»Bitte, Master Blue«, hauchte Marlene zaghaft und sie spürte, wie die Decke auf ihr Zittern reagierte und augenblicklich fester wurde, »lass mich gehen. Niemand wird mir glauben, ich kann nichts über eure Spezies verraten.«

Wieder ein abfälliger, abschätzender Blick von ihm. »Natürlich wirst du das nicht können, das musst du uns nicht versprechen, dafür sorgen wir schon selbst.«

»Dann bin ich frei?« Ihre Stimme klang übertrieben hoffnungsvoll und das obwohl auf der Erde nichts Schönes auf sie wartete.

Er schien der gleichen Auffassung zu sein, denn er hob nur seine Augenbraue, dann brummte er: »Wozu? Damit du zurück in den Schneesturm kannst?«

Sie reagierte nicht auf seine herablassende Art, sondern legte mehr Inbrunst in ihre Bitte, sodass daraus eine Forderung wurde. »Lasst mich frei.«

»Nein.« Blues Projektion löste sich auf und er war innerhalb von Millisekunden verschwunden. *Das* nannte Marlene mal eine kompromisslose Antwort und Reaktion.

Sie blieb alleine mit Sarsal zurück, der sie mitleidig anschaute. »Es tut mir leid, ich musste ihm die Wahrheit über dich sagen. Nimm es nicht persönlich.«

»Mhm«, brummte sie einsilbig zurück. Dann richtete sie sich auf, was die Lichtdecke erstaunlicherweise zuließ. Der Diener musste den Zauber gelockert haben. »Was geschieht jetzt mit mir? Werden sie trotzdem mit mir schlafen? Darf ich danach gehen?«

Er legte seine Hände unter ihre Achseln und half ihr vollkommen hoch. »Du hast ihn doch gehört, du bleibst hier. Komm jetzt, ich bringe dich zur Verwahrungsstelle für Gefäße. Du erfüllst derzeit deinen Zweck nicht und hast somit keine Berechtigung in der Nähe der Master zu sein.«

»Ich will auch keinen Zweck erfüllen«, schrie Marlene und schob bockig Sarsals helfende Hände fort. Wütend sprang sie von der Liege, der Stoff glitt mit einem leisen Zischen von ihrem Körper. Das Ding besaß wohl irgendwie ein Eigenleben und zeigte sich wenig erfreut über Marlenes Wutausbruch, doch da sein Herr anscheinend keine Anweisungen gab, segelte die Lichtdecke tatenlos zu Boden.

»Flügelkind«, sprach der Diener sie streng an und seine Finger umklammerten ihren Oberarm, »du hast keine andere Wahl.« Die Finger seiner freien Hand glitten wieder zu ihrer Scham und ohne, dass sie sich dagegen wehren konnte, durchzuckte sie ein derartiger Lustschauer, dass sie stöhnend und keuchend in die Knie ging. Ihre Beckenmuskulatur zuckte, bebte und spannte sich an. Sie war ihm völlig ausgeliefert, unfähig die Kontrolle über ihren eigenen Leib zu haben, wie ein zuckendes, triefendes Bündel lag sie auf dem Boden und sah mit lustverschleierten Augen zu Sarsal auf, der sie im Gegenzug äußerst gleichgültig betrachtete. Er beugte sich zu ihr herunter, hob sie auf und ging mit ihr fort, während sie immer noch erregt in seinen Armen hing und an nichts Anderes denken konnte, als an grenzenlose Höhepunkte. Ihre ganze Konzentration ging in ihrer Geilheit unter, sie konnte nicht einen vernünftigen, klaren Gedanken fassen, der zur Lösung ihrer prekären Situation beigetragen hätte. Stattdessen dachte sie an Sex, Männer, Lust. Sie verschwendete ihre ganze Gehirnkapazität darauf, sich zügellose Orgien vorzustellen. In ihrer fiebrigen Fantasie wurde sie von drei Männern gleichzeitig penetriert. Kein Loch blieb unberührt.

Dann hörte es abrupt auf. Wie als hätte man ihren glutheißen Körper in Eiswasser geworfen, war alles schlagartig vorbei. Sarsal hatte sie auf dem Boden abgelegt und war von ihr zurückgetreten. Erstaunt registrierte Marlene, deren Verstand endlich wieder in die Gegenwart fand, dass um ihr rechtes Fußgelenk eine Lichtfessel samt Kette geschlungen worden war, die sie daran hinderte, wegzulaufen. Sie schätzte ihren Bewegungsradius auf höchstens einen Meter reduziert.

»Hör darauf, was die Magier dir befehlen«, sagte der Diener einsilbig, dann ging er, ohne ihr eine weitere Erklärung zu geben, was nun passieren würde.

Verdutzt von seinem schnellen Abgang, sah sie sich zaghaft um. Sie saß in einer gigantischen Halle, die grell erleuchtet war. Das Licht war so intensiv, dass Marlene keine Wände erkennen konnte, da jede Kontur von dem gleißenden Weiß geschluckt wurde. *Eigentlich,* korrigierte sie sich, *saß sie nicht in einer Halle, sondern im Nichts.*

Vorsichtig drehte sie ihren Kopf auf die andere Seite, da seltsame Schatten in ihrem Augenwinkel aufgetaucht waren. Überrascht stellte Marlene fest, dass sie nicht alleine war, sondern weitere Gefangene neben ihr saßen. Die schemenhaften Umrisse trugen alle die gleiche, filigrane, aber wahrscheinlich unzerstörbare Lichtkette. Marlene brauchte lange, um aus den verschwommenen Konturen klare Körperformen zu machen. Denn ihre Augen tränten von dem hellen Licht, sodass sie ihre Lider aufgrund der grellen Umgebung immer wieder schließen musste, um das beißende Licht auszusperren. Aber schließlich gewöhnten sich ihre Augen an die Helligkeit und das Blinzeln ließ nach. Jetzt erkannte sie mit Schrecken, dass die anderen

Gefäße, bis auf eine junge, südländische Frau, Aliens sein mussten, denn ihre Erscheinung war Marlene fremd.

Die Magier schienen also nicht nur auf der Erde nach Gefäßen zu jagen. Marlene wunderte sich, wie ruhig sie bei der Feststellung blieb, neben Außerirdischen in einem Raum - ohne Ende, Anfang oder sichtbaren Türen - zu sitzen. Wahrscheinlich hatte sie einfach schon einen großen Teil ihrer Verwunderung aufgebraucht.

»Neuzugang eingetroffen«, ertönte eine weibliche, aber irgendwie synthetisch klingende Stimme aus dem Nichts. »Irdischer Name: *Marlene Sachner*. Gabenfarbe: *Grau*. Aura: *Grün*. Stufe: *3*. Status: *Flügelkind*. Beschädigungsgrad: *Risse – Ausmaß noch unbekannt*. Master der Vereinigung: *Blue und Red*. Vereinigung: *Unausgeführt – wartend*. Prozedere: *Antrag auf Vereinigung wurde trotz der Risse beim Rat gestellt.*«

Marlene hob neugierig den Kopf. Das war also ihre Beschreibung, ernüchternd und auch unbefriedigend. Sie hatte sich erhofft, mehr zu erfahren.

Plötzlich fiel ein Schatten über sie. Zwei männliche Magier standen vor ihr. Marlene zuckte erschrocken zusammen, sie musste sich erst noch daran gewöhnen, dass diese Kreaturen immer aus dem Nichts auftauchten. Unsicher beobachtete sie, was passierte. Einer der Magier, sein Haar war gelb, seine Augen ebenfalls, stellte einen Teller und ein Glas vor ihr ab.

»Trink! Iss!«, bellte er. Mehr Worte hatten die Zwei anscheinend nicht für sie übrig, denn sie verschwanden augenblicklich wieder. *Die Magier waren keine sehr freundlichen oder kommunikativen Zeitgenossen, aber ihre Befehle waren unmissverständlich,* wie Marlene seufzend dachte.

Da sie wirklich großen Durst hatte, schlang sie das Wasser, nachdem sie kurz überprüfend daran genippt und es für unbedenklich empfunden hatte, hinunter. Aber das mitgelieferte Essen konnte sie beim besten Willen nicht zu sich nehmen, obwohl ihr Magen knurrte. Es war undefinierbar und noch viel schlimmer, es bewegte sich! Bei dem Anblick der zuckenden, gelblichen Masse wurde ihr übel. Sie schob den Teller, soweit es ging, von sich fort und beäugte ihn misstrauisch. Sie war sich nicht sicher, ob das Essen nicht sie fressen würde, wenn sie unachtsam war.

»Iss es lieber«, meinte plötzlich das menschliche Mädchen neben ihr, das sich bis jetzt in Schweigen und Teilnahmslosigkeit gehüllt hatte, »es ist nicht so furchtbar, wie es aussieht.«

Marlene war es egal, ob das Essen einen Schönheitspreis gewann oder nicht, aber dieses verdammte Ding zappelte!

»Es lebt aber«, keuchte sie.

»Nein«, beschwichtigte sie die junge Frau, »es ist magisches Essen, daher wabert es, aber es lebt nicht. Hab keine Angst.«

Angewidert starrte sie auf den Teller. »Ich kann das nicht.«

»Du wurdest als Gefäß wegen deiner Risse abgelehnt, nicht wahr?«, änderte das Mädchen abrupt das Thema – *oder die Taktik?*

Marlene nickte, während sie versuchte gleichzeitig das Mädchen *und* den Teller mit dem unheimlichen Inhalt im Auge zu behalten. »Ja.«

»Sie versuchen, die Risse zu kitten. Du musst kooperieren, das ist deine einzige Chance, hier herauszukommen. Iss es. Es wird dir helfen, heil zu werden.« Plötzlich wurde die Stimme des Mädchens verbittert. »Du hast wenigstens noch eine Chance.«

Hellhörig geworden ruckte Marlenes Kopf zu der Frau hin, sie riskierte es sogar, den Teller aus ihrem Sichtfeld zu verlieren. »Wie meinst du das?«

Das Mädchen lächelte traurig. »Mein Beschädigungsgrad lautet: *Zersprungen – bestätigt.* Ich bin hier nun schon eine Ewigkeit, irgendwann habe ich aufgehört erst die Tage, dann die Wochen und schlussendlich die Jahre zu zählen. Man altert hier nicht, aber das ist kein Trost. Du sitzt hier, für immer gefangen in der Leere und hoffst, dass der nächste Magier, der in dem Raum erscheint, dich mitnimmt. Aber jedes Mal gehen sie achtlos an dir vorbei, als seist du unsichtbar.«

»Woher kommst du?«, wollte Marlene wissen, denn die Sprache des Mädchens klang fremdländisch, unbekannt und doch schienen alle Sprachbarrieren durch das weiße Licht wie aufgelöst.

Dunkelbraune Augen starrten erloschen und versunken ins Nichts. »Ich habe es vergessen.« Sie hob ihre bebenden Finger vor ihr Gesicht, öffnete und schloss sie zu einer Faust. »Ich erinnere mich nur noch an dieses wunderschöne, hellblaue, türkise Licht. Und an vergangene Liebe. Sonst ist da nichts. Nur Einsamkeit.«

Plötzlich sackte der Arm nach unten und der Kopf des Mädchens rutschte zur Seite.

Marlene schrie erschrocken auf, bis sie bemerkte, dass das Mädchen regelmäßig und ruhig atmete. Sie schien eingeschlafen zu sein – ob freiwillig oder aufgrund von Magie, das wusste Marlene nicht.

Aber die Sätze des Mädchens hallten in ihrem Kopf wider und verursachten furchtbare Panik.

Jahre! Jahre in diesem Nichts zu verbringen…alleine, angekettet, ohne die geringste Möglichkeit zu entkommen, das war die absolute Horrorvorstellung. Hastig zog Marlene den Teller wieder zu sich heran. Die klebrige Masse erinnerte sie entfernt an Sperma. Vielleicht war es auch welches, schließlich sollte die Befüllung des Gefäßes ja auch mit einer *Vereinigung* vollzogen werden. Bei dem Gedanken daran wurde ihr wieder kotzübel.

Sie schnupperte daran. Es roch salzig-metallisch. *Und es zuckte.*

Sie ließ den Teller fallen. Das Porzellan zerschellte, die Masse floss auf den Boden und wackelte fröhlich hin und her. Marlene zog rasch ihre Beine an und drängte sich tiefer in das weiße Nichts hinein, einfach nur weg von dem ekligen, lebendigen Brei. »Oh mein Gott, ich kann das nicht«, schrie sie hysterisch, als sie auch schon von einer Hand an der Kehle gepackt wurde. Der Magier mit den gelben Augen drückte ihren Hals nach hinten, während ein anderer, dessen Augenfarbe ein Gemisch aus gelb und grün war, gewaltsam ihre Kieferknochen umschloss.

»Nein, nicht…«, artikulierte sie sich unter dem Schraubstockgriff der Männer nur undeutlich. Sie ahnte, was die Beiden vorhatten. Und tatsächlich griff der Gelbe mit seiner freien Hand hinter sich und fischte die glibberige Masse vom Boden auf.

Die Berührungen der Männer waren, wie alle Kontakte mit Magiern verliefen, unerträglich, sodass es gar nicht der groben Behandlung bedurfte, um Marlene jammern zu lassen. Doch anders als erwartet, pfefferte der Gelbe die Masse fort. »Die Magie darin ist jetzt unbrauchbar geworden.« Zu seinem Kollegen gewandt, meinte er, »hol ihren Gefäßner, wir brauchen ihn.«

Es dauerte nicht mal eine Sekunde, da materialisierte sich Sarsal neben ihr.

»Ihr habt gerufen?«

»Sie hat die erste Aufnahme der Magie verweigert.«

Sarsal schenkte ihr diesen altbekannten, tadelnden Blick. »Hat sie das?« Er seufzte.

»Törichtes Mädchen.« Er ging vor ihr in die Hocke, streichelte über ihre Brust. Augenblicklich wurden die harten, unerbittlichen Hände der Magier für Marlene zur Nebensache. Sie fühlte nur noch Sarsals federleichte Berührung, die sie umgarnte. Sie wollte mehr. Sie wollte alles.

»Lasst sie los«, sagte der Diener leise, »sie wird gefügig sein.«

Wie in Trance nickte sie zustimmend und die Männer ließen von ihr ab, aber selbst das nahm sie nur als kleine Randnotiz wahr.

Sie sah, wie sich erst der mit den gelben Augen und anschließend der mit den zweifarbigen Pupillen entkleideten. Aber es war ihr gleichgültig. Ihr Unterleib erforderte ihre ganze Aufmerksamkeit.

Sarsal rieb seinen Körper an ihrem nackten Leib und erzeugte ein elektrisches Kribbeln. »Hör mir gut zu, Erdenkind«, säuselte er betörend, »du wirst das heilige Stück der Master gleich in deinem Mund aufnehmen und alles schlucken, was sie dir geben. Dies wird etwas schmerzhafter werden, als wenn du das, was sie für dich vorbereitet haben, einfach gegessen hättest, denn so kommst du nun mit ihrer Magie in vielfacher Dosis in Kontakt, aber du wirst es tun, weil ich dir sonst keinen Höhepunkt schenken werde.«

»Warum«, sie war so hypnotisiert von seinem Körperkontakt und seiner Gabe, dass ihre Frage nicht mehr als ein gestöhntes Hauchen war.

»Sie versuchen, die Risse langsam zu füllen. Bei einer kompletten Vereinigung würdest du kaputtgehen. Die Magier wollen dich langsam daran gewöhnen, sie hoffen, dich so nicht als Gefäß zu verlieren.«

Sie blickte ihn aus glasigen Augen an. »Wo sind Blue und Red?«

Er lächelte. »Wären die Beiden dir lieber?«

Sie dachte an das steinharte Gesicht von Blue zurück, dann schüttelte sie rasch den Kopf.

»Gut, denn das wäre auch nicht möglich gewesen. Nur fremde Magie, die nicht zur Vereinigung bestimmt ist, darf am Anfang Risse kitten.«

Er streichelte mit seiner Handfläche über ihren nackten Rücken, selbst diese banale Berührung ließ sie feuchter werden. Sie konnte sich nicht dagegen wehren, die Erregung schwappte einfach über sie hinweg und füllte ihren sensiblen Geist und Leib komplett aus. Sie musste tatsächlich ein Gefäß sein, das man nach Belieben füllen konnte und Sarsal verstand sich darauf, es mit Gier und Geilheit volllaufenzulassen.

Wie von Sinnen - es hätte gar keine Warnung von dem Diener gebraucht, ihr den Höhepunkt bei Ungehorsam zu verweigern - stürzte sie sich auf den gelben Magier und nahm seine Männlichkeit in ihren Mund. Sofort durchzuckten sie heftige Schmerzen, als seine Gabe direkt in ihren Kopf floss. Es war ein heftiges Stechen, welches durch ihre Nervenimpulse jagte und sie beinahe dazu gebracht hätte, ihren Kopf zurückzuziehen.

Aber Sarsal musste mit einer derartigen Reaktion gerechnet haben und legte seine Hände flink auf ihre äußere Scham. Obwohl es auch hier eine eher harmlose, beinahe sittliche Liebkosung war, konnte Marlene ein lustvolles Aufseufzen nicht unterdrücken.

Obwohl sie von Schmerzen gepeinigt war, saugte und leckte sie weiter, um Sarsal nicht zu enttäuschen und eventuell seine Zuwendung zu verlieren.

Der gelbe Mann, dessen Stück sie hingebungsvoll bearbeitete, hatte seine Hand locker auf ihren Kopf gelegt und dirigierte ihren Rhythmus. Schließlich kam er. Aber es war recht unspektakulär. Es schien für den Magier weniger

Lust als mehr lästige Pflicht gewesen zu sein. Er wechselte rasch die Position mit dem anderen Mann, der nun sein Glied tief in ihren Rachen versenkte. Bei ihm fiel der Schmerzreiz unerwartet heftig aus, sodass ihr Kopf reflexartig nach hinten schnellte, aber ihr wurde keine Adaptionszeit gegönnt, denn der Magier brachte ihren Kopf sofort wieder in die ursprüngliche Position zurück. Seine Finger krallten sich dabei eisern in ihrem Haarschopf fest.

Jetzt wurde aus ihrem Stöhnen ein klägliches Jammern. Aber Sarsal reagierte auf die neue Anforderung mit noch mehr Hingabe. Behutsam ließ er seinen Zeigefinger zwischen ihre intimen Lippen gleiten und stimulierte mit sanften Bewegungen ihr Lustzentrum. Obwohl sie sich selbst schon oft mit der gleichen Technik Befriedigung verschafft hatte, war seine Stimulation was völlig anderes. Ein einziger Finger löste bei ihr eine Explosion an Empfindungen aus, die von jeder Zelle ihres Körpers Besitz ergriff.

Völlig überwältigt von der Intensität der erlebten Lust krallte sie ihre Hände ineinander und zitterte einem gewaltigen Finale entgegen. Sie bemerkte nicht einmal, wie der Mann in ihr kam, ihr den Mund zu hielt, bis sie schluckte und sie erst dann von seinem schmerzbringenden Körperkontakt befreite.

Sie wurde von einem Sturm aus Hormonen hinweggefegt. Sie schrie gellend und lustvoll auf, dann sank sie völlig ausgelaugt und erschöpft auf dem Boden zusammen. Erlöst und zufrieden rollte sie sich auf die Seite. *Sarsal hatte sein Versprechen wahrgemacht.*

Keuchend und nassgeschwitzt blieb sie einfach liegen und genoss die Nachwirkungen dieses grandiosen Aktes. Die zwei Magier verschwanden, nur der Diener blieb einen kurzen Moment neben ihr sitzen.

»Ich kann nicht immer für dich da sein, Flügelkind«, meinte er ernst und sachlich, sein Tonfall entbehrte der Tatsache, dass er ihr gerade den besten Höhepunkt der Welt verschafft hatte, »du musst lernen, zu gehorchen. Normalerweise holt man mich nicht dazu, um Schmerzen zu stillen, wenn eine Aufnahme willentlich verweigert wurde.«

Marlenes Glückseligkeit verschwand langsam, aber konsequent. Wahrscheinlich ließ die Gabe des Dieners auf ihrer Haut langsam nach. Was ihr eben noch als ein gigantisches Erlebnis erschien war, erfüllte sie nun mit grenzenloser Scham. Ein übler Geschmack haftete zudem in ihrem Mund- und Rachenraum.

»Hast du mich verstanden?«, hakte er nach, als sie nicht reagierte.

»Ja«, meinte sie leise.

»Gut.« Er schnippte und eine goldene Lichtdecke schwebte über Marlene. »Dann ruhe dich aus. Du wirst ein leichtes Unwohlsein verspüren, da nun Magie *in* deinem Körper ist und er noch nicht mit dem Licht umgehen kann. Um dich zu schützen, ist die Decke wieder mit einem Schlingenzauber versehen. Je ruhiger du bleibst, desto mehr Spielraum wird sie dir gewähren.«

Das goldene Licht senkte sich über ihren Körper und hüllte ihn ein. Eine angenehme, vertrauensvolle Wärme strömte von dem goldenen Licht auf ihre nackte Haut.

»Sarsal.«

»Ja?«

»Ich will nicht Jahre hier im Nichts verbringen.«

Er sah sie mit kalter Miene an. »Das liegt ganz bei dir.«

»Wann sind die Risse gefüllt?« Tränen schimmerten in ihren Augen und bewegten den Diener dazu, sie sachte zu streicheln. Nur dieses

Mal machte er nicht von seiner Gabe gebrauch, sodass es lediglich eine trostspendende Liebkosung war.

»Jedes Gefäß ist unterschiedlich.«

Sie drehte ihren Kopf, um das andere Menschenmädchen besser betrachten zu können. »Sie hat gesagt, sie sei schon Jahre hier. Das halte ich nicht aus, das pack ich nicht. Das ist Folter.«

Sarsal folgte ihrem Blick und sah nun ebenfalls das lethargische Mädchen an. »Sie ist anders als du. Sie ist zersprungen. Du kannst dein Schicksal nicht mit dem ihren vergleichen.«

»Nicht so laut.« Marlene hielt sich hastig den Zeigefinger vor dem Mund, doch die eigenwillige Decke umwickelte ihren Arm grob und drückte ihn zurück auf den Boden.

Sarsal lächelte matt, dann stand er auf und ging, ohne auf Marlenes wildes Augenrollen zu achten, auf das Mädchen zu. Er winkte demonstrativ mit seiner Hand vor dem erstarrten Gesicht der jungen Frau, die nicht einmal mit der Wimper zuckte, sondern vollkommen regungslos blieb. »Wir sind nicht so grausam, wie du denkst, Flügelkind. Zersprungene Gefäße, deren Vereinigung unwahrscheinlich ist, werden die meiste Zeit im

Dämmerschlaf gehalten. Sie kriegt es kaum mit, sie leidet nicht.«

»Das ist nicht wahr«, beharrte Marlene, denn sie hatte die Traurigkeit und die Verzweiflung der jungen Frau hautnah miterlebt. Es war an der Zeit, auch Sarsal die Augen zu öffnen. »Sie war abgrundtief verstört. Sie leidet Höllenqualen.«

Sarsal blickte stutzig auf die paralysierte Frau hinab, dann runzelte er seine Stirn. Dann glätteten sich seine Sorgenfalten wieder und er wirkte gleichgültig. »Sie ist ein unbrauchbares Gefäß, das ist ihr Los.«

»Warum darf sie dann nicht zurück auf die Erde?«

Der Diener wirkte inzwischen deutlich genervt von ihrer Fragerei, er machte eine ruckartige Geste und die goldene Decke kroch blitzschnell über Marlenes Kinn und anschließend über ihre Lippen, die nun wie festgeklebt waren. Sie konnte sie keinen Millimeter mehr öffnen.

Das war so unfair! Sie schrie stumme Flüche gegen ihn und diesen verfluchten Hexenstoff aus, der ihr nicht nur den Bewegungsspielraum, sondern nun auch die Stimme nahm. Sarsal thronte gelassen über ihr, keine Weichheit begleitete seinen Tonfall, als er sagte: »Kein Gefäß kehrt zurück. Du nicht, sie nicht, niemand, der jemals von den Magiern mitgenommen wurde.« Dann verschwand er im Nichts.

Marlene blieb weinend unter einer rigiden Decke zurück, die sie bei jeder Regung malträtierte.

Risse

»Blue…«, sprach Sarsal seinen Herrn behutsam an, der sich in eine irdische Illusion zurückgezogen hatte und in einem alten, zugigen Schloss verweilte. Sein Meister stand wie versteinert am Burgfenster und schaute hinaus, nur das sanfte Leuchten seiner blauen Magie brachte etwas Bewegung in den maroden Schauplatz. »Das mit den Rissen tut mir leid.«

Ohne sich umzudrehen, nur den imaginären Anblick von grünen Weiden im Blick, murmelte der blaue Magier verdrossen: »Es ist nicht deine Schuld. Ich habe vielleicht einen Fehler begangen, als ich sie ausgesucht habe.«

»Du wirst die Risse flicken können«, meinte Sarsal zuversichtlich und wagte einen Schritt auf seinen eiskalten Herrn zu.

»Glaubst du diese Lüge denn überhaupt selbst?«, raunte Blue und drehte sich abrupt zu seinem Diener um, dem es beim Anblick seines düsteren Herrn schwer fiel, die Haltung zu bewahren. Gerne hätte er jegliche Konventionen, die es zwischen Herren und Diener gab, missachtet, und Blue umarmt, nur, um wenigstens einen Bruchteil der Kälte aus der Miene des Magiers zu tilgen. Stattdessen flüchtete er sich in Phrasen: »Wenn der Rat dir die Erlaubnis gegeben hat, das Risiko einzugehen, dann wirst du es schaffen. Wenn es einer kann, dann du. Sicherlich.«

Der blaue Magier wirkte noch frostiger als die Aura seiner Eismagie. »Es spielt doch keine Rolle, was mit dem Gefäß passiert. Übersteht sie es, wird sie Magierin, wenn nicht…«, er zuckte desinteressiert mit seinen Schultern, »…dann ist das ebenso. Das ist die Natur unserer Welt. Ich werde keine Rücksicht auf ihre Risse nehmen, sie auch nicht anders behandeln, nur, weil sie ein Flügelkind ist.«

Sprachlos über die Härte seines Meisters, schüttelte Sarsal seinen Kopf, erst dann raunte er: »Du weißt doch, wie Flügelkinder entstehen, durch welche Hölle sie gehen müssen, damit eine solche Abspaltung passiert. Du kennst den

Grund ihrer Risse, du kennst ihre Vergangenheit…«

»Schweig. Sarsal. Kein Wort mehr über das Gefäß.«

Die gefürchtete Kälte des Magiers brach ungefiltert hervor. *Er war der Eisprinz.* Sein mächtiges, kraftvolles Licht entsprang einem großen Verlust.

Als der Diener abermals aus dem Burgfenster schaute, waren die grünen Wiesen von tödlichem Frost überzogen.

»Es ist *dein* Gefäß, du bist sein Herr, tu wie es dir beliebt, aber *so grausam* kenne ich dich normalerweise nicht«, flüsterte Sarsal betroffen, dann flüchtete er schnell aus der eisigen Illusion seines Meisters, indem er seine eigene Umgebung erschuf.

So standen sie nebeneinander und doch in unterschiedlichen Welten.

Sarsal mochte die irdischen Kopien nicht gerne, er wandelte lieber in dem heiligen, weißen Licht der Magie, hier fühlte er sich wohl, obwohl er das Licht nie empfangen würde. Seine Genetik hatte bestimmt, dass er ein Gefäßner werden sollte. Seine blutreinen Magiereltern waren entsetzt gewesen, als er ohne Licht auf die Welt gekommen war und hatten ihn gleich nach der Geburt verstoßen. Master Blue und Red hatten ihn schließlich als Gefäßner ausgebildet und ihn als ihren Diener verpflichtet. Sie verachteten ihn nicht, sie gehörten nicht dem alten Establishment an, sie mochten ihn wirklich. Daher verzieh er dem Blauen seine Launenhaftigkeit.

»Sie hat schon etwas Magie aufgenommen«, durchbrach Sarsal das unangenehme Schweigen, »und bis jetzt bekommt ihr das Licht gut. Die Risse sind zumindest nicht größer geworden.«

Blue verschränkte seine Arme vor der Brust. »Du weißt, dass die Vereinigung um einiges härter ist. Das hat also nichts zu bedeuten.«

Der Diener nickte schwach, sein Herr wollte sich nicht überzeugen lassen, an einen guten Ausgang zu glauben. Und wenn er ehrlich war, er selbst zweifelte ebenfalls daran.

Doch eine weitere, schwere Entscheidung, die keinen Aufschub duldete, musste getroffen werden, sodass sein Mitgefühl nur kurz Marlenes Schicksal galt.

»Aset ist bei Bewusstsein. Als ich nach dem Flügelkind geschaut habe, hat mir dieses berichtet, dass Aset mit ihr gesprochen hat«, flüsterte Sarsal sehr leise, vielleicht erwartete er, dass sein Herr die schmerzenden Worte überhören würde, aber seine stille Hoffnung erfüllte sich nicht.

Die dunkle, steinharte Maske des Magiers wurde noch kälter. Die Nachricht quälte ihn genauso schlimm, wie Sarsal es vermutet hatte.

»Ausgerechnet sie. Dann kümmere dich darum, ändere den Zustand.«

»Sicher.«

Der Diener musste kein Zauberer sein, um das Beben des Lichtes zu spüren. Blues Magie verwandelte sich stetig von der schönen, schillernden, leichten Farbe, die sie einst gewesen war, in ein düsteres, mattes, schweres Nachtblau.

Die Verwandlung vom Himmel- zum Eismagier der höchsten Stufe schritt unaufhörlich voran. Aus lebendigen Emotionen wurde eine einsame Eiswüste. *Alles hatte seinen Preis.*

Angst

Wie lange war sie nun unter der Lichtdecke gefangen und lag in dem weißen Nichts? Raubte man ihr auch das Bewusstsein, um es erträglicher für sie zu machen? War sie am Ende auch ein hoffnungsloser Fall, der für immer an diesem grässlich eintönigen Ort dahinvegetieren sollte?

Fragen, worauf seine keine Antworten fand, sausten durch ihren Kopf und quälten sie.

Sie hätte gerne laut geschrien, aber die Decke verstopfte ihr den Mund, jedoch ohne ihr die Luft zum Atmen zu nehmen oder ihre Schleimhäute auszutrocknen. Das Licht legte sich einfach über ihre Zunge und Stimmbänder und lähmte sie.

Sie neigte behutsam, ganz sacht und leicht, um den goldenen Stoff nicht zu reizen, ihren Kopf. Neben ihr saßen nur noch die außerirdischen Wesen, ebenfalls seltsam erstarrt, aber das Mädchen war weg.

Verwundert blinzelte Marlene, aber sie war keiner Illusion erlegen, die junge Frau blieb verschwunden.

Angst kroch in ihr hoch, denn sie hatte nicht mitbekommen, dass jemand gekommen war und das Mädchen mitgenommen hatte. Ihr Herz begann bei der Vorstellung, dass sie wohl selbst eine Zeitlang geistig abwesend gewesen sein musste, in ihrem schmalen Brustkorb zu rasen.

»Lasst mich wenigstens aufstehen«, flüsterte sie heiser, mehr Stimme erlaubte ihr das goldene Licht nicht. »Bitte.«

Aber niemand erhörte ihr Flehen oder befand es für notwendig, darauf zu reagieren. *Sie war alleine. Vollkommen alleine.* Pure Panik jagte einen heftigen Adrenalinschub durch ihren Körper, sie zappelte unter dem Stoff, der sie aber sofort fester einwob und somit ihre Angst ins Unermessliche trieb. *Sie war alleine und gefangen.*

Sie konnte das Blut in ihren Ohren rauschen hören, es pochte gegen ihr Innenohr. Der Takt war schnell, zu schnell.

»Ich will hier raus«, brüllte sie. Sie hatte mit enormer Willenskraft den Lichtknebel durchtrennt, wie ihr das gelungen war, spielte für sie im Augenblick keine Rolle. Sie war einfach nur froh, ihre Angst und auch ihren Zorn artikulieren zu können. Es war befreiend. Doch die magische Decke ließ sich nicht so leicht abschütteln, das Licht quoll über Marlenes Nase in ihren Rachenraum und beendete ihr Aufbegehren mit einem erbosten Zischen, bevor es sich dann eng um ihren ganzen Leib schmiegte und ihre Gliedmaßen fest an ihren Körper presste. Sie war wieder in dem Kokon aus goldenem Licht gefangen, es blieben ihr nur die stummen Tränen, um ihrer Angst Ausdruck zu verleihen.

Irgendwann, sie hatte jegliches Zeitgefühl verloren, es konnten nach ihrem Empfinden inzwischen sogar Tage verstrichen sein, erschien der gelbe Magier. Seine Augen funkelten in einem gesättigten Bernsteinton, während sein lichtblondes Haar in dicken Wellen über seine breiten Schultern fiel.

»In dem Stadium seid ihr so zart, zerbrechlich…«, seine Mundwinkel zuckten verräterisch nach oben, »und so *empfindlich.*« Er ging in die Hocke, seine Augen taxierten sie verächtlich, aber auch sehr gierig, er war sich ihrer Hilflosigkeit vollkommen bewusst. »Schon eine winzige Berührung von mir kann dich ins Tal der Schmerzen schicken, du kannst nur hoffen, dass man gnädig mit dir ist.« Er lächelte grausam. »Was aber nicht der Fall sein wird.«

Er streckte langsam seine Hand aus, verharrte knapp über ihrem ruhiggestellten Körper und lächelte sie weiterhin boshaft an. »Siehst du, wie wehrlos du bist? Nicht einmal eine Stimme zum Betteln haben sie dir gelassen.«

Marlene schaute den Magier nur aus weiten Augen an, ihr Atem ging schneller, als er seinen Arm Stück für Stück absenkte und ihrem Körper immer näher kam. Sie konnte tatsächlich nichts tun, denn die Decke hielt sie eisern an Ort und Stelle.

Seine Finger tauchten durch das goldene Licht hindurch und streiften über ihre Schulter. Sie schrie stumm auf.

»Sarsals Licht ist effektiv, nicht?«, grinste er und koste mit seinem Daumen über ihren Hals, was ihr mehr Tränen in die Augen trieb.

Er zog seine Hand zurück, dann klatschte er in die Hände und ein Tablett erschien wie von Geisterhand neben ihm. »Gefäß«, sprach er sie herablassend an, »ich werde dich jetzt von der Lichtdecke befreien, damit du Nahrung konsumieren kannst. Lass dir aber eins gesagt sein, es ist zwecklos, zu rebellieren.«

Er vergewisserte sich mit einem Blick in ihre verweinten Augen, dass sie verstanden hatte, dann erst zog er die goldene Decke mit einer spielerischen Leichtigkeit fort.

Marlene setzte sich sofort auf. Ihre Glieder schmerzten ein wenig, aber nicht so stark wie sie es bei der engen Fesselung erwartet hatte, aber wahrscheinlich besaß das Licht genug Intelligenz ihr nicht ernsthaft zu schaden.

Der Magier schob ihr auffordernd das Tablett zu.

Fast panisch studierte sie den Inhalt des Tellers. Sie wollte nicht das Gleiche kredenzt bekommen wie beim letzten Mal.

»Es ist Nahrung von der Erde, damit du Kräfte sammeln kannst für die kommende Reparaturprozedur«, sagte er spitz, als er ihre kritische Musterung bemerkte, »denn beim nächsten Termin wird Sarsal nicht anwesend sein, um dir zu helfen.«

Die Worte des Magiers ließen keinen großen Interpretationsspielraum, dennoch fragte sie leise: »Um mich zu bestrafen?«

Der Mann nickte, wenn seine Züge auch ein bisschen weicher wirkten. »Du bist für ein Erdenkind recht schlau, nicht intelligent, aber eine gewisse, kognitive Begabung kann ich dir nicht absprechen.«

In welchem Tonfall der Magier über sie sprach, schien er sie, trotz des zweifelhaften Kompliments, nicht zu mögen. Trotzig starrte sie zu ihm auf und er erwiderte ihren bitterbösen Blick mit einem abfälligen Lächeln.

»Schmoll nicht. Konsumiere die Nahrung«, befahl er leise, aber bedrohlich, dabei machte er eine harsche Geste.

Doch Marlenes Kehle war immer noch wie zugeschnürt. Sie verspürte keinen Hunger, nur unsäglichen Durst. Daher griff sie nach dem Glas und nippte an der Flüssigkeit, die leider gar nicht nach Wasser schmeckte. Sie spuckte es sofort aus.

»Das ist nicht von der Erde«, schimpfte sie. Er hatte sie reingelegt.

Wieder huschte dieser abwertende Ausdruck über sein schönes Gesicht, bevor er gelangweilt mit den Schultern zuckte. »Vielleicht ein Fehler unseres Bordcomputers. Du kannst es dennoch trinken, es ist nicht giftig für dich.«

Darauf verzichtete Marlene erst einmal, denn die Flüssigkeit prickelte unangenehm auf ihrer Zunge. Er notierte ihr Verhalten mit einem Stirnrunzeln. »Gefäß«, sprach er sie streng an, »trink.«

»Nein«, weigerte sie sich, »ich möchte echtes Wasser haben.« Sie wollte sich gar nicht vorstellen, was das außerirdische Wasser alles sein mochte, wenn sie es mit dem Inhalt ihres lebendigen Essens zuvor verglich. Sofort stellte sich bei ihr wieder ein Würgereiz ein.

Der Magier wirkte deutlich ungeduldig. »Du. Bist. Unartig.« Allein mit welcher Betonung er diese drei Wörter aussprach, erzeugte bei ihr eine Gänsehaut.

»Bitte«, versuchte sie ihn daher zu beschwichtigen, »ich werde ja trinken, aber dürfte ich echtes Wasser haben?«

»Nichts hier ist echt, selbst simples Wasser. Wir synthetisieren alles, was wir oder *unsere Gäste* brauchen. Die Flüssigkeit ist eine Spezialanfertigung, sie enthält alle Parameter, die ein menschliches Gefäß braucht.«

Sie hielt das Glas schweigend und unschlüssig in der Hand.

»Trink.«

Skeptisch studierte sie die glitzernde Flüssigkeit.

Sie rang immer noch mit sich, als dem Magier der Geduldsfaden riss, ohne weitere Warnung packte er sie am Schopf und zog ihren Kopf mit einem harten Ruck in den Nacken. Dann entwendete er ihr das Glas und nahm selbst einen großen Schluck der Flüssigkeit.

Sein Hautkontakt peinigte sie furchtbar. Dort, wo seine Finger ihre Kopfhaut berührten, brannte es höllisch, es kam ihr so vor, als hätten sich Milliarden von Feuerarmeisen in ihrer Kopfhaut verbissen. Sie jammerte und wandte sich unter seinem Griff, doch je stärker sie gegen ihn ankämpfte, desto mehr Schmerzen schienen seine Finger in ihrem Körper zu verbreiten.

Er überstreckte ihren Nacken weiter, ignorierte ihre Pein und beugte sich zu ihr vor. Sein Mund, angefüllt mit der Flüssigkeit, näherte sich ihren Lippen, die sie fest zusammengepresst hielt, aber ein kurzer Energieschub seiner Kraft ließ sie gellend aufschreien. Darauf hatte er anscheinend gewartet, denn er drückte seinen Mund fest auf ihre geöffneten Lippen. Ein Schwall der Flüssigkeit ergoss sich in ihrem Mundraum, während er mit seinem Mund ihre Lippen versiegelte. Schluck um Schluck flößte er ihr das Zeug ein. Seine zarte Lippenhaut fühlte sich weich, aber gleichzeitig wie reine Säure an. Sein Kuss ätzte ihr die Schleimhäute weg.

Sie gurgelte, hustete, doch er blieb unerbittlich. Erst als der letzte Tropfen zwischen ihren Mündern ausgetauscht war, entfernte er seine Lippen.

Er schwieg. Sah sie an, wie sie immer wieder verzweifelt über ihre knallrote, empfindliche Mundpartie strich, aber den Schmerz nicht wegwischen konnte.

»Es wird gleich nachlassen«, meinte er hämisch, »es sei denn, du bestehst darauf, dass wir das nette Spiel weiterführen.«

»Nein«, rief sie panisch, entriss ihm das Glas und kippte den restlichen Inhalt förmlich hinunter. Sie wollte ihm keine Chance geben, diese Prozedur wiederholen zu können.

»So ist es brav«, lobte er sie und zog endlich auch seine Hand von ihrem Hinterkopf fort. Nur ein feines Stechen blieb zurück.

Sie wischte sich die letzten Tropfen von ihrem Kinn, denn sie zogen eine kribbelnde Spur hinter sich her. »Warum behandelst du mich so?«, murmelte sie heiser. Ihr Mund und Hals brannte, während ihr Bauch zu schmerzen begann.

»Nimm dich nicht zu wichtig«, meinte er lakonisch, »ich behandle dich wie jedes Gefäß.«

Sie korrigierte ihre Frage. »Warum behandelst du die Gefäße so?«

»Weil ihr eine Schande für unsere Zunft seid. Geboren auf fremden Planeten, lediglich bestehend aus einer leeren, unreinen Hülle. Ihr seid auf der untersten Evolutionsstufe und doch wagt ihr es immer wieder, gegen uns zu rebellieren. Ihr seht nicht, was für eine Ehre euch zuteilwird, unsere reine, perfekte Magie tragen zu dürfen, stattdessen heult und schluchzt ihr…« Seine Miene wurde immer angewiderter, während er sprach, »dabei solltet ihr uns dankbar sein, dass wir euch von eurem unwürdigen Dasein befreien.«

Marlene probierte, seine schlechte Laune zu überhören. »Ich will nicht undankbar sein«, fing sie das Gespräch mit einer getürkten Entschuldigung an, »es tut mir leid.« Sie senkte reumütig ihre Augen, sie erhoffte sich mit ihrer Unterwürfigkeit, ihm ein paar Antworten abringen zu können. »Wann bin ich denn keine unwürdige Hülle mehr?«

»Das dauert noch«, seufzte er, »erst wirst du eine Novizin, dann ein Lehrling, später ein Master und ganz am Ende ein Grand Master sein.«

Sie hielt sich ihren gepeinigten Magen, der den Inhalt nicht behalten wollte, nur mit Mühe konnte sie den Brechreiz niederringen.

»Ich wurde schon Novizin genannt«, warf sie ein, doch er zerstreute ihre Hoffnung sofort wieder. »Die beiden Magier waren zu voreilig, sie nahmen wohl an, dass du keine Risse hast. Sie müssen sehr enttäuscht von ihrer Wahl gewesen sein, als sie erfahren haben, dass du inkomplett bist.«

Der Seitenhieb hatte gesessen.

»Du warst keine Enttäuschung, oder?«, murmelte sie verbissen.

»Nein. Ich bin ein geborener Magier. Nur die Wesen, die außerhalb unseres Sonnensystems auf die Welt kommen, sind Gefäße. Ihr könnt die Magie tragen, seid aber nicht von Natur aus mit ihr ausgestattet.«

Langsam begriff Marlene den Unmut des Magiers. Er empfand sich als etwas Besseres, wahrscheinlich widerte sie ihn tatsächlich mit ihrer magielosen Unvollkommenheit an.

»Wieso verzichtet ihr nicht auf uns Gefäße, wenn ihr sosehr auf uns herabschaut?!«

Sein Lächeln wurde schmal, es büßte an Überlegenheit ein. »Ein Virus, der das weibliche Chromosom zerstört, zwingt uns dazu. In unserer Welt werden keine weiblichen Magier mehr geboren, wir sind vom Aussterben bedroht. Daher müssen wir auf Gefäße zurückgreifen, wobei besonders weibliche Gefäße kostbar sind, denn sie sind äußerst selten. Wir müssen viele Galaxien durchreisen, um überhaupt *ein* weibliches Gefäß zu finden. Bis wir das Gefäß ernten können, lassen wir es von den Dienern überwachen, damit ihnen nichts passiert. Bei den männlichen Exemplaren betreiben wir nicht so viel Aufwand, sie kommen häufiger vor und wir brauchen sie nicht so dringend, wir nehmen sie nur mit, weil sie das Virus nicht in ihrem Erbgut tragen. Sie sind ganz gut für die Zucht geeignet.«

Zucht. Ernte. Gefäß. Seine Art zu sprechen, überlagerte jeden Brechreiz, doch sie machte weiter gute Miene zum bösen Spiel und ließ sich ihre Abscheu nicht anmerken. Sie wollte den Redeschwall des Magiers ausnutzen. »Ist das andere Mädchen, das vorher bei mir war, jetzt eine Novizin?«

Der Master mit den Bernsteinaugen blickte für einen Moment abwesend auf den leeren Platz neben Marlene, dann schüttelte er den Kopf. »Nein, zersprungene Gefäße sind nicht mehr zu retten. Blue war leider zu unachtsam.«

Schlagartig war die Angst wieder sehr präsent in Marlenes Kopf. »Wo ist sie dann?«

»Weg.«

»Ja, aber wohin?!«

Der Master wurde ärgerlich. »Das geht dich nichts an. Iss jetzt dein Essen oder ich füttere dich wieder.«

»Ich habe Bauchschmerzen, darf ich später essen?«

Er sah lange wortlos auf sie hinab, solange, dass sie nervös auf dem Boden hin und her rutschte. Dann sagte er: »Umso mehr Magie du aufnimmst, desto erträglicher wird es werden. Iss.«

Das hörte sich nicht gerade nach Mitleid und Verständnis an.

Sie schaffte das nicht, ihr Körper tat weh, ihr Magen brannte, sie hatte Angst. Langsam schob sie den Teller als Zeichen ihres Unwillens fort.

Sie hörte, ihn tief einatmen. Sie duckte sich, weil sie vermutete, dass er sie gleich wieder am Schopf packen und zwingen würde, aber nichts dergleichen geschah.

»Du möchtest normales Essen haben, richtig?«, kam es beinahe ungewohnt milde aus seinem Mund.

»Ja...ja«, stammelte sie. Sein unerwartetes Einlenken überraschte sie.

»Gut, pass auf. Du bekommst Nahrung, die nicht mit winzigen Magie-Partikeln versetzt ist, aber ich werde dir dann auf eine andere Art Magie zuführen.«

»Nein«, stotterte sie, weil sie sofort begriff, worauf er hinauswollte. Doch er steckte schon seinen Finger in seinen Mund, dann zog er ihn feucht glänzend heraus. »Spreiz die Beine«, ordnete er monoton an. In allem was er tat, wirkte er, wie alle Magier, stets sehr mechanisch und emotionslos.

»Was hast du vor?«, raunte sie, obwohl sie es schon wusste.

»Jegliche Körperflüssigkeiten von uns sind gute Träger von Magie, während die Schleimhäute von Gefäßen sehr gute Rezeptoren sind…«

Sie robbte von ihm weg, aber der Boden unter ihrem Körper bewegte sich sofort gegenläufig, sodass sie auf der Stelle festhing.

»Komm, öffne deine Beine.« Er lächelte diabolisch. »Oder soll ich nachhelfen? Du magst den Schmerz, der entsteht, wenn ich dich anfasse, nicht wahr.«

»Nei…nein.«

»Oh doch.« Er lehnte sich nach vorne, griff nach ihrem Fußknöchel und zog ihren bebenden Leib zu sich heran. »Deine Haut glänzt so schön, du hast wundervolle Beine und deine kleine, niedliche Musc…«

Weiter kam er nicht, denn sie hatte ihren Fuß mit einer raschen Drehung aus seiner Umklammerung befreit, war nach vorne geschnellt und hatte ihn, wie ein wildes Tier, das man in die Ecke gedrängt hatte, gebissen.

Fassungslose Stille trat ein. Erstaunt sah er auf seine blutende Hand hinab. Ungläubig hielt er sie vor sein Gesicht, betrachtete die Blutstropfen, dann wurde seine Mimik hasserfüllt.

»Du Miststück.« Er gab ihr mit der geballten Hand einen heftigen Schlag auf den Oberkörper, dann noch einen. Sie krümmte sich schutzsuchend und hilflos zusammen. Sie schluchzte auf, als er erneut seine Hand erhob.

Doch es erfolgte kein neuer Hieb, stattdessen umwehte ein kühler Hauch Marlenes nackten Körper. Master Blue stand seitlich neben dem gelben Magier und hielt dessen Arm am Handgelenk umklammert. Er hatte den Schlag abgefangen.

»Wir strafen nicht mit brutaler, sinnfreier Gewalt. Niemals«, meinte er mit einer Grabesstimme, die seine bitterböse Miene unterstrich. »In Lucea stehen uns andere Mittel zur Verfügung.«

»Aber sie hat mich gebissen«, knurrte der Andere erzürnt und befreite sich mit einem erbosten Ruck aus dem Griff des Blauen. »Das verdammte, nutzlose Gefäß hat mich angegriffen, mich, einen blutreinen Magier.«

»Ja, und?« Verständnislosigkeit zeichnete Blues feine Gesichtszüge. »Diese banale Verletzung, die das heilige Licht innerhalb eines Atemzugs geheilt hat, steht nicht im Verhältnis zu deiner Gewalt.«

Der gelbe Magier ballte erzürnt seine Hände und tatsächlich war die Bisswunde auf seinem Handrücken bereits verschwunden.

»Darum geht es nicht. Das Gefäß hat sich einem blutreinen Magier nicht zu widersetzen.«

Der Blaue konnte sich nur noch mit Mühe beherrschen, seine Zähne knirschten, als er mit seinen Kieferknochen mahlte. »*Du* als *blutreiner* Magier solltest doch dann *besonders gut* die Vorgaben des Rates kennen, oder? Trotzdem hast du eigenmächtig gehandelt. Bei Abweichungen des Verhaltens von Neuzugängen hast du den Magierrat um Erlaubnis zu fragen, ob deine Interventionen genehmigt werden. Es stand dir weder zu, das Gefäß auf diese Art zu befüllen, noch es so zu bestrafen.« Blues Antlitz schimmerte frostig. »Außerdem hast du rohe Gewalt angewendet, an *meinem* Gefäß, das war ein großer Fehler, Y.«

Der Gelbe warf Marlene vernichtende Blicke zu. »Dann werde ich mir die Erlaubnis einholen.« Sein Satz klang in Marlenes Ohren wie eine Todesdrohung, doch bevor sie in helle Panik verfallen konnte, schritt erneut der andere Master ein. »Der Rat lehnt deine Methoden ab. Du wurdest von ihr und allen Gefäßen abgezogen.«

»Nein«, knurrte der Mann tief, »sie gehört mir.«

»Nein, sie ist von Red und mir gefunden und auserwählt worden. Du hast keine Ansprüche auf das Gefäß.«

Der gelbe Magier lieferte sich ein zorniges Blickduell mit seinem Gegner, ehe er mit einem lauten Fluchen im Nichts verschwand.

Marlene brach in Tränen aus, sobald der Kerl sich endlich in Luft aufgelöst hatte und keine Bedrohung mehr darstellte. Ihre Schultern wippten unter der Last der Weinattacke, ihre Nase lief und ihre Augen röteten sich. Doch auch wenn Blue vielleicht ihr Retter gewesen war, Mitgefühl zeigte er nicht. Stattdessen befahl er schroff: »Schau mich an.«

Langsam legte sie ihren Kopf in den Nacken und sah aus verquollenen Augen zu dem Mann auf, der wie eine abweisende Marmorstatue wirkte.

»Ab jetzt wirst du gehorchen. Haben wir uns verstanden?«

»Ja«, wimmerte sie, »ja, aber bitte nimm mich mit. Lass mich nicht hier alleine zurück.«

»Marlene«, er sprach sie sonst nie mit ihrem richtigen Namen an, doch jetzt tat er es, »du musst hierbleiben, bis die Risse gekittet sind, vorher darfst du den Schutzraum nicht verlassen.«

Seine Statur flimmerte vor ihren Augen. »Nein«, kreischte sie, aber ihre Hand glitt ins Leere. Er war fort. Und sie wieder einmal alleine.

Sie zog ihre Knie an ihren Oberkörper, schlang die Arme um ihre Beine und schluchzte. Die Eintönigkeit der weißen, grellen Wände, die Stille, die Monotonie, all das brachte sie um den Verstand.

Sie weinte sehr lang, doch irgendwann schlief sie erschöpft ein, bis die weibliche Computerstimme sie weckte: »Neuzugang, graues Flügelkind, erhebe dich.«

Sie schüttelte nur müde den Kopf, auch wenn es sie tangierte, einen Namen bekommen zu haben, der über die allgemeine, herablassende Anrede *Gefäß* hinausging, war sie einfach zu fertig, um aufzustehen.

»Neuzugang graues Flügelkind, erhebe dich.«

Wieder verweigerte sie den Befehl und rollte sich auf dem Boden zusammen. Die Stimme erteilte keinen weiteren Befehl, dem sie auch nicht nachgekommen wäre, denn sie war zu erschöpft und in ihrer eigenen Welt gefangen. Stattdessen strich eine Hand wohltuend über ihr Rückgrat, da die Berührung weder schmerzte noch unerträgliche Empfindungen in ihr hervorrief, tippte Marlene auf Sarsal.

»Geh weg«, schniefte sie.

»Warum machst du es dir so schwer, hm?« Der Diener sprach in einer Mischung aus Anteilnahme und Unverständnis. »Es verschlimmert doch nur alles.« Seine kräftigen Hände packten sie, eine Hand legte er unter ihren Nacken, die andere unter ihre Kniekehlen, dann hob er sie hoch. »Komm, dein Tagesablauf sieht die Waschung deines Körpers vor.«

Widerstandlos ließ sich Marlene von ihm im Arm halten und er drückte ihren zitternden Leib ganz fest an sich. »Ich stell dich jetzt ab, bleib einfach stehen, die Reinigung geht schnell.«

Behutsam ließ er ihre Beine zuerst auf den Boden gleiten, stützte sie währenddessen aber immer ab und hielt sie weiterhin gut fest, sodass sie nicht wieder auf den Boden sinken konnte.

»Ist sie bereit?«, wollte plötzlich eine zweite Stimme wissen. Marlene identifizierte sie, bevor sie überhaupt den Kopf drehte und den Sprecher anschaute. Es war der Magier mit den verschiedenen Farben, der schon mal zusammen mit dem Gelben aufgetaucht war.

Sofort zuckte sie wieder ängstlich zusammen und kauerte sich dichter an Sarsal, der jedoch einen leichten Ausfallschritt zur Seite machte, sodass sie zwar immer noch von ihm gehalten wurde, aber den Blicken des anderen Magiers schutzlos ausgeliefert war.

»Ja, ich denke schon.«

»Dann spreche ich den Wasserzauber.«

Ehe Marlene fragen konnte, was das - insbesondere für sie - bedeuten könnte, ergoss sich auch schon ein lauwarmer, kontinuierlicher Schwall Wasser über ihren Körper. Sie riss die Augen auf, aber mehr aus Überraschung als aus Angst, da die Flüssigkeit aus dem Nichts aufgetaucht und über ihren Körper geschwappt war.

Zuerst war sie beruhigt, da es sich wirklich nur um Wasser zu handeln schien, das ihren Körper umspülte, doch dann entwickelten die Tropfen ein eigentümliches Eigenleben. Sie krochen in jede Körperöffnung, ausgenommen Mund und Augen, und bahnten sich ihren Weg auch in ihr Innerstes.

Sie kreischte auf, wollte sich aus Sarsals Klauengriff befreien, aber der hielt sie nur stoisch fest, er sah dabei sogar relativ relaxt aus, als koste es ihn kaum Mühe, ihren tobenden Leib zu bändigen.

»Entspann dich, lass deine Muskulatur locker, dann tut es überhaupt nicht weh. Mach kein Drama daraus.«

Das lebende Wasser war überall, es spülte ihr die Ohren, glitt in ihre Spalte und übte schließlich Druck auf ihr Hinterteil aus. Als Marlene begriff, was die eigentümliche Flüssigkeit vorhatte, verlor sie jegliche Beherrschung. Sie zerrte an dem Griff des Dieners, trat nach ihm, spuckte ihm sogar ins Gesicht, aber er hatte für ihr Gebaren nur ein müdes Lächeln übrig.

Ruhig sagte er: »Normalerweise dauert die komplette Reinigung eines Gefäßes nur knapp vier, fünf Minuten, wenn du aber weiterhin Widerstand leistest, zieht sich das enorm in die Länge. Also, willst du es schnell hinter dich bringen oder nicht?«

Sie nickte panisch.

»Dann lass es zu.«

Sie blickte ihn aus großen Augen an. Sie sollte dem Wasser Einlass gewähren? Nein. Niemals.

Sarsal zog sie wieder ein Stück zu sich heran und sah ihr tief in die Augen, dabei verlieh er seinem Tonfall einen beruhigenden Klang. »Es ist magisches Wasser, es ist steril, osmotisch an dein biologisches System angepasst und völlig unbedenklich. Dir kann nichts passieren. Vertrau mir, dann ist es schnell vorbei.«

Ihm Glauben schenken? Sie versuchte in seinen Augen zu lesen, aber obwohl er ihr einen Blick in seine schönen Pupillen gewährte, war es ihr nicht vergönnt, daraus zu lesen. Seine wahren Absichten blieben ihr verborgen.

»Du willst mir nicht vertrauen, nicht wahr?«, fragte er beinahe enttäuscht, als sie immer noch bebend und verkrampft vor ihm stand und augenscheinlich nicht kooperieren wollte.

»Ich weiß nicht.« Das war eine ehrliche Antwort von ihr.

»Ich schon«, seufzte er, dann ließ er sie kurz los, aber nur um mit seinen Händen kleine Symbole in die Luft zu zeichnen. Er hatte noch nicht einmal seine Arme vollständig gesenkt, da erschien auch schon wieder das goldene Licht, das sich blitzschnell um Marlenes Körper schlang. Zusammengeschnürt und unfähig sich zu rühren, stand sie nun vor den zwei Männern.

Das Wasser nutzte die Gelegenheit und drang weiter vor. Marlene spürte ein Stechen, als die Tropfen den Widerstand ihres Muskelrings überwanden und ihren Bauch füllten.

Sie stöhnte auf, sie hatte das Gefühl zerrissen zu werden.

Sarsal machte einen Schritt auf sie zu, strich ihr eine Haarsträhne aus dem Gesicht. »Ein Gefäß muss seinem Gefäßner trauen, mein Schatz. Wir werden später eine Schicksalsgemeinschaft bilden, verstehst du?«

Natürlich verstand Marlene nicht, sie war auch weder in der körperlichen noch in der mentalen Verfassung dazu.

Er ließ die Haarsträhne los. »Wenn du mich ablehnst, kann ich dir bei der Vereinigung nicht beistehen und du könntest zerspringen. Dann musst du für immer hierbleiben. Hier an diesem tristen, einsamen Ort. Begreifst du nun die Tragweite deines Misstrauens mir gegenüber?«

Marlene wimmerte. Das Wasser floss wieder aus ihr heraus und nahm den Schmutz mit sich. Doch sie war nicht erleichtert, sie war furchtbar zornig. Sie war wütend auf die überheblichen Magier, wütend auf das goldene Licht, wütend auf den verräterischen Diener, wütend auf diese Welt…innerlich tobte sie, ein funkelndes Licht blitzte kurz vor ihren Augen auf, verschwand dann jedoch augenblicklich wieder. Selbst die Magier schienen es nicht gesehen zu haben, jedenfalls reagierten sie nicht darauf.

»Die Reinigung ist beendet«, meinte der Zweifarbige und warf Sarsal ein Stirnrunzeln zu,

»aber du kannst nicht jeden Tag dabei sein und helfen.«

»Ich weiß«, meinte der Diener betrübt. Er strich mit der Innenseite seiner Hand über Marlenes Wange, plötzlich stutzte er.

»Was…?«, irritiert beobachtete er Marlene genauer, dann drehte er sich perplex zu dem Magier um, der bestätigend nickte. »Ja, ich habe es auch gespürt. Wahrscheinlich nichts weiter als ein *Flackern.*«

»Ein Flackern?«, Sarsals Tonfall war zweifelnd.

»Ja«, entschied der Zweifarbige, »was soll es sonst gewesen sein?«

»Hm«, der Diener wirkte weiterhin misstrauisch, doch dann zog er seine Hand zurück und ging zusammen mit dem Magier weg, ohne sich weiter um das verstörte Mädchen zu kümmern.

Marlene saß inzwischen wieder auf dem Boden, nur mit dem Unterschied, dass das goldene Licht noch immer ihren Leib umschlungen hielt. Sie war so trocken, als hätte nie ein einziger Tropfen ihren Körper berührt. Es war beinahe, als hätte sie nur einen bösen Albtraum gehabt und sei nun erwacht.

Doch sie wusste es besser. Die erneute Demütigung hatte sich tief in ihr Herz gefressen und langsam keimte in ihr ein brodelnder Widerstand auf. Sie wischte sich die Tränen mit dem Handrücken fort, reckte ihr Kinn in die Höhe und stieß ein dunkles, bedrohliches Knurren aus.

Es reichte. Graue Funken tanzten um ihren bebenden Leib und fraßen große Löcher in die Decke. Schließlich zersprang das goldene Licht mit einem lauten, schrillen Ton und auch Marlenes magische Fußkette löste sich allmählich unter dem graugrünen Feuersturm auf.

Verblüffung

Sarsal hatte sich gerade einen Gwin-Tee gemacht und ließ sich nun in dem Gemeinschaftsraum der Master nieder, der einem irdischen Wohnzimmer nachempfunden war. Seine Herren notierten sein Erscheinen nur mit einem wohlwollenden, knappen Kopfnicken, dann vertieften sie sich wieder in ihre Schriften. Es war für den Diener eine Ehre, bei den hochrangigen Magiern verweilen zu dürfen. Nicht vielen Gefäßnern war ein solches Glück beschert, denn die meisten Zauberer duldeten keine Diener in ihrer Mitte. Nur Blue und Red waren anders, sie behandelten ihn sogar wie einen Bruder, zwar wie einen *kleinen Bruder*, aber immerhin.

Er seufzte leise und betrachtete die Szene, die sich ihm bot, mit Ehrfrucht und Melancholie zugleich, denn obwohl er ein Teil davon war, würde er nie wirklich dazugehören. Dennoch genoss er die friedliche, entspannte Atmosphäre. Ein unnatürlich rotes Feuer prasselte im Kamin und verriet dem Diener, dass es der magischen Kraft von Red entsprang.

Er nahm einen tiefen Zug des würzig-bitteren Tees und meditierte die Anstrengung der letzten Tage weg. Der Umgang mit dem ungewöhnlichen Gefäß laugte ihn aus.

»Wie geht es dir, Sarsal?« Red sah ihn an, er hatte seine Bücher und Stifte zur Seite gelegt. Ein Zeichen, dass er ernsthaft an einem Gespräch mit dem Diener interessiert und es nicht nur eine Floskel war.

»Es geht. Das Flügelkind hat mich viel Kraft gekostet.«

»Oh«, stieß der Rothaarige mitfühlend aus. »Warum?«

»Weil…«, er stockte, denn in seinem Brustkorb schäumte Scham auf.

»Ja, weil?«, hakte Red nach, als der Diener nicht weitersprach.

Sarsals Herz wurde immer schwerer. *So viel Schuld. So viel Schmach.* »Weil sie mir nicht vertraut.«

Der rote Magier kräuselte seine Lippen und seine gescheiten Augen streiften nur ein paar Millisekunden Sarsals Gesicht, dann kannte er schon die wahren Befürchtungen seines Dieners. »Du hast Angst, dass sie zerbricht, weil sie dir nicht vertraut und es doch muss, wenn sie die Vereinigung unbeschadet überstehen soll. Deine Furcht ist es, sie genauso zu verlieren wie Aset. Nicht wahr?«

Jetzt war es ausgesprochen. Sarsal warf dem blauen Magier, der noch immer unbeteiligt dasaß, einen kurzen, unsicheren Blick zu, denn schließlich war Aset Blues Gefäß gewesen, dann bestätigte er die Einschätzung des Roten. »Ja.«

Red fuhr sich nachdenklich mit der Hand über sein Kinn, seine Pupillen funkelten im Feuerschein noch intensiver. »Das war ein bedauerliches Unglück, Sarsal, und nicht deine Schuld. Dem Flügelkind werden wir ausreichend Zeit geben, dich kennenzulernen und wir werden die Risse dieses Mal besser kitten. Wir werden *dieses* Gefäß sicherlich nicht auch verlieren.«

»Uns bleibt nur keine Zeit«, wisperte Sarsal so leise, dass es nur für seine Ohren und nicht für die der Master bestimmt war, aber das heilige Licht, das alles umgab, verstärkte sein Geflüster und trug es artig zu den Zauberern. *Die Magie war eine Verräterin.* Sie hielt sich penibel an die Rangordnung, einem Diener gewährte sie keine Geheimnisse.

»Was hast du gerade gesagt?«, raunte der rote Zauberer schon gleich darauf.

Blöde, hinterhältige, parteiische Magie! »Nichts«, haspelte Sarsal und schüttelte heftig seinen Kopf.

»So?« Der Rotäugige stand auf, sein Körper war an Geschmeidigkeit und Anmut nicht zu übertreffen. Er stoppte vor Sarsals Sessel, ging in die Hocke und legte seine warmen Hände auf die Oberschenkel des Dieners. »Armer Sarsal.« Sein Tonfall war leicht mit Ironie durchsetzt, aber noch wertschätzend genug, um den Diener nicht gänzlich zu düpieren.

»Hm«, grunzte Sarsal nur abwehrend. Die Hände des Magiers brachten seinen Körper zum Schwitzen.

»Du weißt etwas über das Gefäß, was uns noch verborgen ist, nicht wahr? Was hast du gesehen? Sag es mir«, schmeichelte Master Red.

Es verblüffte den Diener immer wieder aufs Neue, wie feinfühlig die Zauberer sein konnten. Ihre sensiblen, magischen Sinne konnte man nicht täuschen oder hintergehen.

Trotzdem probierte Sarsal es erneut mit einer Lüge. »Gar nichts. Sie ist ein gutes Gefäß, mehr nicht.«

»Oh, Sarsal«, schimpfte der Andere leicht amüsiert und mehr Hitze floss in den Diener hinein, raubte ihm fast die Luft zum Atmen. »Du wirst mich doch nicht belügen wollen, hm?«

Abwehrend rutschte der Diener ein Stück auf der Sitzfläche hoch, aber Red folgte ihm.

Es blieb ihm keine andere Wahl, als zu gestehen, dennoch traute er es sich nicht, doch ein unerträglicher Energiestoß des Masters beendete schließlich all seine Bedenken. »Es ist nur eine Annahme.«

Sarsal hörte, wie nun auch Blue seine Utensilien beiseitelegte, denn es raschelte leise. Anscheinend hatte er nun doch beschlossen, der Konversation beizuwohnen.

»Was für eine Annahme?«, erscholl seine frostige, tiefe Stimme und seine blau schimmernde Gestalt tauchte neben Red auf.

Der Diener druckste herum, es stand ihm nicht zu, eigene Vermutungen aufzustellen. Als Gefäßner hatte er nur die Gefäße zu prüfen – mehr nicht. Die Interpretation der Ergebnisse war nicht ihm, sondern ausschließlich den Magiern gestattet. Er überschritt seine Kompetenz gewaltig.

»Sprich.«

»Die Gabe, die graue Farbe…«, er räusperte sich, »irgendwas stimmt da nicht. Da ist ein komischer Glanz, der über ihrer Aura liegt.«

»Was soll das heißen, meinst du, sie ist ein Flügelkind *und ein Farbwandler*?«

»Nein«, gab der Diener kleinlaut unter den strengen Mienen seiner Master zu. »Nein, noch ist nichts sicher.«

»Also gibt es keine Beweise für deine Theorie?«, fragte Blue mit steifem Ausdruck.

»Master Zwei meinte, es könnte ein Flackern gewesen sein, aber ich glaube nicht, dass es lediglich das war. Es war viel intensiver, gefährlicher…«

Blues Miene wurde bei jedem seiner Worte dunkler und übellauniger. »Und Zwei war anderer Ansicht?«

»Ja.«

Blue drehte sich energisch um. »Dann schweig darüber.« Doch dann wandte er sich wieder seinem Diener zu und zog seine Augenbrauen zusammen. »Und frag Master Zwei was er im Gegenzug für sein Schweigen haben möchte. Ich will nicht, dass absurde Theorien über das Flügelkind verbreitet werden.«

Sarsal nickte und wollte gerade eine Entschuldigung erwidern, als ein Warnsignal ertönte. *Unbefugte Magie im Aufbewahrungsraum für Gefäße.*

Beide Master blickten sich verwundert und erschrocken an, dann verschwanden sie augenblicklich, um im Aufbewahrungsraum wieder zu erscheinen. Sarsal folgte.

Schmerz

Sie war endlich frei. Sie sprang auf, wischte die letzten Reste des goldenen Lichts von ihrer blanken Schulter und irrte durch den Raum. Sie lief, aber der Boden unter ihren Füßen schien sich wie bei einem Laufband zu bewegen, sodass sie nicht von der Stelle kam.

Überall war sie umgeben von dem weißen, nüchternen, sterilen Licht.

Gab es denn hier keinen Ausweg?

»Halt«, echote es von den Wänden. Die weibliche Computerstimme meldete sich zu Wort. »Neuzugang, es ist dir nicht erlaubt, das zu tun. Bleib stehen und verhalte dich ruhig, bis die Master eintreffen.«

Die Frau hatte einen Sprung in der Schüssel, als würde sie tatsächlich seelenruhig auf ihre Peiniger warten. Sie hetzte weiter, auch wenn der Raum sich mit ihr zu bewegen schien.

»Neuzugang. Verhalte dich ruhig. Warte bis die Master kommen«, wiederholte die blecherne Stimme laut.

Marlene konnte nicht anders, als sich die Ohren zuzuhalten, denn die Worte dröhnten in ihrem Kopf, der beinahe zu zerspringen drohte. Sie rannte und hielt gleichzeitig die Hände auf ihre Ohrmuscheln gepresst, aber die Stimme drang trotzdem zu ihren Sinnesorganen vor. Sie wütete in ihrem Kopf.

»Aufhören«, brüllte sie der Frau entgegen und stolperte weiter durch das helle Licht, ohne einen Ausweg zu erkennen, nur endloses, weißes Nichts erstreckte sich vor ihr.

Batsch. Eine Ohrfeige traf sie aus heiterem Himmel. Der Schlag war nicht fest gewesen, fast nicht spürbar, aber durch die magische Übertragung war ihre ganze Wange eiskalt und taub geworden. Master Blue stand vor ihr und seine Miene spiegelte Grausamkeit wider. »Widersetz dich und es bleibt nicht bei einer Ohrfeige, auch wenn ich rohe Gewalt ablehne«, fauchte er.

Sie blieb wie versteinert stehen. Ihre Wange brannte vor Kälte und sie musste die unerfreuliche Überraschung erst verarbeiten, doch dann kochte Wut in ihr hoch. *Wie konnte er es wagen, sie so zu behandeln?* Grüne Funken wirbelten wie feine Pfeilspitzen umher und schnitten kleine Furchen in die helle Lichtwand, die immer mehr einriss.

»Pass auf«, keuchte Master Red, der neben Blue erschienen war, und seine Augen wurden groß, »sie kann ihre Magie einsetzen. Der Raum droht, zu kollabieren.«

Blue betrachtete sie mit einer Mischung aus Neugierde und purem Argwohn von Kopf bis Fuß. »Ohne die Vereinigung? Unmöglich, das kann nicht sein.«

»Leider doch«, rief Red bestürzt aus, als die Lichtpunkte sich zu großen Bällen zusammenschlossen und inzwischen zentimetergroße Löcher in die Wand rissen.

»Verflucht«, knurrte Blue, »wenn der Raum einreißt, fallen wir ins Nichts. Wir müssen Abstand halten und dürfen unsere Magie nicht benutzen, wenn sie wirklich ein Farbwandler ist, kann sie unsere Gaben für sich nutzen.«

Sie verstand den Sinn seiner Worte nicht, aber es war ihr auch egal, sie war sauer, wütend und sie wollte hier endlich raus. Mehr grünes Licht floss aus ihren Fingerspitzen und die Löcher wurden noch größer.

Master Blue wirkte zum ersten Mal nicht kontrolliert, sondern völlig fassungslos. Zu ihr gewandt sprach er: »Wir werden dich aus dem Raum entlassen, wenn du dich jetzt auf der Stelle beruhigst. Es ist gefährlich, was du da tust, für dich, für uns, für alle. Du bist als Gefäß nicht in der Lage, deine Magie ausreichend zu beherrschen, du kannst damit ein ganzes Universum zerstören.«

»Dann lasst mich in Ruhe«, donnerte sie und ein neuer Lichtwirbel entsprang ihren zitternden Händen. Sie hatte keine Ahnung, *was* sie und *wie* sie das machte, aber es schien die Magier zu beeindrucken und sie davon abzuhalten, ihr zu nahe zu kommen.

Aus den Augenwinkeln nahm sie wahr, wie immer mehr Magier und auch Sarsal um sie herum erschienen. Die Männer blickten sie ungläubig, nein eigentlich entsetzt an. Ein unheilvolles Flüstern und Raunen ging durch die Menge. Furcht durchdrang die gesamte Atmosphäre.

Master Blue hob beschwichtigend seine Hände, präsentierte ihr die blanken Handflächen und machte einen kleinen Rückwärtsschritt. »Okay…aber bitte beruhige dich.«

Wirr warf sie den Kopf herum, als sich ein Schatten an sie heranschlich. »Geh weg…« Ein grüner Lichtblitz traf den fremden Magier, der es gewagt hatte, sich ihr zu nähern, und schleuderte ihn fort. Aus dem Raunen wurde ein erschrockenes Keuchen.

Selbst die unbewegte Miene des blauen Magiers zuckte für einen kurzen Moment erschrocken zusammen. Dann sagte er laut: »Alle zurück, lasst sie in Ruhe, verbergt eure Magie.« Er sah Marlene direkt in die Augen. »Du willst hier raus, ich helfe dir.«

Sie verzog skeptisch ihre Mundwinkel. »Nein. Ich vertraue dir nicht.«

»Ohne Magier kommst du hier nicht raus, du musst mir schon vertrauen«, er zuckte mit seinen breiten Schultern, »und was soll ich dir schon tun? Deine Magie ist aktiviert und frei fließend, sie würde meine Kraft augenblicklich absorbieren und gegen mich verwenden. Unsere Mittel können dich nicht mehr bändigen.«

Sie stand in mitten des unendlichen Raums, umringt von Magiern, und atmete hektisch ein und aus. Sollte sie sein Angebot tatsächlich annehmen? Sie drehte ihren Körper um die eigene Achse, überall wütende, hasserfüllte Gesichter. Sie war allein. Nur Blue lächelte schmal. Sie klammerte sich förmlich an sein leichtes Lächeln.

»Komm«, lockte er und streckte seine Hand aus, »wir gehen gemeinsam.«

Sie zitterte.

»Hab keine Angst.«

»Ich darf gehen?«

Er nickte geflissentlich. »Sicher, du bist kein Gefäß mehr, du besitzt schon eigene Magie, ein äußerst seltener und ungewöhnlicher Fall, aber er ist eingetreten.«

Seine Worte klangen plausibel, ehrlich. Sie machte einen Schritt auf ihn zu, er lächelte sie aufmunternd an und sein Lächeln wurde breiter. »Komm«, wiederholte er und winkte ihr zu.

Sie atmete tief durch. Die graugrünen Lichtstürme ebbten ab. Der Kreis von Männern lichtete sich und wich zurück, als sie auf Master Blue zuschritt.

»Großmeister Blue, das könnt ihr nicht tun, sie ohne Vereinigung gehen zu lassen, ist grob fahrlässig«, schnaufte ein Magier mit pinken Augen und Haaren, doch sein entrüsteter Ausdruck wurde schlagartig verlegen, als er den zurechtweisenden Blick des Blauen auffing. »Schweig und misch dich nicht ein. Ich habe die vollen Befugnisse des Rates und darf daher machen, was ich für richtig halte. Sie darf zurück auf die Erde.«

»Ja. Entschuldigung«, nuschelte der Pinke und zog sich anschließend stillschweigend in die Masse der herbeigeeilten Master zurück, während Blue sich wieder Marlene widmete. Seine Augen, die sonst die Farbe von gefrorenem Eis hatten, glänzten nun in einem sanften Himmelblau. »Los, kleine Magierin, es ist an der Zeit, diesen Ort zu verlassen. Ich bin so stolz auf dich.«

Sie zögerte. Seine Hand war verführerisch nach vorne gestreckt, sie musste sie nur ergreifen, dann konnte sie endlich den Ort des Schreckens verlassen.

»Ja, Marlene, komm her«, sagte er weiter freundlich und ruhig.

Sie traf eine Entscheidung, entschlossen machte sie den letzten Schritt auf ihn zu und griff nach seiner Hand. Seine Finger schlangen sich erst weich, dann steinhart um ihr Handgelenk und in dem Moment wusste sie, dass sie einen großen Fehler begangen hatte. Aus der freundlichen Miene wurde eine hässlich verzerrte und das vorgetäuschte Lächeln erstarb augenblicklich, als sie ihren Kopf in den Nacken legte und den blauen Magier ungläubig anschaute.

Seine Lippen bewegten sich kaum, als er raunte: »Synthese von menschlichen Beruhigungsmittel und Applikator.«

»Was?«, hauchte sie noch fragend, während in seiner Hand eine Spritze erschien. Er lächelte eisig auf sie hinab. »Ich sagte doch, mit unseren Mitteln nicht, aber es bleiben immer noch die irdischen.«

Ihr Geist verstand nicht oder sie war einfach so paralysiert davon, dass es dem Magier so einfach gelungen war, sie hinters Licht zu führen, dass sie kaum Gegenwehr leistete, als er sie mit seinem Unterarm dicht an seinen Körper zog und mit der anderen Hand die Nadel blitzschnell in ihrer Halsvene versenkte. Rasche injizierte er das Medikament. Sie spürte es kaum, so schnell war es gegangen.

Erst als er achtlos die leere Spritze auf den Boden warf, registrierte sie die Tragweite seines Verrats. Sie zappelte, doch ihre Bewegungen waren schon unkoordiniert und lahm.

»Halt still«, zischte er und drückte sie auf den Boden.

Nach und nach – bedingt durch die Droge - entspannte sie ihre verkrampften Muskeln unwillentlich und gab dem Druck des Magiers nach und sank betäubt auf den Boden.

»Du hast gesagt, du hilfst mir«, maunzte sie, ihre Zunge lag schwer in ihrem Mundraum, eine angemessene Artikulation schien nicht möglich.

»Dir?«, seine Stimme klang so verächtlich, dass es schmerzte, »du bist lediglich ein Gefäß.«

Red beugte sich nun auch über sie. In seinen Augen lag keine Abscheu, sondern nur Ratlosigkeit. »Was machen wir nun mit ihr?«

Der blaue Magier seufzte auf. »Das Ritual vorziehen und dabei hoffen, dass sie nicht zerspringt, aber ihre Magie muss gebündelt werden.« Er stupste ihren regungslosen Körper mit der Fußspitze an. »Und wir werden sie bestrafen müssen.«

»Mhm.« Red sah sich um, dann klatschte er in seine Hände. »Sarsal?«, rief er, »bereite sie vor.«

Der Diener nickte. Mit einem traurigen, aber auch betroffenen Ausdruck kniete er sich zu Marlene, legte seine Hand auf ihren Brustkorb und murmelte zwei, drei Wörter, die sie nicht verstand. Der Raum wankte und schwankte, dann löste er sich komplett auf.

Sie waren in einem kargen Zimmer und doch konnte Marlene ein erleichtertes Ausatmen nicht unterdrücken. Der Raum hatte Wände, Kanten, Ecken. Sie konnte sich kaum an der Endlichkeit des Zimmers sattsehen.

Der Diener gewährte ihr den kurzen Moment des Glücks, ehe er sie auf eine weiche Liege ablegte und ihre Hände über den Kopf zog und dort fixierte. Dann spreizte er ihre Beine leicht und legte auch hier Bänder um die Gelenke und zog sie fest. Er hatte ein leichtes Spiel mit ihr, da sie immer noch schwach und willenlos war.

»Liegst du bequem?«, wollte er wissen und überprüfte ihre Lage, indem er mit seinen Handkanten erst die Fesseln, dann ihre Seiten abstrich. »Ich muss leider auf diese altertümliche Methode zurückgreifen, denn meine Lichtdecke interferiert ansonsten mit deiner geraden erwachten Magie.«

Sie hob träge ihre Augenlider. »Ist das ein Scherz? Du bindest mich fest und fragst mich dann, ob es bequem ist?«

»Die Fixierung ist notwendig. Du könntest dich sonst bei der Vereinigung verletzen. Wir wenden das nicht für uns, sondern für die Gefäße an. Auch wenn du es nicht glauben magst, aber du bist ein wertvolles Gut.«

»Aha«, stieß sie zynisch aus, »ihr fesselt mich, weil ihr euch Sorgen macht, dass ich mich beim Sex verletzen könnte. So ein Quatsch. Es macht euch doch lediglich geil.«

»Nein. Der Geschlechtsakt ist ein gewöhnliches Ritual, wir befolgen nur die Regeln, die der Rat aufgestellt hat. Die Bindung der Gefäße gehört zum Standard. Niemand…«, er holte tief Luft, »wirklich niemand von unserer Welt mag das tun, aber es ist unsere Pflicht.«

Er verschwand kurz aus ihrem Sichtfeld, dann erschien er mit einer weiteren Spritze. »Du scheinst mir wieder munterer zu werden, meine Kleine.«

Sie schüttelte abwehrend ihren Kopf und kleine, aber sehr mickrige, grüne Funken wirbelten in der Luft umher. Sarsal beäugte die glitzernden Punkte mit einem verdrießlichen Stirnrunzeln. »Deine Regenerationskräfte sind enorm gestiegen, seit die Magie in deinem Körper erwacht ist. Ansonsten erfreulich, jetzt leider bedauerlich.« Er stach die Nadel tief in ihrer Vene. »Beruhig dich«, kommentierte er ihr Aufbegehren, »das Medikament wirkt gleich und wird dich noch ein wenig müder machen. Es lohnt sich nicht, wenn du jetzt schon deine Kräfte verschwendest, du wirst sie gleich bei dem Ritual brauchen.«

Sie spürte ein leichtes Brennen, als die Flüssigkeit durch ihre Adern jagte.

»Was ist das?«

»Ein leichtes Sedativum, um zu verhindern, dass du auf deine Magie zurückgreifen kannst. Es macht dich schläfrig, aber nicht bewusstlos. Du musst für die Vereinigung wach sein.«

»Es brennt«, jammerte sie.

Der Diener strich mit seinem Finger über ihren blanken Rippenbogen. »Das ist gar nichts im Vergleich zu dem, was noch kommt.« Er verzog grimmig seine Miene. »Du konntest es ja auch nicht abwarten, wärst du nur etwas kooperativer gewesen, hätten die Magier genug Zeit gehabt, die Risse ordentlich zu flicken. Aber so…«, wieder seufzte er, »wird es ein verdammt riskantes Unterfangen.« Er lehnte sich vor, sodass sein Gesicht nur wenige Zentimeter von dem ihren entfernt war. Er war so dicht, dass sie sogar die goldenen, glitzernden Sprenkel in seinen braunen Augen erkennen konnte. »Wenn die Master gleich kommen, musst du versuchen, dich ausschließlich auf mich und meine Berührungen zu konzentrieren. Du musst dich als Gefäß komplett deinem Gefäßner hingeben. Kämpfst du gegen mich an, wirst du leiden und womöglich zerspringen. Es wird wehtun, wenn du gleich mit der Magie der zwei hochrangigen Magier in Kontakt kommst, aber ich werde mein Bestes geben, dir zu helfen, aber dafür muss du mir auch entgegenkommen…abgemacht?«

»Was muss ich tun?«, lallte sie. Ihr Körper und ihre Sinne kamen ihr im Augenblick so gedämpft vor, dass sie sich kaum vorstellen konnte, überhaupt Schmerzen zu spüren, dennoch schien es ihr ratsam, vorbereitet zu sein. Sie kannte inzwischen das Potential der Magie, ihr wehzutun.

»Das Zauberwort heißt Hingabe, meine Hübsche. Gib dich meinen Streicheleinheiten hin und du wirst im Lustschmerz gefangen multiple Höhepunkte erleben. Verweigerst du dich mir, wird es lediglich eine Qual ohne Erlösung sein.«

Sie schluckte schwer. Die Bänder, die sie hielten, kamen ihr wie Teufelsklauen vor. »Ich habe Angst.«

Er berührte mit seinem Kopf ihre Stirn und flüsterte sanftmütig. »Das brauchst du nicht, ich helfe dir durch das Ritual und werde die ganze Zeit nicht von deiner Seite weichen. Du musst es nur wollen.«

»Ja, bitte, bleib bei mir.«

Er lächelte. »Irgendwann wirst du selbst eine starke Magierin sein und ich nur ein bedeutungsloser, schwacher Diener, aber jetzt werde ich für dich da sein und dich halten.«

Sie nickte schwach.

Risiko

Red ächzte auf. »So viel dazu, dass wir das Geheimnis für uns behalten wollten. Nun ist auch wirklich jeder Magier in unserem Universum darüber informiert, dass wir ein Flügelkind *und* einen Farbwandler auf Lucea haben. Sie wird Begehren bei den anderen Zauberern erwecken, denn ihre Gabe kann als Machtinstrument genutzt werden…«

Blue blickte grimmig auf. »Wir müssen jetzt schnell handeln, wenn der Rat ihren Tod bestimmt, bevor die Vereinigung mit uns vollzogen wurde, können wir sie nicht mehr retten.«

Der Rote erwiderte den bösen Blick seines Gegenübers fest. »Sie hat Risse, Blue. Willst du es wirklich tun? Die Gefahr, sie bei der Vereinigung zu verlieren, ist hoch.«

Der Blauäugige zuckte unmerklich zusammen, doch dann gewann er seine eisige Contenance zurück.

»Ja.« Er richtete seinen großen, trainierten Körper zur vollen Größe auf. Seine gigantische Aura überstrahlte den ganzen Raum, erfasste jeden Winkel und verdrängte das weiße Licht. Überall funkelten blaue Lichter. »Sie soll mir gehören. Ich bin bereit, das Risiko des Verlustes einzugehen.«

Red lächelte versonnen. »Gut.«

Erkenntnis

»Sie kommen, sei bereit«, murmelte Sarsal Marlene zu und richtete seinen Oberkörper wieder auf, dann drehte er sich der Tür zu, in der ein nackter, muskulöser Blue stand. In seiner perfekten Nacktheit erinnerte er Marlene erst recht an eine gemeißelte Statue, kein einziger

Makel zierte seinen wohlgeformten, straffen Körper. Er wirkte, wie aus der Fantasie eines Bildhauers entsprungen, zu glatt, zu gut proportioniert, zu schön, um lebendig oder real zu sein.

Seine kühlen Augen ruhten gleichgültig auf Marlenes nervös vibrierendem Leib. »Wir beginnen«, sagte er spröde und sie hielt die Luft an.

Der Magier umrundete sie lächelnd, er taxierte ihren blanken Leib und seine Finger strichen dabei fast beiläufig über ihre Haut.

»Atmen nicht vergessen, meine Süße«, wies er sie an, als er seine Hand über ihren erstarrten Brustkorb gleiten ließ. Sie schnappte tatsächlich nach Luft. Seine federleichten Berührungen jagten bei Marlene einen Schauer nach dem anderen durch ihren Körper. Schmerz und Lust lösten sich im Wechselspiel ab.

Ihre Sinne waren zum Zerreißen angespannt. Sie verfolgte mit ihrem Sehsinn jede kleinste Bewegung seiner starken Arme und erfühlte seine Fingerkuppen auf ihrem Leib.

»Hör auf, so ängstlich zu schauen, du wirst eine Magierin werden und die fürchten sich nicht«, raunte er streng, als er mit seinem Daumen über ihre intime Zone koste und sie aufgrund der intensiven Kälte zusammenfuhr. Er drückte seine Handfläche auf ihr Schambein. Er spielte mit ihr.

»Und wenn ich keine Magierin werden möchte?«, fauchte sie provokativ, da sein Hinhalten sie frustrierte.

Seine Miene verzog sich säuerlich, aber nur für einen Bruchteil, dann lag sie wieder gewohnt eiskalt und unbewegt dar. Doch der kurze Moment hatte Marlene gereicht, um seine Abscheu ihr gegenüber deutlich herauslesen zu können, auch wenn er es vor ihr anscheinend verbergen wollte. *Warum verachtete er sie nur so sehr?*

»Es ist eine Ehre, die man nicht ablehnt, kleines, unwissendes Flügelkind. Deine Magie hat uns gerufen, weil sie befreit werden will.«

»Blödsinn!«

Marlene hörte, wie Sarsal scharf die Luft ausstieß und auch Blue wirkte nach ihrem unbedachten Ausruf konsterniert.

»Wie kannst du es nur wagen, so mit mir zu reden?«, flüsterte er heiser und äußerst gefährlich. Sie hatte es geschafft, der Magier zeigte seine Emotionen. Ob sie darauf nun Stolz sein konnte, war leider fraglich. Seine Finger krallten sich in ihre Haut und blaues Licht floss von ihnen auf Marlenes Körper, der sich sofort zusammenkrampfte.

Erschrocken schrie sie auf, aber Sarsal eilte ihr zur Hilfe und nahm ihren Kopf zärtlich zwischen seine Hände und küsste ihre Stirn. Seine Zuwendung linderte augenblicklich ihre Qual.

»Tritt zur Seite«, befahl Blue ihm jedoch.

»Aber Herr…«

»Tritt zur Seite.«

Marlene überkam Panik, als Sarsal langsam seine Hände von ihrem Körper zog und sie dem vollen Schmerz des blauen Lichts aussetzte.

»Master Blue, sie ist ein zerbrechliches Gefäß.« Der Diener näherte sich Marlene wieder. »Denk an Aset«, forderte er eindringlich. »Soll es genauso enden?«

Der Magier starrte seinen Diener verdrießlich an, doch dann gewann seine Vernunft Oberhand. Das Licht erstarb und Blue entfernte seine Hand.

Er machte eine zerknirschte Miene. »Entschuldige Sarsal, mein Temperament ist mit mir durchgegangen.« Dann schaute er auf Marlene hinab, die seinen eiskalten Blick mit Angst erwiderte. »Flügelkind, deine Magie ist nicht kompatibel mit meiner.«

»Wie?«, stotterte sie.

»Du bist eine Fehlentscheidung von mir gewesen.«

Marlene versuchte, seine kryptischen Worte zu entziffern, während der Diener es anscheinend sofort begriff, denn er fing an, sie zu verteidigen.

»Master Blue, das stimmt nicht. Als Gefäßner spüre ich eine Übereinstimmung von mehr als 90%. Ihr habt eine überaus ungewöhnlich hohe Passung.«

Blues Mund verformte sich zu harten, unerbittlichen Strichen. »Bring sie weg.«

»Sie ist ein Flügelkind, es ist natürlich, dass deine Magie auf sie hitziger reagiert als auf normale Gefäße.«

Blue hob seinen Kopf, er sah lange seinen Diener an, dann sagte er ruhig, aber mit einem bösen Unterton. »Und genau das will ich nicht, ich will nicht die Kontrolle verlieren.«

Sarsal öffnete seinen Mund, um weitere Widerworte zu finden, doch der Magier schnitt ihm das Wort mit einer harten Geste ab. »Diener, gehorche.«

Sarsal besaß genug Empathie, um zu wissen, wann eine Diskussion mit seinem Herrn zwecklos war, daher blieb ihm nichts Anderes übrig, als dem Befehl seines Masters nachzukommen. Schweigend deutete er ein gehorsames Nicken an, und machte sich an Marlenes Stricken zu schaffen, während der Zauberer das Zimmer fluchtartig verließ.

Als Sarsals Finger beim Öffnen der Fesseln ihre Haut berührten, durchfuhr sie ein berauschendes Gefühl der Ekstase. Beschämt blinzelte sie ihn an, denn ihr Körper reagierte auf seine Gabe blitzschnell und automatisch.

»Schon gut«, lächelte er nachsichtig, »kein Grund für Schuldgefühle.«

»Kannst du das bitte lassen?«, brummte sie und rang das Pochen in ihrem Unterleib mit Mühe nieder. Wie gerne hätte sie selbst Hand an sich gelegt, nur um sich von ihrer erzwungenen Lust zu befreien.

»Was ist mit Blue?«, wollte sie scheu wissen, während sie ihre schmerzenden Gelenke massierte. Die Stricke taten deutlich mehr weh als das goldene Licht.

»Oh«, ein nicht eindeutiges Schmunzeln huschte über Sarsals Lippen, »er hasst es einfach, die Kontrolle zu verlieren, und deine Magie scheint es zu lieben, ihm das vor Augen zu führen. Ein perfektes Match.«

»Wie meinst du das?« Mit ihrer ständigen Fragerei kam sie sich ziemlich dumm vor, aber sie war in der neuen Welt tatsächlich so unwissend wie ein Kleinkind.

Aber der Diener erwies sich als geduldiger Lehrmeister. »Magie bringt bestimmte Fähigkeiten mit sich, Kraft, Stolz, Intelligenz, Kreativität…« Er seufzte auf, »oder auch Emotionslosigkeit. Master Blue hat sich für die Eismagie entschieden.«

Mit großen Augen hörte sie zu. »Aber warum? Warum will er nichts mehr fühlen?«

»Er ist ein schweigsamer Magier.« Sarsal lächelte traurig. »Und er möchte nicht, dass zu viel über ihn ausgeplaudert wird. Ich kann dir nur sagen, dass niemand freiwillig die Eismagie wählt, denn der Preis dafür ist extrem hoch. Erst wenn man das Wichtigste in seinem Leben verloren hat, entscheidet das blaue Licht, ob man würdig genug ist, es als Gabe besitzen zu dürfen.«

»Werde ich…«, sie stockte, denn plötzlich wurde ihr bewusst, dass sie nach Blues Ablehnung gar keine Magierin werden würde, aber der Diener vervollständigte ihren Satz trotzdem. »Ja, du wirst auch eine Magie wählen, die zu deinen Wünschen passt.« Er streichelte ihr in einer väterlichen Geste über den Kopf. »Normalerweise ist es die Pflicht eines

Gefäßners, dich weise zu beraten, aber bei einem Flügelkind ist es sinnlos.«

»Sinnlos?« Unbehaglich setzte sie sich auf.

»Ja, Flügelkinder sind Grenzwandler. Sie brauchen keine fremde Magie, um selbst ein Licht zu besitzen. Ihnen war von Anfang an eine Magie vorbestimmt, die sich dann durch die Vereinigung entfaltet.«

»Aber was ist daran so schlimm? Warum schauen mich die ganzen Magier mit diesen glühenden, bösen Augen an?«

»Hmm«, er schien zu überlegen, ob er ehrlich mit ihr sein sollte, doch dann entschied er sich dafür. »Flügelkinder sind häufig auch Farbwandler. Niemand kann vorhersehen, was für eine Farbe ihre Magie wählen wird, erst, wenn aus dem Lehrling ein Magier geworden ist, steht die Farbe fest. Dabei wird es auf Lucea vermieden, dass rissige Gefäße dunkle Farben bekommen. Es wird eine genaue Auslese vorgenommen, aber dies ist bei einem Farbwandler nicht möglich. Viele Magier plädieren daher darauf, Farbwandler, sobald dieser Umstand bekannt wird, auszusortieren.«

Er half ihr von der Liege, das Betäubungsmittel ließ sie immer noch schwanken. »Die Magier fürchten dich daher aus zwei Gründen. Der erste und wichtigste Grund ist die Unberechenbarkeit deines Lichts, es kann die Vernichtung oder die Heilung unserer Welt bedeuten, je nachdem welchen Weg und Farbe du wählst. Der zweite Grund ist, dass niemand weiß, warum manche Gefäße bereits bei ihrer Geburt einen magischen Funken besitzen, der nur entfacht, aber nicht implantiert werden muss. Diese Unwissenheit über die Verbreitung der Magie macht einigen Zauberern Angst.«

»Und wenn ich mich für ein helles Licht entscheide, was ist dann?« Sie stand direkt vor ihm, schaute ihm tief in die Augen.

Er sah traurig aus. »Das ist unwahrscheinlich. Farbwandler haben oft eine Vergangenheit durchlebt, die zu dunklen Lichtern führt. Außerdem hast du Risse. Wäre Blue nicht ein so mächtiger Magier, man hätte dich schon längst als Gefäß aufgegeben. Doch er lässt es nicht zu, er beschützt dich, auch wenn es aus deiner Sicht sicherlich anders wirkt.«

Sie schüttelte heftig ihren Kopf. Nein, nein, er irrte sich, jeder hier lag falsch. Sie war doch kein Monster, das aus Lust andere Welten in den Abgrund riss und sich für eine dunkle Gabe entschied.

»Ich will kein dunkles Licht haben«, schrie sie beinahe. »Ich will nicht so böse werden wie…« Sie beendete den Satz nicht, denn beinahe hätte sie Sarsals Vermutung mit der schweren Vergangenheit recht gegeben. Und sie wollte ihn nicht bestätigen.

Doch der Diener wusste es. Sie konnte es anhand seines gequälten Gesichtsausdrucks ablesen, dass er all die Jahre, in denen er sie heimlich überwacht hatte, Zuschauer ihres Leidens gewesen war. Die Erkenntnis traf sie wie ein Faustschlag und verstärkte die Scham.

»Dein Vater…«, sagte er leise, doch Marlene stieß ihm mit voller Wucht ihre geballten Hände auf das Brustbein. Überrumpelt von ihrer Attacke taumelte er zurück.

»Sei still«, brüllte sie ihn an. »Sei bloß still!«

Am Anfang bemerkte sie gar nicht, wie graue und grüne Funken in die Luft emporstiegen, doch dann wurde aus den kleinen Leuchtpunkten eine gigantische Feuersäule, die Marlene umschloss.

Sarsal musste geblendet einen Schritt zurücktreten, während sie überwältigt von ihrer Magie auf die Knie sank. Ihr Kopf schmerzte, es kam ihr so vor, als würde ihr Schädel gleich explodieren. Das Zimmer erbebte, Mörtel bröckelte von den Wänden und das Licht des Raumes erlosch, lediglich ihr eigener Feuersturm tauchte die Umgebung in ein graugrünes Flackern. Sie presste ihre Hände auf die Schläfen, brüllte ihre Qual hinaus, doch das unerträgliche Brennen hörte nicht auf. Das graue Licht nahm an Intensität zu, während die grünen Funken langsam verblassten. Sie litt Höllenqualen. Jede Körperfaser, jedes Gelenk, jeder Zentimeter ihres Körpers bestand aus Leid.

»Aufhören«, schrie sie fast besinnungslos, »es soll aufhören.«

Sarsal stand einige Meter hilflos entfernt, der dunkle Lichtwirbel ließ ihn nicht zu Marlene vordringen. Der Sturm blies ihn weg, während die Magie selbst keine große Wirkung auf ihn hatte.

Doch dann tauchte inmitten der Hitze wohltuende Kühle auf. In dem Sturm der Lichter erschien eine neue Farbe. Sie war dunkelblau, rein und eisig wie Eiswasser.

Blue kniete vor ihr, ertrug stoisch die peitschenden Lichter, die auf seinen Körper prasselten. Er hatte seine Hand sachte auf ihren Unterarm gelegt. Er blutete aus zahlreichen Wunden, die ihm Marlenes Kraft zufügte. Doch er lächelte. Er lächelte sie an.

»Schon gut, Flügelkind. Ich bin ja bei dir.«

Seine sanften Worte drangen tief.

»Ich will nicht wählen müssen«, schniefte sie und krallte ihre Hand in die seine.

»Aber meine Süße, das gehört doch zum Schicksal eines Magiers dazu.«

»Und wenn ich den Tod wähle?« Sie schaute auf Blues geschundenen Körper, der verbrannte und offene Stellen zeigte und ihr verdeutlichte, dass ihre Fähigkeit schon längst feststand. Sie hatte sich der Vernichtung und nicht der Neuerschaffung verschrieben.

»Das wirst du nicht.«

Wie konnte er sie nur so offensichtlich belügen, wo sein entstellter Körper, der zuvor ohne jeglichen Makel gewesen war, das Gegenteil bezeugte.

Er beugte sich vor, sein Gesicht war nur noch wenige Millimeter von ihrem Mund entfernt. Dann küsste er sie. »Das wirst du nicht«, wiederholte er seine Worte wie ein Mantra. »Das wirst du nicht.«

Sein Kuss schmeckte wie frischer Schnee. Blaue, glitzernde Lichter schwebten vor ihren Augen, sie fühlte sich müde. Sie sank in seine Arme und er fing sie auf. Er lächelte immer noch.

Sie streckte ihren Arm nach seinem Gesicht aus und fuhr die geschwungenen Lippen nach, die sich immer noch nach oben neigten. Es war - und sie konnte nicht sagen, woher sie das Wissen nahm - ein aufrichtiges Lächeln. Kein falsches, welches er schon so oft zuvor gezeigt hatte.

»Tut es weh?«, fragte sie ihn.

»Was?«

»Meine Kraft.«

»Ja, sehr.«

Sie ließ ihren Arm zurücksinken und blickte einfach nur zu ihm auf. »Warum sitzt du dann hier?«

»Weil du mich zum Lächeln bringst. Du berührst mich, wie niemand zuvor es getan hat.«

Er neigte seinen Oberkörper hinunter und versiegelte ihre Lippen erneut mit einem leidenschaftlichen Kuss. Und erst, als sich nach Sekunden ihre Münder wieder trennten, sprach er weiter: »Das ist mir der Schmerz wert. Und außerdem wird meine Magie die Wunden narbenlos heilen können.« Seine Hände berührten ihre Brüste. »Darf ich?«, fragte er wie ein kleiner Schuljunge. Er war wie ausgewechselt.

Sie nickte nur.

Seine Hände hinterließen ein eiskaltes Prickeln auf ihren Knospen, als er sie behutsam umstreichelte. Immer noch tobte ein grauer Lichtsturm mit wenigen, grünen Reflexen um sie herum, während es im Inneren des Orkans seltsam ruhig war. Doch Marlene ließ sich nicht von der Stille täuschen, denn ihre Magie fügte dem Magier unaufhörlich neue Wunden zu. Er musste wahnsinnig leiden, während er lächelnd dasaß und ganz sanft zu ihr war.

Das blaue Licht schwappte über ihr Dekolleté, als er mit dem Zeigefinger ihr Schlüsselbein nachfuhr und den Brustansatz umkreiste. Seine Magie hatte an beißender Intensität verloren, vielleicht lag es an ihrer erwachten Magie, vielleicht auch daran, dass Blue inzwischen sehr geschwächt war, oder auch daran, dass sie zum ersten Mal seine Berührungen genoss.

»Blue«, murmelte sie und wurde nun selbst aktiv. Sie legte ihre Hände auf seinen Schoß. Er zuckte kurz zusammen, doch dann hielt er still, als sie ihn nun ebenfalls streichelte. Das blaue Funkeln mischte sich unter Marlenes Licht und tilgte den grauen Schimmer. Das Grün trat nun wieder strahlender hervor.

Der Magier löste seine Hände, aber nur um sie auf ihren Schultern zu platzieren und sie nach hinten zu neigen. »Leg dich hin«, wisperte er leise und zärtlich. Sie gehorchte widerstandlos, fixierte seine blauen, schönen Augen, in denen sich jedoch matte Flecken gebildet hatten. Sie lag nun ausgestreckt vor ihm, ihr Herz klopfte wild, aber in ihrer Aufregung lag dieses Mal keine Angst, sondern nur gespannte Erwartung. Der Lichtersturm ebbte ab.

»Sarsal«, sagte Blue nur knapp und sein Diener schien zu verstehen, denn er trat durch den abgeschwächten Farbennebel, kniete sich neben Marlene und legte seine Hände auf ihren Oberkörper.

Die Berührung des Dieners besaß eine andere Qualität. Sie schenkte sofort Lust und Erregung, während die des Magiers sie in süßer Qual gefangen hielt.

Wohlig seufzend rekelte sie ihren nackten Leib auf dem Boden. Sie sog förmlich die Berührungen des Magiers und des Dieners auf und analysierte deren Qualität. Master Blues Zuwendung war fordernd, kalt, beißend, dominant, die von Sarsal sanft, warm und gebend. Die unterschiedlichen Empfindungen katapultierten sie in Sphären der ungeahnten Lust. Genau diese Mischung aus hingebungsvollen Geben und rücksichtlosen

Nehmen wünschte sich ihre Magie, was Marlene wollte, war ihrer Gabe egal. Sie machte sie zu einem willenlosen Zombie, lechzend nach Lust.

Blue legte seinen kühlen Körper auf Marlenes brennenden, zuckenden Leib. Sein Gesicht schwebte wenige Zentimeter über ihrem. Seine Hände platzierte er links und rechts neben ihrem Kopf. Er schenkte ihr einen langen, zärtlichen Blick, dann nickte er Sarsal zu.

Sie spürte sein Eindringen und gleichzeitig überflutete sie ein heftiger Schmerz, der ihr die Sinne raubte, doch bevor sie endgültig das Bewusstsein verlieren und in unendliche Qual versinken konnte, fing sie die Gabe des Dieners auf. Sarsals Magie strömte ebenfalls in ihren Körper, verwandelte das Zerreißen in wundervolle Stöße.

Sie stöhnte leise auf, dabei vernahm sie auch wie Blue keuchte. Er bewegte seinen Körper ruckartig, aber dennoch geschmeidig. In seinen Schwüngen lag so viel Energie und Begehren, dass sie über den Boden rutschte. Blaues Licht flimmerte über Marlenes Körper, rang mit ihrer Gabe, die das Gefäß verteidigen und das fremde Licht abwehren wollte. Doch der Diener und seine Begabung hielten ihr Licht im Zaum.

Lust. Qual. Lust. Qual. Sie wurde von ihren Empfindungen durchgeschüttelt.

Blues harter, durchtrainierter Körper schmiegte sich fester gegen ihren weichen Leib. Seine Finger krallten sich in ihren Hinterkopf. Sein Stöhnen wurde lauter, heftiger.

Der Schmerz übermannte Marlene. »Ich kann nicht mehr«, seufzte sie.

»Sarsal«, keuchte der Magier und hörte nicht auf, Besitz von Marlene zu nehmen. Jeder Stoß entfachte frostige Schockwellen.

»Die Grenze ist erreicht, Master, ich kann ihren Schmerz nicht mehr lindern.«

Blue senkte seine Augenlider, sah Marlene an, die verschwitzt und mit leicht geöffneten Lippen vor ihm lag.

»Die Vereinigung war noch nicht erfolgreich«, knurrte der Magier.

»Ich weiß«, antwortete ihm der Diener leise, »aber ich kann das Flügelkind nicht weiter in ihrer Qual begleiten. Den letzten Weg muss sie alleine, ohne meine Hilfe gehen.«

Der Magier schwieg, aber in seinen Augen funkelte ein seltsamer Schatten. »Sie wird zerbrechen.« Er stützte sich auf seine Ellenbogen, hob den rechten Arm und strich Marlene die Haare aus ihrem Gesicht.

»Nimm mich…«, hauchte sie, »auch wenn ich dabei sterbe.«

Etwas zersplitterte in seinen schönen, kalten Augen. »Sie wird definitiv zerbrechen.«

Gefahr

Red löschte die Projektion, die Blue und das Flügelkind bei der Vereinigung zeigte, mit einer schleifenförmigen Geste. *Er hatte genug gesehen. Zudem war ein ungebetener Gast erschienen.*

Ein ranghöherer Magier als er selbst stand hinter ihm. Seine Anwesenheit war nicht erwünscht, dennoch konnte Red Master Violetto nicht einfach ausladen.

»Wieso bist du bei der Vereinigung nicht dabei?«, wollte der aufdringliche Zauberer neugierig wissen. »Ihr seid doch Partner und es ist *euer* Gefäß.«

Der Angesprochene drehte sich betont lässig um. Er hatte gehofft, die Projektion rechtzeitig beendet zu haben, aber der andere Magier musste genug gesehen haben, um seine eigenen, gefährlichen Schlussfolgerungen zu ziehen.

Ein Mitwisser wie Violetto konnte äußerst bedrohlich für sie selbst, aber besonders für das Gefäß werden. Daher verfluchte er innerlich seine Neigung, Blue gerne beim Liebesspiel zu beobachten. Ohne ihn hätte Violetto nie Zugang zu diesem magischen Spektakel gehabt. Nur Partner konnten solche Projektionen heraufbeschwören, ansonsten schützte das heilige Licht die Intimsphäre der Zauberer.

»Wir wollen sie nicht überfordern. Ich kann warten«, log er.

»Hm«, der Violette taxierte ihn genau, dabei forschten seine purpurnen Augen intensiv nach verräterischen Anzeichen. Red gab sich größte Mühe, sie ihm nicht zu bieten.

»Ich habe gehört, sie sei ein Flügelkind?«

Unbehaglich nickte der Rothaarige, es war ihm nicht geheuer, dass sich ausgerechnet Violetto für das Gefäß interessierte.

»Ja, das ist sie. Aber seit wann locken dich Gefäße von der Erde?!«

»Oh«, der Zauberer grinste verschlagen, »Gefäße, die Magier dazu bringen, die Regeln zu brechen, haben immer meine ungeteilte Aufmerksamkeit, egal, woher sie kommen.«

Red erstarrte. »Wie meinst du das?«

»Nun«, Violetto, einer der stärksten, aber auch grausamsten Magier von Lucea, verschränkte seine Arme vor der Brust. »Ich weiß gar nicht, wo ich anfangen soll…« Er schüttelte theatralisch sein funkelndes Haar. »Bei der Tatsache, dass Blue dem Rat verschweigt, wie gefährlich das Flügelkind ist? Dass er es nicht aussortiert hat, wie es bei uns Brauch ist, oder dass er die Vereinigung ohne Partner durchführt? Hm. Welche Verfehlung wiegt wohl am schwersten, was meinst du, Red?«

Der Rote biss wütend die Zähne aufeinander, doch der Andere fuhr unbeirrt fort. »Will er sie als Waffe haben? Ist das sein Plan?«

»Nein«, keuchte der rote Zauberer auf, der die Ehre seines Freundes in den Schmutz gezogen sah. »Meister Blue hat so etwas nicht nötig, er ist allein aufgrund seiner Eismagie mächtig und einflussreich genug!«

»Das ich nicht lache«, erwiderte Violetto leicht angesäuert. »Was sind denn dann seine Beweggründe, wenn nicht politisch motiviert?«

»Weil er sie genauso liebt, wie er Aset geliebt hat!«, schrie Red den unwissenden, dummen, intriganten Zauberer an. Doch in dem Moment, wo er es ausgesprochen hatte, wusste er, dass Violetto ihm lediglich eine hinterhältige Falle gestellt hatte. Und er war auf seine Provokation hereingefallen.

»Danke für die Information«, meinte dieser auch schon gehässig und verbeugte sich spöttisch vor Red, »ich glaube, das Gefäß muss ich kennenlernen.«

»Nein«, schnaufte der Getäuschte, »du bist kein Partner der Vereinigung.«

»Oh, stimmt ja. Schade«, lachte Violetto, während er sich auflöste und leise, aber gemein hinzufügte, »aber du anscheinend auch nicht. Jedenfalls, wenn es nach Blue geht.«

Nymphen

»Ich will nicht zerbrechen«, echote sie ängstlich und aus der bittersüßen Qual wurde ein heftiger, reißender Schmerz, den auch Sarsal mit seiner Gabe nicht abfangen konnte. Nur noch seine Hände hielten sie mit Nachdruck auf dem Boden, während gleichzeitig Blues Körper sie nach unten drückte.

Sie wollte nicht für immer in dem weißen, unendlichen Raum eingesperrt bleiben, wie das andere Mädchen, dessen Risse unheilbar waren. »Sterben ja, zerbrechen nein«, rief sie und zappelte panisch unter dem Magier, der sie mitleidig betrachtete, aber nicht aufhörte, sie zu nehmen.

»Diener«, befahl der Blaue, »sorge dich in der Zeit meiner Regeneration gut um sie, pass auf, dass kein anderer Magier ihr zu nahekommt.«

»Auch nicht Red?«

Der Magier stieß tief in sie hinein. Sein Glied füllte sie vollständig aus. »Niemand.«

»Aber Herr, Red wird äußerst gekränkt sein, das zu erfahren. Zudem muss auch er sich mit dem Flügelkind vereinen, wenn sie als Gefäß stabil sein soll.«

»Niemand außer dir soll sich ihr nähern. Verstanden?«, schnaufte der Mann über Marlene, die inzwischen fast die Besinnung verlor, sosehr brannte ihr Unterleib.

Sarsal schaute auf sie herab, während er sie weiterhin unerbittlich mit seinem Griff festnagelte. »Ich habe verstanden.«

Blue setzte zu einem heftigen Stoß an, dann stöhnte er langgezogen auf und sank, zu Marlenes Überraschung, bewusstlos über ihr zusammen. Irritiert verrenkte sie ihren Hals, um Sarsal fragend anzuschauen.

Ihr Schmerz, aber auch die restliche Lust verebbten.

»Was…ist mit ihm?«

Sarsal löste seine Hände von ihr, wischte sich müde den Schweiß aus der Stirn, dabei ruhten seine Augen aufmerksam auf dem blauen Master. »Er ist in die Regeneration gefallen. Der Schmerz muss ihn überwältigt haben.«

»Schmerz?« Sie runzelte ihre Stirn. Das war eine neue, unbekannte Information. »Was für ein Schmerz?«

Der Diener stellte sich neben den ohnmächtigen Magier und hob den großen Mann über seine rechte Schulter. »Es ist ein Wechselspiel. Die Magier empfinden die gleiche Qual bei der Vereinigung wie die Gefäße, nur sie können auf keinen Gefäßner zurückgreifen, der ihr Leid mildert. Erst wenn du ein Lehrling bist, lässt die Qual für den Magier nach. Eine Vereinigung ist eine Tortur für beide, außerdem nimmt der Schmerz exponentiell zu der Stärke der transferierten Magie zu, und da Master Blue einer der hochrangigsten Magier unseres Sonnensystems ist, ist der Akt der Übertragung äußerst kräftezehrend. Daher verfallen starke Zauberer zu ihrem Schutz in eine Art Regeneration, ihr auf der Erde würdet es wohl Koma nennen.«

»Oh«, brachte sie ungläubig hervor und rappelte sich auf die Knie, doch Sarsal schüttelte abwehrend den Kopf. »Bitte rühr dich nicht, ich komme gleich, um dich zu holen. Lass mich erst meinen Master versorgen.«

Sie nickte dem Diener zu, doch kaum hatte Sarsal den Raum verlassen, der mit seinen Wänden so irdisch und bekannt wirkte, sprang sie auf die Füße. Ein heftiges Ziehen in ihrer Körpermitte ließ sie für einen Augenblick zusammenklappen, doch dann gewann sie Schritt für Schritt die Beherrschung über ihren Körper zurück. Sie biss die Zähne aufeinander und taumelte zu der Tür hin, hinter der die Beiden verschwunden waren.

Vorsichtig öffnete sie die Tür und blickte in das weiße Nichts. Der Raum war also nur eine weitere Illusion für ihren Geist gewesen. Wahrscheinlich wollte man ihr mit der vertrauten Umgebung so etwas wie ein Heimatgefühl vermitteln und die Vereinigung damit erträglicher gestalten.

Unsicher, was sie tun sollte, blieb sie im Türrahmen zur Leere stehen.

Was zum Teufel war das für eine Welt, die nur aus diesem kalten, weißen Licht bestand?

Ängstlich drückte sie ihren Leib gegen den Holzrahmen und machte schließlich einen vorsichtigen Schritt nach draußen. Es fühlte sich seltsam an. Alles war still, selbst ihre Schritte erzeugten keinen Klang.

Ein komisches Licht umschwirrte sie, als sie das Zimmer der Vereinigung komplett hinter sich ließ. Es war eine dreifarbige Mischung aus grün-grau und blau. Bei jeder Bewegung, die sie tat, flirrten die bunten Punkte um ihren Leib herum. Fasziniert streckte sie ihre Hände nach vorne und musterte das wunderschöne Licht, das aus ihrer Haut zu strömen schien und dem kalten Weiß ihrer Umgebung Farbe verlieh.

Die Intensität und Farbenpracht dieser bunten Aura war mit keinen Worten zu beschreiben, ein solches Licht gab es auf der Erde nicht.

Erde, Marlene seufzte auf, *obwohl sie damals so lebensmüde gewesen war, wünschte sie sich zurück auf ihren bekannten Planeten. Hier war alles fremd, bedrohlich.*

Plötzlich schwankte ihre Umgebung, alles drehte sich, das Nichts riss auf, verwandelte und formte sich. Dann stand Marlene mit ihren nackten Füßen auf einer regennassen, eiskalten Straße in ihrem Wohnviertel. Völlig verdutzt machte sie eine Drehung um ihre eigene Achse und starrte die Häuserfront an, die ihr sehr bekannt vorkam.

War alles nur ein böser Traum gewesen?

Sie blinzelte, aber die Welt veränderte sich nicht.

Unsicher tastete sie mit ihrem rechten Fuß über die feuchten Pflastersteine. Ihre Zehen fühlten jede Unebenheit, jedes Steinchen und den Frost. Alles war real.

Dann wurde sie sich ihrer Nacktheit bewusst. Peinlich berührt versuchte sie, mit ihren Armen ihre Blößen zu bedecken. Warum um Himmels Willen war sie völlig blank?

Hektisch taxierte sie ihr unmittelbares Umfeld, um herauszufinden, ob sich ein Mensch in der Nähe befand, der sie so sehen könnte. Doch die Straßen waren leer und düster. Keine Menschenseele schien bei dem Mistwetter unterwegs.

»Flügelkind«, durchdrang eine wohlbekannte Stimme die Ruhe der Nacht und neben ihr erschien ein schwarzer Umriss, der sich langsam zu Sarsals Gestalt verformte. »Was tust du hier?«

»Was…«, stotterte sie und wich zurück, »tust du denn hier?«

»Ich habe zuerst gefragt«, meinte der Diener lakonisch, dann umfasste er ihren Oberarm und verhinderte, dass sie sich ihm entziehen konnte.

»Ich bin auf der Erde, du bist nur ein Albtraum. Alles ist nur ein verdammter

Albtraum«, murmelte sie, obwohl seine Berührung sich äußerst real auf ihrer Haut anfühlte.

»Nein, das ist nur ein Abbild deines Planeten. Du hast es aus deiner Erinnerung und aus deiner Magie erschaffen.«

Sie schüttelte ihren Kopf. »Nein, das ist eine Lüge.«

Sarsal schnippte mit seinen Fingern und die Welt, die eben gerade noch so authentisch auf sie gewirkt hatte, verpuffte. »Ist es nicht. Und jetzt komm mit.«

Sie wollte dem Diener nicht folgen, zu groß waren der Schock und die Enttäuschung, dass sie nicht zurück auf der Erde war, sondern immer noch hier festsaß und den Magiern ausgeliefert war. Doch Sarsal war kein Mann, der Widerstand akzeptierte.

»Wenn du nicht freiwillig mitkommst, werde ich andere Magier zur Hilfe holen. Die sind nicht so umgänglich wie ich, wie du schon erfahren hast.«

Da musste sie ihm leider zustimmen. Missmutig trabte sie also neben ihm und ließ sich in einen weiteren Raum bringen, der der Physik ihrer Heimat entsprach. Er hatte Wände, Boden und Decke.

»Pass auf«, sagte der Diener, »das hier ist ein spezieller Raum. Er ist für Gefäße konzipiert, die schon eine Vereinigung hinter sich haben und die zu zerbrechen drohen. Es gibt hier besondere Regeln, die du beachten solltest, wenn du nicht unnötige Schmerzen haben willst.«

Unwohl blinzelte sie ihm als Bestätigung, dass sie verstand und aufnahmebereit war, zu.

»In regelmäßigen Abständen werden Nymphen kommen, um die aufgenommene Magie von Blue in deinem Körper zu verankern. Es wird nicht wehtun, hörst du? Daher wehre dich nicht, egal, was sie tun. Lass es einfach geschehen.«

Marlene sträubte sich, ihm zuzunicken, denn sie wollte kein Versprechen abgeben, das sie vielleicht nicht halten konnte, aber der Diener sah sie scharf an. »Du wirst dich nicht wehren? Klar?!«

Als ihr bewusst wurde, dass Sarsal nicht eher gehen würde, bis sie auf seine Forderung einging, nickte sie trotzig.

»Gut«, kommentierte er ihr Einlenken knapp, »dann stell dich bitte breitbeinig hin. Ich werde dich mit Magieschlingen fixieren. Keine Sorge, es wird nicht unbequem sein, das Licht wird dich weich und sanft halten. Deine Gelenke und Muskeln werden nicht ermüden.«

»Und warum mit geöffneten Schenkeln?«, wollte Marlene unbehaglich wissen.

Sarsal grinste. »Damit du den Nymphen gut zugänglich bist. Darum.«

Okay, Marlene entschied sich, *das Verankerungsritual nun doch genauer verstehen zu wollen.* »Was bitte machen diese Nymphen mit mir?«

»Die Magie verankern.«

Danke, so schlau war sie auch schon. »Und wie geht das?«, fragte sie ungeduldig nach, da sie Sarsals vorgetäuschte Dummheit nervte.

»Mit Höhepunkten, meine Liebe. Jeder Orgasmus zieht die Magie tiefer in deinen Körper hinein und versiegelt zusätzlich die Risse.«

Ihr schwirrte der Kopf. »Bitte?«, hauchte sie, »ist das dein Ernst?«

Er zuckte mit seinen breiten Schultern. »Verwundert es dich wirklich? Langsam solltest du die Funktionsweise der Magieimplantierung doch verstanden haben. Nur bei euch auf der Erde ist der sexuelle Akt mit Scham verknüpft, hier ist es ein normaler Vorgang, um das magische Licht zu transferieren.«

»Schön für euch«, maulte Marlene, »aber ich bin nun mal von der Erde und für mich ist es alles andere als normal.«

»Dann gewöhn dich daran«, sagte er schnippisch, »denn du bist noch ganz am Anfang deiner Magier-Karriere.«

Sie wollte aufbegehren, doch er schnitt ihr mit einer herrischen Geste das Wort ab. »Bitte verschon mich mit deinem Gewinsel. Was würde ich dafür geben, überhaupt die Chance zu haben, ein Magier werden zu können! So. Ich muss mich um Master Blue kümmern. Die Nymphen sind erfahrene und kompetente Wesen, du wirst nicht leiden. Und jetzt stell dich so hin, wie ich es dir aufgetragen habe.«

Sie starrte ihn feindselig an, doch sein Blick war so furchteinflößend, dass er als Sieger aus dem Duell hervorging und sie ihre Beine leicht auseinanderstellte.

Ihm schien das jedoch nicht weit genug zu sein, denn grob griff er ihr zwischen die Beine und grätschte sie fast um das Doppelte.

Marlene konnte sich beim besten Willen nicht vorstellen, dass sie lange in dieser Position ausharren konnte. Schon jetzt schmerzten ihre gedehnten Innenschenkel gravierend.

»Gleich wird es besser«, versprach der Diener, der den Schmerz in ihrer Miene lesen konnte. Er machte weiche, runde Gesten, denen ein harmonisches Leuchten folgte. Die entstandenen, goldenen Lichtschlingen woben sich um Marlenes Körper und fingen ihn zart auf. Sofort wurde ihr ganzes Skelett merklich entlastet und gestützt.

Der Diener besah sein hilfloses Opfer von oben bis unten. »Die Stricke besitzen ein Eigenleben, bei Widerstand ziehen sie sich schmerzhaft zusammen, bei Hingabe halten sie dich behutsam fest und geben dir Sicherheit. Sieh also zu, dass du brav bist, denn die Schlingen lassen sich erst wieder lösen, wenn die Nymphen mit dir fertig sind. Kein Magier der Welt, nicht einmal Blue, kann sie vor Beendigung des Rituals von deinem Körper entfernen, auch nicht, wenn sie dir wehtun, weil du dich den Nymphen widersetzt hast. Klar?«

Sie neigte ihren Kopf und musterte die goldenen Lichter kritisch. »Ja, verstanden.«

Sarsal verneigte sich spöttisch, bevor er den Raum verließ und Platz für zwei weibliche Wesen machte, die aussahen wie Elfen mit einer glitzernden Schuppenhaut.

»Sie ist ein Flügelkind«, raunte die größere Frau anerkennend, als sie auf Marlene zueilte und ihre schuppige Hand auf deren Bauch legte.

»Wie wunderbar«, säuselte die Kleinere und ihre gelben Augen überflogen Marlenes nackten, unsichtbar gefesselten Körper. »Ich hatte meine Zunge schon lange nicht mehr in einem Flügelkind. Der Saft der unentschlossenen Gefäße schmeckt am köstlichsten.«

»Hm, Sarsal hat einen Schlingenzauber angewandt«, sagte die Größere und runzelte nachdenklich ihre funkelnde Stirn. Dann richtete sie ihre Augen direkt auf Marlenes Gesicht. »Warum hat er das getan? Bist du ein widerspenstiges, kleines Ding?«

»Nein«, widersprach Marlene eilig. Sie wollte diese seltsamen Frauen nicht reizen - und die besagten Schlingen schon gar nicht.

»Prima«, frohlockte die Nymphe und ging in die Hocke. Ihre Finger berührten Marlenes äußere Lippen und kosten über ihren intimen Eingang. »Dann öffne dich für mich. Lass locker.« Tatsächlich entspannte Marlene nach und nach jede Muskelfaser, bis ihre Mitte weich und zugänglich vor der Nymphe lag, die probeweise ihren Daumen in ihr versinken ließ.

Die Schuppen fühlten sich in ihrem Innersten zarter an, als Marlene es vermutet hatte.

»Ja, werde feucht, mein bezauberndes Flügelkind«, heizte die Nymphe Marlene ein, als sie bemerkte, wie diese unter ihrer fachmännischen Stimulation langsam nass wurde. Marlene konnte es selbst nicht fassen, wie sie unter den simplen Handgriffen der Nymphe dahinschmolz. Jede Berührung eine gekonnte Verführung, die schuppigen Wesen verstanden die hohe Kunst, Erregung herbeizuführen.

Marlene hing lustvoll stöhnend in den Lichtfesseln, die ihr, wie versprochen, Halt und Schutz gaben, während sie ausgiebig befingert wurde.

»Thi«, befahl die Nymphe leise, »das Mädchen ist für den Zauberstab nun ausreichend vorbereitet, gib ihn mir jetzt.«

Marlene nahm die Worte der größeren Nymphe nur am Rande war, denn eine Welle der Lust vernebelte ihren Verstand und ließ alles andere unwichtig werden. Ihre ganzen Gedanken waren nur auf ihre Körpermitte reduziert, in der sich ein rasantes, alles verschlingende Kribbeln breitmachte.

»Herrin, ihr seid großartig, seht nur, wie viel Magie durch ihre Lust schon absorbiert wurde«, sagte die, die wohl Thi hieß, ehrfurchtsvoll.

Sie reichte der größeren Nymphe einen glatten, dicken Stab, der in etlichen Farben schillerte. »Hier Zy.«

Die Größere umklammerte mit der linken Hand den Stab, während sie mit der anderen Hand Marlene weiter unendliche Lust schenkte. »Wollen wir hoffen, dass sie aufnahmefähig ist.« Ohne Vorwarnung platzierte sie das abgerundete Ende an Marlenes Öffnung und stieß ihn mehrfach tief rein und raus.

Marlene zuckte wie elektrisiert zusammen. Ihr Körper bäumte sich auf, als die Nymphe den Stab in einem schnellen, festen Rhythmus in ihr versenkte und ihr keine Verschnaufpause gönnte. Keuchend riss sie ihre Augen auf.

»Du bist ein gutes Flügelkind«, feuerte Zy sie an und reizte mit ihrem Zeigefinger Marlenes Perle, um die Ektase in ihrem wollüstigen Leib noch heftiger zu entfachen, was sie bis zu dem Augenblick, als die Nymphe zusätzlich ihre Knospe rieb, nicht für möglich gehalten hatte. Ihre Beine zitterten immens und in ihrem Inneren tobte ein Feuersturm der Lust.

»Komm her, Thi, und halt sie gut fest«, hörte sie die Stimme der Frau in ihren schwirrenden Ohren. Ihr ganzer Leib schrie nach Erlösung, jede Muskelfaser wartete darauf, sich den Kontraktionen hingeben zu dürfen. Der Stab und die Hand der Nymphe jagten Stromstöße durch ihren Unterleib und brachten ihn zum Glühen. Nur am Rande nahm sie wahr, wie jetzt auch die Kleinere zu ihr getreten war und ihre schuppigen Arme um sie legte. Aber Marlene war alles gleichgültig geworden, sie wollte den Gipfel der Lust nur noch erklimmen, egal wie.

Plötzlich überrollte sie die Welle, auf die sie hin gefiebert hatte. Mit einem schrillen Schrei entlud sich ihre Anspannung.

Auf den Moment schien die Nymphe gewartet zu haben, denn im gleichen Augenblick, wo Marlene den Höhepunkt ihrer Lust erlebte, tauschte sie den Stab durch ihre Faust aus und rammte ihr den Arm förmlich hinein.

Lust und hereinbrechender Schmerz vermischten sich in Marlenes Leib zu einer nie dagewesenen Empfindung. Sie seufzte langgezogen auf, als die Dehnung ihres Unterleibs voranschritt und sie ausfüllte. Doch langsam ebbte die schöne Empfindung ab und mit ihr verschwanden die schmerzlindernden Hormone, die sie in eine andere, wattierte Sphäre katapultiert hatten. Sie fiel hart auf den Boden der Tatsachen zurück.

Die Dehnung tat nun höllisch weh.

Die Finger der größeren Frau verharrten tief in ihr. »Ruhig, ich versiegle zusätzlich die Risse. Das schmerzt ein wenig.«

»Nicht«, jammerte Marlene, als die Nymphe ihre Hand in ihr drehte und vor und zurückgleiten ließ.

»Bleib ruhig, nicht, dass sich die Lichtseile aktivieren«, warnte Thi sie, als Marlene sich aufbrausend wandte. »Das wäre wirklich unnötig.«

Regeneration

Sarsal stand zusammen mit Red neben Master Blue, der mit geschlossenen Augen und bleicher Hautfarbe in der Luft schwebte. Weißes Licht hüllte ihn ein und ließ ihn noch blasser wirken.

»Die Regeneration ist außergewöhnlich tief«, flüsterte der Diener besorgt und legte seine Hand prüfend auf Blues Stirn. »Er hat sich vollkommen verausgabt.«

Der Rote trat ebenfalls näher an den schlafenden Magier heran, doch in seinen Augen lag keine Angst, sondern nur warme Fürsorge.

»Mach dir keine Gedanken, Sarsal. Er wird es unbeschadet überstehen, auch wenn er viel Energie verloren hat. Ein Flügelkind saugt immer gierig die Macht auf, die es bekommen kann, aber Blue ist um so vieles stärker als das Gefäß.«

Der Diener zog seine Hand von der eiskalten Stirn des Zauberers zurück, dann räusperte er sich unbeholfen, er suchte nach den richtigen Worten, aber er fand sie nicht, daher platzte er unsensibel heraus: »Master Blue will sie isolieren. Er wünscht keine zweite Vereinigung durch einen weiteren Magier. Auch nicht durch seinen Partner.«

Das Ungeheuerliche war ausgesprochen. Master Blue widersetzte sich damit den Vorschriften der Magierwelt. Ein Gefäß musste stets von zwei Lichtern besiedelt werden.

Unsicher schielte Sarsal zu Red auf, denn er befürchtete das Schlimmste. Es musste den anderen Magier schließlich zutiefst verletzen von seinem Partner abgelehnt und ausgeschlossen zu werden.

Doch als der Diener Reds Miene musterte, fiel ihm auf, wie entspannt der Andere war. Kein Zorn. Keine Enttäuschung.

Verwirrt hob er nun doch den Kopf und suchte Reds Blick. Vielleicht hatte er sich ja in dem aufbrausenden Magier getäuscht.

»Du findest es nicht schlimm?«, wollte er zaghaft wissen.

Der Rote lächelte, wobei es eine seltsame Mischung aus Freude und Trauer war, die dabei seine Gesichtszüge prägte.

»Nein. Den Weg muss er alleine gehen.«

»Aber?« Die Fassungslosigkeit nahm nicht nur von Sarsals Tonfall, sondern auch von seiner ganzen Haltung Besitz. »Du bist sein Partner.«

»Nicht, wenn er einen neuen Bund eingeht.«

»Einen neuen…«, wisperte Sarsal, dann schlug er die Hand vor seinen Mund, »oh bei dem heiligen Licht, du meinst, dass…«, er sprach nicht weiter, er wollte nicht glauben, dass Blue dies tatsächlich in Erwägung zog.

Red zwinkerte ihm zu. »Ich bin mir sicher, dass er davon auch noch nichts weiß. Unterbewusst schon, aber tatsächlich?« Er zuckte mit seinen Schultern. »Dafür macht ihn seine Eismagie wahrscheinlich zu unsensibel.« Der Rote stupste Sarsal an der Schulter an. «Komm, geh jetzt zurück zu dem Gefäß, es braucht dich bestimmt. Wir plaudern später weiter.«

Den Diener beschlich das Gefühl, dass Red mehr wusste als er selbst.

Siegel

Doch die Warnung kam zu spät, denn schon zogen sich die Lichtschlingen hart und fest um Marlenes Leib, der durch den inneren und nun auch äußeren Druck malträtiert wurde.

»Aua«, wimmerte sie. Die Nymphe, die sie hielt, streichelte über ihren Rücken und beruhigte sie: »Durchalten, Flügelkind. Es ist gleich vorbei und dann können wir uns wieder den schönen Dingen widmen.« Marlene merkte, wie ihr Nacken von einer feuchten Zunge liebkost wurde. Doch ihr war nicht mehr nach sexueller Erregung, ihr war nach Ruhe, Schlaf und vor allem nach der Erde. Sie fragte sich, wie sie je auf den Gedanken gekommen war, ihren blauen Planeten, ja sogar ihr Leben, zu verabscheuen. Eigentlich war doch alles wunderschön gewesen.

»Weinst du?«, wollte die zierliche Nymphe hinter ihr wissen und zarte Finger fingen die herabfallenden Tränen auf.

»Ja«, gab Marlene zurück, da es keinen Sinn hatte, das Offensichtliche zu leugnen.

»Schmerzt es so sehr?«

Sie nickte, wobei sie nicht sagen konnte, ob ihr Körper oder ihre Seele schmerzte. Sie war einfach tieftraurig und betrübt.

Zy schaute zu ihr auf, ihre Augen leuchteten warm, mütterlich und so zärtlich, dass Marlene beinahe vergaß, wessen Hand tief in ihr steckte und Qualen verursachte. »Du bist erschöpft, es ist nachvollziehbar, dass ein Menschenkind, wie du es bist, unter dem MagieTransfer leidet. Keiner kann einen je auf diese Lust, auf diesen Schmerz und diese Demut vorbereiten.«

Marlene senkte ihre Lider. »Ja«, maunzte sie.

Die ältere Nymphe zog behutsam ihre Hand aus Marlenes Schoß und stand auf. Sie stand nun direkt frontal vor ihr, wobei Zy viel kleiner und schmaler wirkte als eine Erdenfrau. Sie sah kindlich, fragil und naiv aus, aber Marlene hatte ihre Kraft am eigenen Leib zu spüren bekommen, sie würde nie wieder auf das harmlose Erscheinungsbild der Nymphe hereinfallen. Als diese ihre Finger nach ihrem Gesicht ausstreckte, zuckte sie daher zurück. Aber sie hatte die Rechnung ohne die äußerst folgsamen Stricke gemacht, die ihr unwillkürliches Zucken sofort wieder unterbanden.

»Auf Sarsals Zauber ist immer verlass«, lachte das schillernde Wesen und strich mit dem Handrücken über Marlenes Wange. Diese nahm ihren eigenen, intimen Geruch an der Hand der Nymphe war. Selten war sie in den Genuss gekommen, sich so intensiv zu riechen. Es war ungewohnt und faszinierend zugleich. »Ich werde den Diener rufen, eine Pause ist dringend nötig, wir werden später weitermachen«, versprach Zy und lächelte Marlene aufrichtig an.

Diese klammerte sich förmlich an das Lächeln der Nymphe und sog die freundliche Regung in ihren wunden Geist auf. Endlich ein nettes Gesicht.

Doch die Freude über etwas Zuwendung hielt nicht lange an, denn ein übellauniger Diener erschien wenig später im Raum.

»Was gibt es?«, knurrte er und überflog Marlenes gefesselten Leib fachmännisch. »Ist sie bockig?«

»Nein«, meinte die ältere Nymphe sanft, »aber nach der Vereinigung und der Versiegelung braucht sie Ruhe.«

Sarsal runzelte skeptisch seine Stirn, er sah erst die Nymphen, dann Marlene missmutig an.

»Soweit ich mich erinnere, dauert eine Versiegelung mehrere Tage und nicht nur Stunden.«

Nun wurde Zy leicht gereizt, denn ein mahnender Unterton schwang in ihrer glockenhellen Stimme unterschwellig mit. »Kläre mich nicht über mein Fachgebiet auf, Sarsal. Ich weiß selbst, wie lange ein solches Ritual dauert, aber wenn du sie dir genau anschaust, wirst auch du begreifen, dass sie das nicht durchhalten wird. Wir sind für den Augenblick fertig mit ihr.«

»Aber Master Blue ist noch in der Regeneration…«

»Dann wirst du dich um sie kümmern müssen«, unterbrach Zy den verdutzten Mann kompromisslos.

Der Diener starrte Marlene wie ein Insekt an. »Ich kann das nicht…ich weiß nicht, wie man mit Menschen außerhalb der Riten umgeht.«

»Dann wird es Zeit, es zu lernen«, erwiderte die Nymphe ungerührt und tippte ungeduldig auf die Lichtschlingen. »Befreie sie von dem Zauber und nimm sie mit.«

»Und wohin?«, echote Sarsal brüskiert.

Die Nymphe rollte mit ihren wunderschönen Augen, während Marlene erstaunt zu dem

Diener hinsah, den sie bis jetzt für unfehlbar und abgebrüht gehalten hatte.

»Nimm sie zu dir.«

»Zu mir?« Der Diener wurde bleich und fasste sich unbehaglich an den Hals.

»Ja«, fuhr ihn Zy an.

Verdattert trat Sarsal nach vorne, eine rasche Handbewegung von ihm entließ Marlenes Gliedmaßen aus den Schlingen. Doch ohne Halt strauchelte sie und sank auf den Boden. Ein starker, kräftiger Arm legte sich unter ihren Oberkörper und sie wurde kurzerhand hochgehoben. Wie ein Sack klemmte Sarsal sie unter seinen Arm und marschierte mit ihr hinaus. Dabei hörte sie ihn wilde Flüche und Drohungen gegen die Nymphen ausstoßen. »Verfluchtes Pack…«

Unerwartet unsanft wurde sie auf einem schlichten Bett abgeladen. Dann folgte ihr Sarsal auf die Matratze. Verängstigt rutschte sie zur Seite, aber seine Hand griff in ihren Nacken und er fixierte sie an Ort und Stelle mit einem weiteren Schlingenzauber.

Unbeweglich, in eine unbequeme Haltung gezwungen, lag sie nun neben ihm und war dem wütenden Diener ausgeliefert. »Ich bin kein Babysitter«, schnaufte er, »schon gar nicht für ein freches Flügelkind, das die geordnete Welt meiner Herren durcheinanderbringt.«

Sie blinzelte ihn entschuldigend an. Sie hoffte auf Milde, da ihre Gliedmaßen schon anfingen, heftig zu kribbeln und zu schmerzen, doch der Diener machte keine Anstalten, seine Magie rückgängig zu machen. Schließlich stand er sogar auf und verließ den Raum, der Marlene recht ungewöhnlich erschien. Falls Sarsal hier wirklich leben sollte, legte er keinen Wert auf Einrichtung oder Behaglichkeit, denn in dem Zimmer war nur ein einziges Bett, sonst nichts.

Marlene verdrehte ihre Augen und suchte nach Ablenkungen von der Qual ihrer steifen Glieder, aber sie fand nichts, woran ihr Geist sich hätte klammern können. Als nach einer Ewigkeit Schritte ertönten, war sie im ersten Moment so dankbar, dass sie beinahe angefangen hätte, zu weinen. Aber die Erleichterung währte nur einen winzigen Bruchteil, denn den Magier, der sich interessiert über sie beugte, kannte sie nicht.

Er hatte violettes Haar und purpurne Augen, die sie Zentimeter für Zentimeter taxierten. »Wen haben wir denn da?«, stieß er erfreut aus. »Ein Flügelkind, unbewacht und regungslos in einer Zelle.«

Zelle? Das erklärte die karge Einrichtung. Der Schuft Sarsal hatte sie also nicht in seine Gemächer genommen.

Der Magier nahm seitlich neben ihr Platz. Seine breite Hand wanderte über ihre Flanke zu ihrem Po hin. »Du hast die erste Vereinigung schon hinter dir, wie ich spüre.« Er schloss die Augen, sog geräuschvoll die Luft ein. »Du riechst nach blauer Farbe, eine starke Magie.« Dann öffnete er seine Augenlider wieder und ein kaltes Funkeln lag in ihnen. »Was will Master Blue mit einem Flügelkind? Will er dich als Waffe missbrauchen? Sollst du ihm mit deinem Körper und deinem Geist dienen? Oder bist du wirklich sein Versuch, Aset zu vergessen?« Er leckte über seine Lippen. »Er muss sich immer noch in der Regeneration befinden, sonst würde er dich nicht alleine in einer Zelle zurücklassen. Nicht in der sensiblen Phase deiner Formung, in der die Bindung zwischen Novizin und Master noch so zerbrechlich ist, dass jeder andere Magier sie zerstören kann.«

Marlene blickte ängstlich zu ihm auf. Sie konnte aufgrund des Zaubers weder mit ihm sprechen noch sich ihm entziehen. Sie hatte einfach nur furchtbare Angst, denn das Glitzern in seinen Augen und seine Worte verhießen nichts Gutes.

»Weißt du, wie man eine Vereinigung beschleunigen und eine gerade vollzogene rückgängig machen kann?«

Natürlich wusste sie es nicht. Aber die Erklärung ließ auch nicht lange auf sich warten, denn der Magier hörte sich anscheinend einfach zu gerne selbst reden.

»Indem man die Spielart nimmt, die das Gefäß in seiner Welt am seltensten vollzieht.« Seine Finger glitten zu ihrem Hintern, der sich prall und rund dem Magier präsentierte. »Da du von der Erde kommst, ist dies wohl der Verkehr von Hinten.«

Sie zuckte innerlich zusammen, als sein Finger in ihrem engen Loch verschwand und die Darmwand massierte. *Um Himmels Willen,* die normale Vereinigung hatte schon ihren Tribut gefordert, wie sollte dann erst diese ablaufen? Marlene geriet in Panik, während ihr Körper teilnahmslos blieb. Der verfluchte Zauber führte dazu, dass sie nichts tun konnte, außer abzuwarten. Sie kam sich wie ein willenloses Spielzeug vor.

»Ohne Gefäßner wird es unerträglich werden«, flüsterte der Magier, »aber danach wirst du mir gehören und meine Magie in dir tragen. Dann werde ich im Besitz eines Flügelkinds sein. Herrlich. Man wird mich beneiden.«

Ein weiterer Finger verschwand in ihr und verursachte ein heißes, glühendes Prickeln. »Du hast Master Blue geglaubt, oder? Du hast ihm seinen ganzen Quatsch, dass er dich zu einer Magierin machen will, abgenommen, nicht wahr?« Er führte ihr einen dritten Finger ein, was ihren Schmerz unverhältnismäßig verdoppelte. »Aber er will dich nur zu seinem Eigentum machen, denn dessen Magie man empfängt, dessen Sklave ist man. Und ein Flügelkind zu besitzen, ist eine Rarität. Kein Wunder also, dass er die Vereinigung so schnell vollzogen hat, obwohl es ohne längere Vorbereitung sowohl für den Master als auch für das Gefäß sehr gefährlich sein kann, wenn Risse existieren.«

Als er den vierten Finger hineinpresste, stöhnte Marlene trotz des Zaubers auf. Ihr Schmerz überwand Sarsals Magie für einen kurzen Augenblick.

Sie wünschte sich, dass er endlich aufhörte, zu reden. Sie mochte seine ganzen Erläuterungen nicht hören, denn auch wenn Blue ihr wehgetan hatte, so hatte sie zumindest immer an seinen Charakter geglaubt. Sie wollte nicht wahrhaben, was der violette Magier ihr gerade erzählte.

Er ließ seine Finger langsam rein- und rausgleiten. Genoss dabei ihren verborgenen Schmerz. »Oh, es brennt. Ich weiß. Ich spüre es selbst. Aber da müssen wir zwei jetzt durch«, lamentierte er, während er ihr unaufhörlich mit seiner Hand Schmerzen zufügte.

Dann stoppte er abrupt, aber nur um die Schnalle seines Gewandes zu öffnen und seine dicke, fleischige, lila-schimmernde Männlichkeit herauszuholen.

Marlene stockte der Atem bei der Größe und Umfang. Nie würde sie das Teil in sich aufnehmen können.

»Prächtig, oder?«, lobte er sich selbst und streichelte sein stehendes Glied. »Mein Zauberstab ist voller Magie.«

Marlene war eher zum Davonrennen, aber leider hielt Sarsals Zauber weiterhin an. Wut keimte in ihr hoch, wie hatte der Diener sie nur derart verraten können? Er war an der Misere Schuld. Nur er allein.

Plötzlich zerriss ein Schmerz ihre Körpermitte. Sie schien von Innen heraus zu explodieren, als er von hinten in sie eindrang. Es war kein Zauberstab, es war ein brennendes Schwert, welches sie zweiteilte.

Lautlos brüllte sie auf. Jeder Stoß entfachte in ihrem Nervenzentrum ein Lavaerguss. Ihre Innereien verkohlten zu Asche. Schwärze umhüllte ihre Sinne, ihr Körper verlor den Bezug zur Gegenwart, sie glitt in die Dunkelheit davon. Nur am äußersten Rande ihres Bewusstseins nahm sie wahr, wie jemand erst an ihren Schultern rüttelte, bevor sie dann, als sie nicht reagierte, eilig hochgehoben wurde. Die Berührungen schmerzten nicht, sie waren sanft, wohltuend. Sie ließ sich in die Umarmung sinken, während ihre Umgebung immer schwärzer und schwärzer wurde.

»Reeeeedd«, drang Sarsals Stimme dumpf und verzerrt, aber äußerst panisch an ihre Ohren. Ein rotes Flimmern durchzuckte ihre innerliche Finsternis, aber selbst das warme Leuchten brachte sie nicht zurück. Zwischen den männlichen Stimmen tauchten schließlich auch weibliche auf, die Marlene den Nymphen zuordnete.

Aber sie interessierte der Trubel, der um sie herum ausgebrochen war, nicht, sie fiel immer tiefer und tiefer. Ihr Körper versank in einem violetten, düsteren See.

Aus. Vorbei.

»Marlene«, rief eine Stimme sanft. »Kaffee ist fertig.«

Sie blinzelte. Nur in Boxer Short bekleidet stand Tom, ihr Freund, vor ihr. »Hier trink«, forderte er sie auf, doch sie hob müde ihre Hand. »Nein«, meinte sie schlaftrunken.

»Marlene, trink«, er ließ nicht locker.

»Nein.«

Harte Finger packten grob zu, flößten ihr ein bitteres Zeug an. Toms Umrisse verschwammen und aus dem Gesicht ihres geliebten Ex-Freundes wurden das von Master Red.

Überrascht und schockiert wieder in *dieser* Realität zu sein, setzte sie sich auf. Sofort zuckte ein tiefer, dumpfer Schmerz durch ihre Leiste.

»Scht. Langsam«, mahnte sie Red, »die Nymphen haben Tage gebraucht, um dich zu versiegeln, reiß nicht alles wieder auf. Du warst lange ohnmächtig«

Tage? Sie rieb sich die Stirn. *Es waren doch nur Stunden vergangen und zudem hatte sie alles hautnah bei vollem Bewusstsein miterlebt. Wovon sprach er?!*

»Hier, trink das aus, bitte.« Er reichte ihr eine Tasse mit einem dunklen Gebräu, was äußerst fies roch und nun gar keine Ähnlichkeit mehr mit dem Kaffee aus ihrem Traum hatte.

Sie rümpfte die Nase. »Muss ich?«

Master Red lächelte ehrlich, was bei ihm äußerst selten vorkam. »Bitte«, wiederholte er nur sanft. Seine Freundlichkeit irritierte sie kurz, aber um seine Laune nicht auf die Probe zu stellen, fragte sie weder nach, warum er so nett zu ihr war, noch was das für eine Flüssigkeit war, die sie zu sich nehmen sollte.

Sie trank die Tasse in wenigen Sekunden leer und versuchte anschließend mindestens doppelt so lange, den Würgereflex niederzuringen.

»Danke«, sagte er und nahm ihr die Tasse ab und stellte sie beiseite.

Marlene schaute sich um. Sie lag auf einem bequemen Sofa, im Kamin prasselte Feuer, der Raum wirkte behaglich und gemütlich.

»Ist das eine Illusion?«, wollte sie wissen, während sie fast melancholisch das Feuer betrachtete.

»Ja, es soll dir Geborgenheit vermitteln, aber wir mögen es auch. Oft bilden wir die Räumlichkeiten der Erde nach, wenn wir das unendliche Licht satthaben. Es gefällt uns zum Teil, wie ihr Erdlinge lebt.«

Reds Ehrlichkeit beeindruckte sie genauso stark wie seine zuvorkommende Art. Es war äußerst lieb, ihr ein solch heimeliges Bild zu bereiten. Womit hatte sie das verdient?

»Die Nymphen…«, begann sie ihre Frage, wurde jedoch von dem Magier hastig unterbrochen. »Sind fertig mit dir, du darfst dich nach Herzenslust ausruhen.«

»Oh…okay«, erwiderte Marlene baff, aber auch unendliche erleichtert. Eine riesige Lücke klaffte in ihrer Erinnerung. War die Prozedur mit den Nymphen doch so heftig verlaufen, dass sie alles verdrängt hatte?

»Ich habe mich erkundigt, was in deinem Zeitalter und auf deinem Planeten für Bücher gelesen werden und habe sie dir besorgt«, unterbrach er ihre Grübeleien und reichte Marlene stolz eine Auswahl von mannigfaltiger Literatur. »Hier, ich hoffe, es ist etwas dabei, was dir gefällt.«

Sie griff nach einem dicken Buch, dessen Namen sie nicht kannte. Ihre Finger strichen über den glatten Einband und über die rauen Seiten. »Ist es echt?«

Er schüttelte amüsiert über ihre naive Nachfrage den Kopf. »Nein, aber eine perfekte

Nachbildung. Du wirst keinen Unterschied bemerken.«

»Hmm«, fasziniert, wozu die Magie fähig war, drehte sie das Buch in ihren Händen. Jedes kleinste Detail stimmte, selbst das Papier roch, wie sie es von der Erde gewohnt war.

»Ich geh jetzt, Flügelkind.«

Sie legte das Buch auf ihrem Schoß ab, sah zu dem Rothaarigen auf und runzelte die Stirn. »Musst du?«

»Ja.«

Mulmig schluckte sie den Kloß in ihrem Hals hinunter. Irgendwas ängstigte sie, ohne dass sie das Gefühl benennen konnte. Unsicher schaute sie sich im Raum um. Es wirkte alles friedlich. Doch ein dunkler Schatten lauerte irgendwo, sie spürte es genau.

»Geh nicht«, flüsterte sie heiser und verdrehte ihren Hals. »Bitte, geh nicht.« Sie wusste nicht, warum sie gerade den Magier bat, zu bleiben, aber sie hatte schreckliche Visionen von unendlichen Schmerzen und Qualen. Die Szenen, die sich ihr in ihrer Fantasie boten, waren dabei alle in ein violettes Licht getaucht.

»Ich muss«, besänftigte er sie, »aber ich komme wieder.«

Sie krallte ihre Hand in seinen Unterarm, hektisch überflogen ihre Augen den besinnlichen Raum, der eigentlich keinen Anhaltspunkt für ihre Panik bot. »Lass mich nicht alleine, es wird etwas passieren...bitte...bitte...lass mich nicht alleine.« Ihre Stimme war ins Hysterische gekippt.

Die roten Augen des Magiers wurden betrübt. »Du bist hier absolut sicher, meine Gemächer sind ohne meine Erlaubnis nicht zugänglich. Selbst andere Magier kommen hier nicht so einfach rein, es braucht schon ein starkes Licht, um den Bann, den ich ausgesprochen habe, zu brechen.«

Marlenes Herz raste aus einem Grund, den sie nicht kannte, in ihrer Brust. Atemnot gesellte sich zu ihrem stolpernden Puls hinzu und vervollständigte ihre Panikattacke. »Geh nicht! Bitte geh nicht. *Er* wird kommen...«

»Er?«, hakte Red vorsichtig nach.

Sie schüttelte den Kopf, sie wusste selbst nicht, wen sie damit meinte. Sie wusste nur, dass sie schutzlos ohne Red war.

Der Magier löste ihre Finger aus seinem Fleisch. Er sah sie bedauernd an. »Es tut mir leid, aber ich muss gehen...«

Sie zitterte wie Espenlaub. Panisch riss sie ihre Augen auf. Sie durfte nicht alleine bleiben. Niemals.

Der Mann beugte sich vor, sah ihr tief in die Augen. »Du bist müde. Ganz müde. Dein Geist, dein Körper, jede Faser deines Körpers möchte schlafen. Du bist müde. Sehr, sehr müde.«

Sie gähnte trotz der heftigen Angstreaktion.

»Du schläfst jetzt. Du hörst auf meine Stimme, du folgst ihr in das Land der Träume. Du willst dich hinlegen, du willst nur schlafen. Du spürst die Wärme, die dich einlullt, die dich beschützt, die es dir erlaubt, loszulassen.«

Ihr Herzschlag beruhigte sich, ihre Glieder wurden angenehm entspannt. Das Blut rauschte langsamer in ihren Ohren, ihre Lider wurden schwer. Sie sackte nach vorne auf Master Reds Brust, dann schlief sie ein.

Verfehlung

»Sarsal«, donnerte Master Reds Stimme durch das unendliche Licht.

Ein gebeugter Diener erschien. Seine Haut war gezeichnet von etlichen Peitschenhieben, die so zahlreich waren, dass selbst das magische

Licht eine Weile brauchen würde, diese wieder zu heilen. »Ja, Master.«

»Wie viele?«, fragte der Magier mit feurigen, aber mitleidslosen Augen.

»200.«

»Das ist immer noch zu wenig für deine Verfehlung«, zischte Red.

»Ich weiß«, sagte Sarsal beschämt. »Ich werde meine Bestrafung verdreifachen.«

Der Magier musterte den Diener mit Abscheu. »Wie konntest du sie nur in eine Zelle mit einem minderwertigen Siegel bringen? Jeder Provinzmagier hätte dies aufbrechen können!«

»Ich habe nicht nachgedacht.«

»Das scheint mir auch so«, knirschte Red mit zusammengebissenen Zähnen.

Der misshandelte Diener wagte einen reumütigen Blick in das erboste Gesicht seines Herrn. »Wie geht es ihr?«

»Die Nymphen haben lange darum kämpfen müssen, dass sie nicht an Violettos Magie zerbricht. Sie hat tiefe Risse davongetragen, ich musste gleich nach ihrem Erwachen ihre Erinnerungen mit einem Schwarztrank löschen, um ihre Genesung nicht zu gefährden. Ihr Verstand hat nun vergessen, was passiert ist, aber ihr Körper und ihr Licht können das nicht.«

Sarsal schrumpfte bei den Worten des Mannes zusammen. Seine Mundwinkel zuckten und Tränen stiegen in seine Augen. »Was ist mit ihrer Magie? Ist sie noch blau?«

Master Red schüttelte energisch sein Haupt. »Nein. Sie ist nicht mehr rein. Violetto erhebt inzwischen schon Ansprüche auf sie und da Master Blue noch in der Regeneration ist, gibt es niemanden, der ihn aufhalten kann.«

»Aber du…«

»Ich bin nicht von dem gleichen Stand wie er. Ich kann Marlene nur solange beschützen, bis der Rat über Violettos Antrag auf Übernahme des Gefäßes entschieden hat. Da sie nun auch seine Magie in sich trägt, stehen seine Chancen nicht schlecht.«

»Aber er hat sie beinahe zerstört! Ich fand sie mehr lebendig als tot vor. Wie kann der Rat zustimmen?«

»Weil sie ein Flügelkind ist, der Rat sieht es nicht gerne, dass Blue der Herr über so ein Geschöpf ist. Er ist ihnen jetzt schon zu mächtig. Eher lassen sie zu, dass Violetto das Flügelkind zerbricht.«

Sarsal holte entsetzt Luft. »Bitte, du musst sie beschützen! Sie darf nicht in die sadistischen Hände von Violetto geraten. Ich flehe dich an…«

Garten

Marlene drehte sich tiefer in die warme Wolldecke, die Red mit Hilfe seiner Magie erschaffen hatte. Nichts in dem Raum war real, alles war lediglich eine Illusion und doch kam es ihr derart echt vor, dass sie es selbst nicht glauben konnte, tatsächlich im Nichts des grellen Lichts zu liegen. Eigentlich war es eine trostlose Welt, in der die Magier lebten.

Die Tür ging auf, Master Red erschien, er verzichtete auf das plötzliche Materialisieren, wahrscheinlich wollte er das Zimmer für sie wirklich authentisch wirken lassen.

»Hast du gut geschlafen?«, erkundigte er sich und setzte sich neben sie auf das Sofa.

»Ja«, gab sie leise zu Protokoll.

Er sah auf sie mit diesen roten, glühenden Augen hinab, seine Hand zuckte zu ihrem Gesicht, er wollte eine Haarsträhne aus ihrer Stirn streichen, doch dann besann er sich und zog seinen Arm langsam wieder zurück. Marlene beobachtete sein Verhalten interessiert. Es kam selten vor, dass die Magier darauf Rücksicht nahmen, dass ihre Magie wehtat. Er hingegen schien sich gegen den egoistischen

Drang, sie berühren zu wollen, entschieden zu haben.

»Wo warst du?«, fragte sie, während sie sich langsam aufrichtete. »Und wo ist Blue?« Verschwommen erinnerte sie sich daran, dass Sarsal ihr erzählt hatte, dass der Blaue im Koma lag.

»Ich habe ein paar Dinge erledigt, nichts, was dich etwas angeht«, knurrte er mürrisch und stand auf. »Und Master Blue ist noch in der Regeneration, es wird dauern, bis du ihn wiedersehen kannst.«

Er sprach es so aus, als hätte sie Sehnsucht nach dem blauen Magier. Das ärgerte sie. Schnaubend pfefferte sie die Decke auf den Boden und schwang ihre Beine über die Sofakante. »Auf seine Anwesenheit kann ich verzichten. Er ist ein verfluchter Tyrann.«

Der Rote starrte sie nachdenklich an, dann schüttelte er seufzend seinen Kopf. »Dieser Tyrann ist der Einzige, der dich in dieser Welt beschützen kann.« Wieder zuckte seine Hand zu ihrem Körper hin, wieder verweigerte er sich seinem Bedürfnis, sie anzufassen.

Marlene sah ihre Chance gekommen, die Zeichen, die Red aussandte, waren zu eindeutig. Der Mann suchte offensichtlich ihre Nähe.

Laszív stand sie auf, schmiegte ihren Leib an Reds Brust. Der Kontakt schmerzte, sie biss ihre Zähne zusammen, ignorierte das heiße Feuer auf ihrer Haut und lehnte ihren Kopf an seine Schulter. Ihre Finger spielten mit seiner Brustwarze, die unter der dünnen, hellroten Lichtrobe verborgen war. »Nein, du könntest mich auch beschützen, nicht wahr? Wir könnten zusammen auf der Erde leben…« Ihre Worte wurden zu einem heiseren Flüstern. »Willst du das nicht auch?«

Er legte seine linke Hand auf ihre Schulter, die rechte umfasste ihr Kinn und hob es an. Ihre Blicke trafen sich. »Marlene«, sagte er ruhig, »willst du mich etwa verführen?«

Sie leckte über ihre spröden Lippen. Seine Nähe dörrte sie aus, ließ ihre Körpertemperatur steigen. »Ja.«

Ein undefinierbares Lächeln nistete sich in seinen tiefroten Augen ein. »Ich bin nicht an deiner Persönlichkeit interessiert, du bist lediglich ein kostbares Gefäß, mehr Gefühle hege ich für dich nicht, schon gar keine Zuneigung.«

Sie wurde wütend. Zornig schlug sie seine Hand, die ihr Gesicht festhielt, weg. »Du bist ein feiger Kerl!«

Er lachte, seine rote Aura flammte auf. »Und du bist ein dummes Ding.« Seine Hände packten sie nun an beiden Schultern und hielten sie eisern fest. »Ich bin so alt, dass dein menschlicher Verstand diese Zahl nicht begreifen könnte. Ich bin satt, satt an Liebe, satt an Furcht, satt an Sex, satt an Magie…man könnte sagen, ich habe alles satt. Daran wirst auch du nichts ändern können, denn ich bin es auch satt, Gefäße wie dich zu befüllen.« Seine Stimme wurde ein hitziges Flüstern. »Du bist Routine. Kein vielversprechendes Abenteuer.«

Sie wich unter seinen harten Sätzen zurück, sah ihm dabei in seine glitzernden Augen, die jetzt genauso kalt wie die von Blue schimmerten. Hatte sie sich in ihm derart getäuscht? Die ganze Illusion, die er für sie erschaffen hatte, war das kein Zugeständnis an ihre Seele gewesen?

»Aber…dieser Raum?«, stotterte sie hilflos. »Warum hast du dir solche Mühe gegeben, wenn ich dir doch egal bin?« Sie klang weinerlich, obwohl sie es nicht sein wollte.

Er holte tief Luft, er wollte etwas sagen, aber sein Mund blieb stumm, dafür befahl er mit einem kurzen Handwink, der Illusion sich aufzulösen. Marlene taumelte weiter zurück. Das Zimmer und die Einrichtung darin verblassten, der Kamin erlosch, die Wände fielen in sich zusammen, bis nur noch das unendliche Licht sie umgab.

»Na, was bleibt jetzt noch?«, höhnte er, als sie zu zweit im Nichts standen. »Der Raum ist genauso falsch, wie es die Gefühle gegenüber den Gefäßen in dieser Welt sind.«

Sie stolperte, fiel rückwärts und ziemlich schmerzhaft auf ihr Steißbein, robbte von dem roten, herzlosen Mann davon, aber der Boden gehorchte nicht ihren irdischen Gesetzen, denn sie landete immer wieder vor den Füßen des Magiers, der böse auf sie hinab grinste und ihren verzweifelten Versuch, seiner Nähe zu entkommen, belustigt verfolgte.

Er hob langsam seine Hand, ohne Marlene dabei aus den Augen zu lassen, und schnipste mit den Fingern. Augenblicklich befanden sie sich wieder in dem behaglichen Raum, der einem Schweizer Katalog für romantische Almhütten entsprungen sein könnte.

»Lass es dir eine Lehre sein, mich nie wieder gegen Blue ausspielen zu wollen«, drohte er, beugte sich hinab und reichte ihr dabei versöhnlich seine Hand. »Komm, setz dich wieder. Ich denke, du hast nun begriffen, was Sache ist.«

Willenlos ließ sie sich hochhelfen und zurück auf das Sofa verfrachten. Sie hatte tatsächlich ihre Lektion gelernt. Illusionen bezogen sich nicht nur auf Räume, sondern auch auf Emotionen.

»Danke«, murmelte sie, als er erneut eine Wolldecke hervorzauberte und sie ihr über die Schultern legte.

Der Rote wurde immer sanfter, seine ärgerliche Miene war zur Gänze verschwunden, selbst seine Stimme war ohne Groll.

»Marlene, du gehörst Blue. Ihm alleine. Niemanden sonst. Auch mir nicht, das sollten wir beide akzeptieren.«

»Aber…«, sie lehnte sich zurück, um den Zauberer besser sehen zu können, »...hieß es nicht, dass zwei Magier eine Vereinigung durchführen müssen und du sein Partner bist?«

»Doch«, er schien zu überlegen, entschied sich dann aber zu Marlenes maßloser Enttäuschung gegen eine Aufklärung und blieb bei einer kryptischen Antwort. »Du wirst es irgendwann verstehen.«

Plötzlich wurde Red unruhig. Sein Kopf ruckte herum. Und auch Marlene fühlte eine eigenartige Präsenz, die den Raum bedrohte.

Alles schien eine Nuance dunkler und von einem purpurnen Licht verschlungen zu werden.

»Verdammt, Violetto«, fluchte der rote Mann erbost und ballte seine Hände zusammen. Eine grelle, weibliche Computerstimme tönte durch den Raum. »Das Gefäß ist auf Entscheidung des Rates, dem Magier der violetten Farbe zu überlassen.«

»Sie gehört Master Blue«, schrie Red der unsichtbaren Befehlsgeberin entgegen. »Ich werde sie ihm nicht überlassen.«

»Magier Red, sich der Anordnung des Gremiums zu widersetzen, zieht schwere Strafen nach sich. Sie sind hiermit verwarnt.«

»Das Flügelkind ist ein Farbwandler«, rasselte Red, dessen rote Aura selbst immer dunkler und heißer wurde. »Nur Master Blues Magie kann ein solches Geschöpf beherrschen.«

Bei dem Wort *beherrschen* zuckte Marlene zusammen. Sie hatte sich seit ihrer Entführung in die fremde Welt nicht damit anfreunden können, den Magiern zu dienen und doch schien es ihr Schicksal zu sein.

»Ein Farbwandler…«, echoten mehrere männliche Stimme und mischten sich unter die helle Computerstimme, die unaufhörlich den roten Magier verwarnte, den Zauber des Raums aufzuheben.

Marlene beobachtete atemlos, wie Reds Stirn von Schweiß bedeckt war und er mit einem unsichtbaren Ungeheuer rang. Er hielt offensichtlich die Angreifer mit aller Macht auf Abstand. Marlene zitterte, sie wusste nicht, wer dieser violette Magier war, aber aus einem Instinkt heraus, fürchtete sie ihn abgrundtief. Er durfte nicht hereinkommen, er durfte sie nicht haben. Sie sehnte sich plötzlich nach Blues Macht und nach der Anwesenheit des Eiszauberers.

Der Raum bekam Risse, grelles Licht drang hindurch, blendete Marlene, die sofort ihre Augen mit den Händen beschatten musste. Tränenverschleiert offenbarte sich ihr eine Ansicht, die sie nicht haben wollte. Der rote Magier war auf seine Knie gesunken, violettes Licht umfloss ihn und zwang ihn auf den Boden. Er keuchte, kämpfte verbissen, aber das fremde Licht gewann an Intensität und selbst Marlene, die keine Magierin und auch nicht mit dieser Welt vertraut war, begriff, dass Red keine Chance hatte.

Hilfesuchend drehte sie sich im Kreis. Überall bröckelten die Wände, das Nichts bahnte sich seinen Weg zu ihr und am Ende stand der violette Magier, der sie mit unersättlicher Gier betrachtete. Er stand regungslos im gleißenden Licht und lauerte auf die baldige, unausweichliche Kapitulation des Roten. Und Marlene wusste, wer sein erstes Opfer sein würde, wenn der rote Krieger besiegt war.

Sie stürmte auf den knienden Magier zu, fiel neben ihn auf den Boden und rüttelte an seinen Schultern. »Du musst mich beschützen«, schrie sie schrill, unfähig ihre Augen von der violetten Gestalt wenden zu können, die so viel Unheil versprach, dass sie es gar nicht in Worte fassen konnte. Nicht mal Blue hatte eine solche Angstreaktion in ihr hervorgerufen, wie es der Mann mit den violetten Augen tat.

»Ich kann nicht…«, schnaufte Master Red und sein Blick flackerte, er würde jeden Moment das Bewusstsein verlieren. »Du musst mir versprechen, durchzuhalten, bis Master Blue aus der Regeneration erwacht ist und dich holen kann.« Er verdrehte gequält seinen Hals, um sie besser sehen zu können. »Versprich mir, durchzuhalten. Du musst auf Blue warten.«

»Aber ich…«, heulte Marlene.

»Versprich es«, brüllte er sie an. Rotes Feuer schlug ihr entgegen.

»Ich…bitte. Du musst mir helfen.«

»Marlene«, quetschte er gepresst hervor, »auch du müsstest inzwischen bemerkt haben, dass ich gegen Violettos Magie machtlos bin. Bitte, versprich mir einfach, nicht aufzugeben. Master Blue wird kommen. Verlass dich darauf.«

Sie schluckte, Tränen rannen über ihre Wangen und Master Reds Gesichtsausdruck wurde, trotz der Anstrengung, die er für ihre Verteidigung aufbrachte, milde. »Weine nicht. Es wird sich alles zum Guten wenden.«

»Aber ich habe Angst. Ich wollte das alles nicht. Ich wollte nicht hier sein, nicht in dieser Welt.«

»Ich warte immer noch auf ein Versprechen, Flügelkind.« Er machte sich nicht die Mühe, auf ihre Anschuldigung einzugehen, sondern rang ihr mit einem wartenden Stirnrunzeln endlich das Versprechen ab.

»Ich werde nicht aufgeben, sondern auf Blues Rückkehr warten«, sagte sie beinahe heroisch. Ein wenig heldenhaft fühlte sie sich schon, wie sie in Mitten des unerbittlichen Gefechts stand und die Worte feierlich sprach, ohne zu wissen, was sie wirklich bedeuteten.

Er lächelte. »Danke.«

Dann splitterte das Zimmer in tausend Fragmente und Marlene fand sich im Nichts wieder. Es war seltsam still. Violetto stand neben ihr.

»Wo ist Master Red?« Suchend verrenkte sie ihren Hals, aber der Magier blieb verschwunden. Alle vertrauten Personen schienen sich nach und nach in Luft aufzulösen, wie sie missmutig feststellte.

»Da, wo er hingehört, wenn er die Anweisungen des Gremiums nicht befolgt.«

Sie hakte nicht weiter nach, denn sie wollte nicht wissen, ob er tot oder nur gefangen war. Unwissenheit konnte auch ein Segen sein.

»Und du bist…«, sie zögerte, sah dem hochgewachsenen Mann in die dunklen, lilafarbenen Pupillen, »…Violetto?«

Er schmunzelte. Seine Hand glitt zu ihrem Mund, berührte mit dem Zeigefinger flüchtig ihre Lippen. »Oh, sieh an, er hat einen Vergessenstrank angewandt.« Er trat ganz dicht an Marlene heran, jedoch ohne sie zu berühren. Dann neigte er seinen Kopf zu ihr herunter und flüsterte in ihre Ohrmuschel. »Dann wollen wir den Zauber mal brechen. Wir kennen uns schon, erinnere dich an unsere Vereinigung. Ich befehle es dir…«

Und wie bei einem Dammbruch fluteten schmerzvolle Bilder ihren Geist, ohne dass sie einen Schutzwall aufbauen konnte. »Nein«, hauchte sie, »nicht du.«

Seine Augen überflogen sie abschätzend, taxierend, er erfasste ihren materiellen Wert. »Ein Flügelkind in meinem Besitz…«, er seufzte wohlig auf, »einfach fantastisch.«

Er griff in ihren Haarschopf, riss sie herum und führte sie brutal durch das weiße Nichts, das sie in Form eines grellen Lichts umgab. Sie folgte ihm in gebückter Haltung und laut jammernd. Bis vor wenigen Stunden hätte sie nicht angenommen, dass sich ihre Situation tatsächlich verschlimmern könnte, jetzt wusste sie es besser.

»Hier«, hörte sie den Magier sagen und sie wagte es, ihr Gesicht leicht zur Seite zu drehen und nach oben zu linsen, um herauszufinden, mit wem er sprach. »Ich will sie vollkommen erschöpft haben. Ich will, dass sie ihre Magie nicht gegen mich verwenden kann, weil sie total ausgelaugt ist.«

Marlene erkannte einen weiteren Mann, der sie von der Aura her an Sarsal erinnerte. Der Angesprochene warf einen gelangweilten Blick auf die Beute seines Herrn.

»Wie ihr wünscht, Herr.«

Violetto gab Marlene frei und sie rieb sich augenblicklich über ihre schmerzende Kopfhaut. Doch ihre Freiheit dauerte nur wenige Sekunden, dann wurde sie von dem anderen Mann im Nacken gepackt. Sofort durchflutete sie eine unendliche Lust. Erschrocken über die Reaktion ihres Körpers stöhnte sie auf und sank mit wackligen, nachgebenden Knien auf den Boden.

Der violette Magier verzog amüsiert seine Mundwinkel nach oben und stemmte seine Hände in die Hüfte. »Ja, auch wenn Barx ansonsten unnütz ist, das kann er gut. Er wird sich um dich kümmern.«

Eine Hitzewelle nach der anderen jagte durch Marlenes Körper, die zwischen ihren Erregungsschüben kaum ausreichend Sauerstoff bekam. Wie ein Fisch auf dem Trockenen schnappte sie nach Luft, während ihr Unterleib epileptisch zuckte. Sie bemerkte, wie die Feuchtigkeit sich zwischen ihren Beinen sammelte und aus ihr heraustropfte. In einer grausamen Ekstase gefangen, schüttelte es sie so heftig, dass sich ihre geschmeidige Muskulatur gefühlt zu einem einzigen Faserklumpen zusammenzog.

Das waren keine Höhepunkte, das waren Torturen.

Sie schrie auf, sie schwitzte. Ein Gipfel löste unerbittlich den nächsten ab. Sie keuchte, Speichel lief aus ihrem geöffneten Mund und sie verdrehte ihre Augen in den Höhlen, als sich eine weitere Welle der Lustqual ankündigte.

Sie schämte sich tief in ihrem Inneren. Sie musste für Außenstehende wie eine lüsterne, unbeherrschte, läufige Hündin wirken, die in ihren eigenen Säften auf dem Boden lag und unersättlich nach mehr gierte.

Ihre empfindliche Zone stand in Flammen. Ihr Körper krampfte sich zusammen, zwang sie in eine Embryonalhaltung, während sie verzweifelt nach Atemluft schnappte.

Ihr Haupthaar hing nass in ihrem Gesicht. »Ich kann nicht mehr.«

Doch Barx dachte nicht daran, seine Hand von ihrem windenden, überstimulierten Leib zu nehmen und ihr somit Erleichterung zu verschaffen. »Solange du noch reden kannst, werde ich weitermachen.«

Im Gegensatz zu Sarsal, der Marlene wohltuende Lust geschenkt hatte, peitschte Barx sie von Höhepunkt zu Höhepunkt und ließ ihr keine Verschnaufpause. Er sensibilisierte ihr

Gewebe, machte es aufs äußerste empfindlich und sorgte dafür, dass ihr Puls raste.

Erstickt stöhnte sie dem gefühlt hundertsten Gipfel ihrer erzwungenen Lust entgegen. Sie wusste schon lange nicht mehr, wo oben oder unten war. Ihre ganze Wahrnehmung war auf ihre erhitzte Mitte fokussiert, sie bestand nur noch aus Erregung.

Prickelnd heiß, eiskalt, verbrennend intensiv. Sie rollte auf dem Boden.

Ihre Sprache hatte sie verloren, nur noch undefinierbare Laute fanden ihren Weg aus ihrem Mund. Sie quiekte. Wimmerte. Stöhnte. Lechzte. Seufzte.

Dann kam der tiefe Fall. Was Marlene vor ein paar Minuten noch vehement gefordert hatte, erfüllte sich nun mit Schrecken. Der Gefäßner hatte seine Hand zurückgezogen und ließ sie in die bodenlose Frustration fallen.

Nach der permanenten Stimulation fühlte ihr Leib sich nun leer und taub an. Kein Funken von Lust blieb in ihrem heißen Innersten zurück.

Erschöpft blinzelte sie. Müde, ausgelaugt und benutzt rollte sie sich auf die linke Seite und starrte auf die Beine des Magiers und seines Dieners. Ihre Augenlider flattern, sie konnte den Schlaf kaum zurückdrängen, nur der Anblick der Außerirdischen hielt sie noch bei Bewusstsein.

»Sorge dafür, dass sie etwas Nahrung zu sich nimmt, halte sie aber ansonsten in diesem Zustand. Ich bin ausnahmsweise zufrieden mit dir, Diener«, erscholl die kalte Stimme des Magiers, dann entfernte sich sein Beinpaar aus Marlenes Sicht. Zurück blieb nur Barx, der Marlene mit seiner Fußspitze anstieß.

»Mach den Mund auf«, befahl er schroff und Marlene schluckte den Kloß in ihrem Hals hinunter, als sie in sein grimmiges Gesicht blickte. Seiner Miene nach zu urteilen, mochte er seine zugeteilte Rolle als ihr Aufpasser nicht.

»Ich habe keinen Hunger«, versuchte Marlene, das drohende Unheil abzuwenden.

Der Gefäßner schenkte ihr ein tiefes Stirnrunzeln. »Widerstand ist zwecklos.«

Das wusste Marlene auch, schließlich war ihr auch die Methode des gelben Magiers ganz zu Beginn in bleibender Erinnerung geblieben. Sie wollte nicht wieder mit Schwänzen zwangsgefüttert werden, daher öffnete sie ihren Mund einen spaltbreit.

»Weiter«, kommentierte Barx ihr Bemühen unwirsch. Ihm schien ihr Gehorsam nicht ausreichend zu sein.

Sie öffnete ihre Lippen behutsam weiter. Doch gegen ihre Erwartung passierte nichts. Verdattert blickte sie zu Barx, der keine Anstalten machte, sein Stück auszupacken. Stattdessen war vor Marlene echte Nahrung und Wasser erschienen. Kein ekliger Glibber.

Sie glitt in eine sitzende Position und griff automatisch zu den Speisen, aber Barx schüttelte seinen Kopf und ließ ein hartes »Stopp« ertönen.

Verunsichert ließ sie ihren ausgestreckten Arm sinken.

»Ich füttere dich.«

Das behagte ihr nicht. »Wieso? Ich kann alleine essen.«

Zum ersten Mal lächelte er sie aufrichtig an. Eine Gefühlsregung, die ihm überhaupt nicht stand. Er wirkte dabei eher gequält als freundlich. »Weil es meine Aufgabe als Gefäßner ist.«

Die Welt übertrieb es eindeutig mit ihren Ritualen, befand Marlene übellaunig. »Das musst du wirklich nicht«, widersprach sie ihm erneut.

Er blieb jedoch genauso störrisch wie sie. »Es ist meine Pflicht. Jeder Bissen muss abgezählt und einzeln zugeführt werden. Dir stehen 30 Löffel und 8 Schlucke Flüssigkeit pro Mahlzeit zu.«

Wow, das war an Absurdität nicht zu übertreffen. Marlen zog angewidert ihre Augenbrauen hoch. »Totale Kontrolle, was?«, blaffte sie und vergaß dabei, dass Barx sicherlich kein Diener war, mit dem man lange Diskussionen wagen sollte.

»Das ist die Methode meines Herrn«, erklärte Barx nüchtern. »Er mag es, über alles Bescheid zu wissen.«

Sie stierte auf das Essen. Peinlich berührt wandte sie ihren Kopf ab, als Barx sich vor sie hockte und ihr den Löffel zum Mund führte.

»Ich kann so nicht essen«, raunte sie und leckte sich nervös über ihre Lippen.

»Nach wie vielen Höhepunkten meinst du, wirst du es können? Wollen wir es ausprobieren?«, erwiderte er so ruhig und gelassen, dass Marlene augenblicklich ihren Mund aufsperrte, um dieses Experiment nicht in die Tat umzusetzen.

Sie schmeckte Kartoffeln oder deren identische Rekonstruktion auf ihrer Zunge. Dann Orangensaft. Artig schluckte sie die Nahrung hinunter, vermied es dabei aber, den Diener anzusehen.

»Wie ist Master Violetto?«, wollte sie nach 25 Bissen und 6 Schluck Saft wissen. Ja, sie hatte sich ertappt, wie sie selbst mitgezählt hatte.

»Differenziere deine Frage«, meinte der Diener und schob ihr unsanft, während sie sprach, Nummer 26 in den Mund.

»Wie meinst…mpf…« Eilig würgte sie den Brei hinunter, um einen neuen Versuch zu starten. Inzwischen hatte sie auch die Zwangspause genutzt, um ihre Frage abzuändern. »Wie ist der Master zu Gefäßen wie mir?«

»Keine Ahnung«, der Diener zuckte mit seinen Schultern, »er hasst normalerweise Gefäße von der Erde. Ihr seid ihm zu zerbrechlich, zu empfindlich. Für seine Art des Spiels ungeeignet. Ihr zerspringt ihm zu schnell und das verdirbt ihm die Laune.«

»Was will er dann von mir?«

Barx legte den Löffel beiseite. Sie waren bei 30 angekommen. Sie hatte noch ein bisschen Hunger, aber es würde wohl nichts mehr geben.

»Dich.« Die Antwort des Dieners fiel so knapp wie unbefriedigend aus.

Sie hatte nach dem ganzen Flüssigkeitsverlust und Anstrengung immer noch immensen Durst. Vorsichtig tastete sie sich an die vorgegebenen Limits heran. »Ist es möglich, ein Glas mehr zu bekommen? Ich bin schrecklich durstig.«

»Die Berechnung ist exakt auf deinen Bedarf abgestimmt. Keine Notwendigkeit es zu ändern.«

Aha. Ob in dieser Berechnung auch multiple, schweißtreibende Orgasmen vorkamen? Sie bezweifelte das stark, denn ihre Kehle war ausgedörrt, zusätzlich kühlte ihr feuchter Körper gerade empfindlich aus. Obwohl kein Lufthauch ihre Haut streifte, verlor sie in der unnatürlichen Umgebung kontinuierlich an Temperatur.

Barx hockte immer noch vor ihr. Betrachtete sie. »Ist dir kalt?« Er wollte seine Hand auf ihre Stirn legen, doch sie zuckte augenblicklich zurück, noch so einen Marathon würde sie nicht durchstehen. Doch er blieb hartnäckig und platzierte seine Handfläche auf ihrem Vorderkopf. Nichts passierte und Marlene konnte ein erleichtertes Aufstöhnen nicht unterdrücken.

»Keine Sorge, ich kann meine Macht kontrollieren«, meinte er nur trocken und befühlte weiterhin ihre Haut. Dann wedelte er mit seiner freien Hand in der Luft und einen Wimpernschlag später befanden sie sich in einem schlichten Raum wieder.

»Leg dich ins Bett«, forderte er sie kopfnickend auf und zeigte auf das erschienene Eichenbett mit der flauschigen Bettdecke.

Sie zögerte. Doch er strich mit seiner Fingerspitze über ihren Hals, hinab zu ihrem Brustkorb. »Wir können auch da weitermachen, wo wir vorher aufgehört haben…«

»Nein, nein«, gab sie ihm hastig zu verstehen und stolperte auf ihre Beine. Unsicher näherte sie sich der Illusion, die er nur für sie erschaffen hatte. Selbst hatten die Magier wohl keinen Bedarf an Betten, Räumen oder dergleichen.

»Es beißt nicht«, seufzte der Diener, als er ihre Unsicherheit spürte.

Da war sich Marlene nicht so sicher. Eventuell war es mit einem zusätzlichen Zauber belegt, denn als sie mit der Hand über die Decke strich, knisterte es verräterisch. So viel konnte sie schon von ihrer erwachten Magie nutzen, um andere, fremde Mächte aufzuspüren.

Sie drehte sich zu dem Diener um. »Was passiert, wenn ich mich reinlege?«

»Nichts, was du nicht schon kennst. Ein gewöhnlicher Schlingenzauber.«

Verdrießlich, aber mit deutlich mehr Unbehagen wandte sie sich von dem Diener ab und dem Bett zu, welches gerade zu einer Falle mutiert war.

»Ich bin erschöpft, außerdem habe ich inzwischen herausgefunden, dass es kein Entkommen aus dem Nichts gibt«, sie machte eine kurze Pause, »jedenfalls für mich nicht. Ein Schlingenzauber, der mich an Ort und Stelle hält, ist also nicht notwendig.«

Barx trat zu ihr heran und richtete seinen Blick ebenfalls auf das Bett. »Komm, leg dich endlich hin, ich möchte nicht mit dir über bereits Beschlossenes diskutieren müssen.« Zur Verdeutlichung seiner Drohung hob er seine Hand und ließ sie knapp über Marlenes Haut schweben.

Da sie keinen Bock auf die erzwungene Lust hatte, schlug sie schlussendlich die Bettdecke zurück und krabbelte hinein. Wie von Geisterhand breitete sich die Daunendecke über ihren Leib aus und stopfte sich an den Seiten fest, sodass sie eingezurrt auf der Matratze lag.

»Wenn ich auf Toilette muss«, fragte sie ihn mit hochrotem Kopf, »darf ich dann nach dir rufen?«

Ihre respektvolle Frage schien ihn nur wenig zu beeindrucken, denn er blieb schroff. »Nein.«

»Aber, wenn ich…«, begehrte sie auf, denn in ihrem Kopf schwirrten sofort Horrorszenarien, wie sie vollkommen beschämt und durchnässt in einem Bett lag, dem sie nicht entkommen konnte.

»Die Magie des Schlingenzaubers wird das Problem regeln, wenn es auftreten sollte«, sagte der Diener barsch und Marlene wurde übel.

»Was soll denn das bedeuten?«, hakte sie schrill nach und spürte, wie sie vor Aufregung ganz unruhig wurde, was sich wiederrum negativ auf den Zauber auswirkte, der sie mit Gewalt niederdrückte.

Er legte seine Pranke auf die Decke, unter der Marlenes Körper gefangen gehalten wurde. »Kein Grund in Panik zu geraten.«

»Doch«, stotterte sie. »Bitte, lass mich dich rufen.«

»Du kannst mich gerne rufen, wenn du magst, dann werde ich zuschauen. Mehr werde ich aber nicht tun.«

Auf Zuschauer konnte sie getrost verzichten. Sie starrte ihn feindselig an und drehte ihr Gesicht zu Seite. Der Druck auf ihrem Brustkorb verschwand, als er seinen Arm zurückzog und amüsiert lächelnd ging.

Sie drehte sich sehr langsam und behutsam, um den verfluchten Schlingenzauber nicht herauszufordern, auf die Seite. Die Magie zeigte sich nachsichtig, sodass Marlene eine bequeme Liegeposition fand. Sie war trotz der ganzen Aufregung furchtbar müde, was kein Wunder war, nachdem Barx sie an den Rand ihrer Belastung gepusht hatte. So schlief sie relativ schnell ein und versank in einen traumlosen Schlaf.

Irgendwas weckte sie. Es war leicht unangenehm, aber nicht schmerzhaft. Violetto saß über sie gebeugt und lächelte sie an.

Erschrocken wollte sie hochfahren, wurde aber von der Bettdecke an Ort und Stelle gehalten.

»Ruhig«, lachte der Magier, »ich bin nicht gekommen, um dir wehzutun.«

»Sondern?«, sie beäugte ihn misstrauisch.

»Ich wollte dich einfach nur betrachten. Du bist das erste menschliche Gefäß, das seit Jahrhunderten wieder in meiner Obhut ist. Eigentlich verabscheue ich die Erdengefäße, aber du hast mein Interesse geweckt, auch wenn du mit deinen Rissen fehlerhaft und minderwertig bist.«

»Ich habe nicht darum gebeten, ein Gefäß zu sein«, zischte sie, »schon gar nicht für dich.«

»Natürlich hast du das nicht, das wäre ja auch äußerst anmaßend. Das heilige Licht und das Schicksal unseres Universums haben dich auserwählt, uns zu dienen. Nicht umgekehrt.« Seine Hand fuhr unter die Bettdecke, die ihrem Herrn breitwillig Platz machte. Obwohl er Marlene nur sachte und oberflächlich berührte, reagierte ihr Körper heftig. Wie von einem Stromschlag getroffen, krampften ihre Gliedmaßen zusammen und die Luft wurde aus ihren Lungen gequetscht.

»Siehst du«, meinte er lapidar, »eine winzige Berührung von mir und ihr menschlichen Wesen geht beinahe drauf. Höchst unerquicklich.«

»Auf...hören«, bettelte Marlene, die den erbrachten Beweis kapiert hatte und nicht weiter als Exempel herhalten wollte.

Er stoppte tatsächlich. »Wie schon gesagt, ich bin heute nicht da, um dir Leid zuzufügen.«

Sie nickte zaghaft, auch wenn ihr Körper schmerzte und ihn der Lüge überführte. Aber den Magier auf den Umstand hinzuweisen, wäre sowieso ungünstig gewesen, also schwieg sie.

»Ich würde dich gerne fühlen, deine Haut streicheln, dich schmecken«, seufzte er mit einer sehnsuchtsvollen Miene, »aber leider würde uns das Beiden nur wehtun.« Er schüttelte sein violettes, glänzendes Haar. »Beinahe beneide ich die Diener, die als Gefäßner das Privileg haben, Lust zu schenken.«

»Und die ihre Lust im Gegenzug dafür einbüßen«, erinnerte sie ihn an die Wahrheit.

»Dein Wissen über unsere Welt ist ziemlich unerotisch«, meinte er grimmig. »Einen Funken Fantasie hättest du mir schon lassen können.«

»So wie du mir meine Freiheit oder meinen Stolz«, schleuderte sie ihm mindestens genauso zornig entgegen.

»Warum?«, er zuckte mit seinen breiten Schultern unter der Robe, »sollte ich dir jetzt das geben, was du nie wertgeschätzt hast? Soweit ich in den Unterlagen über dich lesen konnte, warst du weder Stolz, noch hast du deine Freiheit genutzt.« Seine Miene wurde verächtlich. »Nein, mein Flügelkind, du bist genau richtig hier. Hier lernst du, dass vor dem Stolz die Demut kommt, dass Freiheit nur in Gefangenschaft ihren Wert hat. Hier lernst du, dankbar für dein Leben zu sein.«

Moralapostel, dachte Marlene verbittert, auch wenn seine Ansprache einen wahren Kern enthielt, der ihre armselige Vergangenheit auf der Erde betraf.

»Du wolltest deinem Leben ein Ende setzen, stimmt das?«, durchbrach er ihren Gedankensturm und beschämte sie mit dieser simplen Konfrontation. Sie wusste selbst nicht, was sie damals dazu getrieben hatte, halbnackt durch die Kälte zu rennen. Es war einen Tag nach der Trennung von Tom gewesen.

»Antworte mir gefälligst«, herrschte er sie an.

»Ja.«

»Ja, was?«

»Ja, es ist wahr.«

Nachdenklich taxierte er ihr Gesicht und schien jede Regung, jedes Muskelzucken in ihrer Miene zu studieren. »Beim heiligen Licht, was waren Blues Beweggründe, ein so offensichtlich rissiges Gefäß mitzunehmen?!«, stieß der Violette konsterniert hervor. »Was hat er in dir gesehen, was mir verborgen bleibt?«

Ungeachtet, ob er ihr Schmerzen zufügte oder nicht, berührte er ihren Hals, fuhr die pulsierende Vene nach, die sich hellblau unter Marlenes weißer Haut abzeichnete. »Ja, du bist eine Rarität als Flügelkind, aber auch dann hätte er wissen müssen, dass der Rat ein gefährdetes

Gefäß, das ein dunkles Licht hervorbringen kann, nicht akzeptieren wird.«

Sinnierend verharrte sein Zeigefinger auf ihrem Schlüsselbein. »Sag mir, Gefäß, wenn ich dir jetzt die Chance geben würde, deinem Leben ein Ende zu setzen, würdest du es tun?!«

Die Richtung, in die das Gespräch verlief, verwirrte sie. »Nein, ich denke nicht.«

Sein Gesicht blieb genauso ausdruckslos wie seine Stimme, nur seine Körperhaltung wurde eine Spur entspannter. »Gut. Eventuell kann ich dich behalten. Ein Flügelkind als Gefäß finde ich reizvoll, sollte ich jedoch nur den kleinsten Hinweis entdecken, dass du eine dunkle Farbe entwickelst, bringe ich dich um. Ich bin nicht wie Blue, ich gehe keine emotionale Bindung mit meinen Gefäßen ein. Ich bin dazu fähig, sie jederzeit auszusortieren.«

»Sarsal meinte, meine Farben sind grün und grau«, warf sie rasch ein, um den Zauberer nicht auf dumme Gedanken zu bringen. Denn inzwischen, nach der Überwindung des Trennungsschocks von Tom, wollte sie leben.

»Sicher«, bemerkte er leicht genervt, »aber du bist auch ein Farbwandler. Solange du keine fertige Magierin bist, wird niemand mit Sicherheit voraussagen können, ob das deine tatsächlichen Farben sind oder ob du sie im letzten Moment noch änderst, wenn du die Schwelle zur Zauberin überschreitest. Dunkle Farben wie blau, braun, violett und smaragd sind mächtige Farben, aber die Dunkelste von allen ist die, die unsere Welt vernichten könnte. Ich werde dich daher genau im Auge behalten.«

»Oh«, brachte sie nur dümmlich hervor. Die Regeln seiner Welt waren ihr fremd, auch wenn Sarsal zuvor schon mal versucht hatte, ihr Verständnis für die Magie zu vermitteln.

»Eine schwarze Magierin, noch dazu entstanden aus einem minderwertigen Gefäß, sollte nicht in dieser Welt existieren dürfen.«

Innerlich erstarrte sie über seine kaltherzigen Worte, die er genauso meinte. Er würde sie töten, wenn er in ihr eine Gefahr sah. Gefäße schienen ihm einfach zuwider. Schwarze Magie jedoch noch mehr.

»Master Blue hat mir nichts davon erzählt«, probierte sie, seine düsteren Visionen zu entkräften.

»Oh doch, du wurdest informiert, vielleicht nicht mit der Klarheit wie ich es tue, aber dir wurde mitgeteilt, dass deine Kraft zerstörerisch sein kann. Blue hat nur lange versucht, deine verborgenen Kräfte vor dem Rat geheim zu halten. Aber es ist ihm misslungen. Ich wusste es sofort, ich habe dein Licht gespürt, ich habe sein dunkles Verlangen herausschmecken können. Und ich habe deine Unvollkommenheit, die deiner widerlichen Erdenherkunft und deinen Rissen geschuldet ist, gleich bemerkt. Deine Ankunft auf unserem perfekten Planeten war vom ersten Augenblick an eine Beleidigung meiner ästhetischen Sinne.«

Unverständnis kennzeichnete ihr Gesicht. »Wieso hast du mich ihm dann weggenommen?«

»Oh«, er lachte ein raues, hartes Lachen, »weil ich es kann. Weil ich es liebe, Blue Leiden zu sehen.«

Marlene öffnete ungläubig ihren Mund. Sie sollte das Bauernopfer zwischen zwei rivalisierenden Magiern sein? Unfassbar dreist und ungerecht war das.

Doch bevor sie zum verbalen Gegenschlag ausholen konnte, fuhr Violetto fort: »Aber nicht nur meine Konkurrenz zu Blue treibt mich an, sondern auch meine Neugierde: Wirst du ein Gefäß sein, das auf Dauer die Vereinigungen mit mir übersteht? Wirst du zu den wenigen Auserwählten gehören, die den Magietransfer meines gewaltigen Lichts ohne Gefäßner aushalten? Wirst du würdig sein, meine Farbe in dir zu tragen, mein Eigentum zu sein? Oder werde ich dich wie die vielen Gefäße zuvor ebenfalls aussortieren?« Er sah kaltherzig auf sie hinab. »Es bleibt spannend. Nun schlaf aber, morgen vollziehen wir eine weitere Vereinigung und wenn du sie überstehen willst, solltest du ein bisschen zu Kräften kommen.«

Marlene leckte sich nervös über ihren Mund, die einzige Bewegung, die nicht dazu führte, dass der Schlingenzauber eingriff. Sie ignorierte absichtlich seine Worte, denn sie wusste, dass er sie damit nur martern wollte. Stattdessen lenkte sie das Thema auf ein körperliches Bedürfnis, was sie nicht minder folterte. »Könnte ich…noch etwas Wasser haben?«

»Barx hat dich bereits versorgt.«

»Aber ich habe noch Durst, unter der Decke ist es warm, mir ist warm…bitte.« Marlene kam es so vor, als würde sie ständig betteln und flehen. Es war erniedrigend.

»Hm«, sagte er gedehnt. Er schien abzuwägen, schließlich schüttelte er sein violettes Haar. »Nein, Demut, meine Liebe, kommt auch von Verzicht. Eine wichtige Regel, die du auf deinem Weg zur Magierin rasch lernen sollest.«

Dann löste er sich auf, er ging nicht wie Red durch die imaginäre Tür, er machte sich nicht die Arbeit, für Marlene die Umgebung authentisch wirken zu lassen.

Marlene blieb hungrig, durstig und verwirrt zurück. Obwohl sie immer mehr von dieser seltsamen Welt erfuhr, trug dieses Wissen nicht zu mehr Erkenntnissen bei. Im Gegenteil jede neue Information verunsicherte sie mehr und machte sie noch ratlos. Und die verfluchte Decke hielt sie gefangen, was ihr zusätzlich den Verstand und zudem die Geduld raubte. Am liebsten würde sie ihre Angst und Wut in Bewegung abreagieren, aber das war ihr, Dank des Schlingenzaubers, nicht gegönnt. Ihre Gliedmaßen zuckten, sie wollte zappeln, schreien, aber die Magie erriet ihre Absicht und verschloss ihr den Mund und zurrte Arme und Beine fest.

Nur die Tränen konnte der Zauber nicht aufhalten. Die strömten heiß über ihre warmen Wangen.

»Du solltest nicht weinen«, kam eine dunkle Stimme aus dem Nichts und wenige Augenblicke später materialisierte sich der blaue Magier. Sie erkannte ihn zuerst an seinen tiefgründigen, meerblauen Augen, dann an seinem dunklen Haar.

»Master Blue«, schrie sie erleichtert auf, aber der Schlingenzauber ließ ihr Aufbrüllen zu einem heiseren Flüstern verkommen.

Blue lächelte ein kühles Lächeln, aber in seinem Tonfall schwang ungewöhnlich viel Wärme mit. »Kleine Novizin, Tränen stehen dir nicht gut. Sie sind zudem ein Zeichen dafür, dass die Risse im Gefäß noch präsent sind.«

Sie hörte nur halb zu, sie interessierte sich nicht für seine Erklärungen, sie wollte endlich befreit werden. »Bitte, nimm mich wieder mit. Ich will nicht bei Violetto und Barx bleiben.«

Er kniete sich neben ihr Bett, sie spürte seinen eiskalten Atem auf ihrer erhitzten Haut. Sie schwitzte. »Es ist kompliziert, mein kleines Flügelkind. Er hat mit dir den Akt vollzogen, du gehörst ihm jetzt genauso wie mir.«

»Mir egal, ich werde ihm nicht gehorchen. Nur dir. Er ist gemein, er quält mich.« Sie konnte ein leises Schluchzen nicht unterdrücken, sie bibberte, obwohl ihr heiß war, daran konnte auch seine Aura nichts ändern.

»Das tue ich doch auch«, schmunzelte er, »soll ich dich berühren und dir beweisen, dass ich nicht besser bin als er?«

»Aber du genießt es nicht, du schenkst mir Sarsal.«

»Sarsal.« Blues Augen wurden noch dunkler, als sie es schon waren. Sie hatte wohl den falschen Namen erwähnt. »Der Diener hat mich unendlich enttäuscht.«

Marlene streckte bittend ihre Hand aus, der Schlingenzauber wollte reagieren und ihren Arm zurück auf die Matratze drücken, denn sie spürte schon den unsichtbaren Zug auf ihren Gelenken, als der Mann eine abschneidende Geste machte. »Lass sie«, befahl er der Magie.

Dadurch, dass sie plötzlich freigegeben wurde, schnellte ihr Arm unkontrolliert nach oben, bis sie ihre Muskulatur wieder im Griff hatte. Sie atmete langsam ein und aus. Dann bewegte sie ihre Finger langsam und zitternd auf Blues Körper zu. Mit jedem Zentimeter, den sie überwand, wurden ihre Fingerspitzen kälter. Sie presste ihre Lider zusammen, wappnete sich auf den Schmerz, der über sie hereinbrechen würde, als sie mit einem entschlossenen Ruck ihre Hand auf seiner Brust legte. Kein Herzschlag. Nur Kälte. Unendliches Eis.

Sie blinzelte ihn überrascht an.

»Was hast du gedacht? Das wir die gleiche Anatomie besitzen?«, meinte er leise und seine

Hand glitt über ihre Hand und drückte sie fest gegen sein Schlüsselbein. »Den Körper, den du hier siehst, der hat nichts mit der Realität zu tun.«

Erschrocken öffnete sie ihren Mund. Dann schalt sie sich selbst eine dumme Kuh. Wie hatte sie annehmen können, dass die Magier Menschen sein könnten? *Was für eine egozentrische Ansicht des Universums.*

Er zeigte wieder ein sanftes Lächeln. »Das Einzige, was keine Illusion ist, sind unsere Farben. Alles andere ist eine Rekonstruktion, wobei nicht jedes Detail haargenau nachgebildet wird. Doch auch wenn die menschlichen Körper nur eine Illusion sind, machen sie uns verletzlich, denn unser Licht ist in der Physik dieser Formen gefangen.«

Die Geheimnisse, die der Mann mit den blauen Augen ihr offenbarte, waren für ihren menschlichen Verstand nur schwer zu begreifen. *Körper, die nicht lebten, aber in der erschaffenen Gestalt doch verwundbar waren?*

Das Kribbeln, welches ihren Leib elektrisierte, seit sie den Magier berührte, nahm an Intensität zu. Verbissen stöhnte sie auf, sie war aber nicht gewillt, ihre Hand zurückzuziehen, sie wollte mehr von diesem fremden Wesen erkunden. Sie strich über seine Rippen, betastete seine eiskalte, ebenmäßige Haut, die sich wie Marmor anfühlte. Sie erkundete die Muskelstränge an seinem Bauch und die definierten Flanken. Dann wanderte sie tiefer. Ihre Finger glitten über seine wohlgeformte Männlichkeit, die sich groß, prall und perfekt gegen ihre Handfläche schmiegte. Sein Körper war wie das Almhüttenzimmer: Zu schön, zu ebenmäßig, zu makellos, um wahr zu sein. Lediglich ein Abbild aus einem retuschierten Werbekatalog.

»Wie siehst du wirklich aus?«, fragte sie mit trockenem Mund. Sie hatte keine Ahnung, ob sie überhaupt für seine wahre Erscheinung bereit war, sollte er sich entschließen, sie ihr zu zeigen.

Er sah ihr tief in die Augen, dabei wirkte er leicht amüsiert, wahrscheinlich war ihre Unwissenheit für ihn einfach zum Schmunzeln.

Sein Tonfall fiel dementsprechend nachsichtiger als belehrend aus. »Es gibt keine Gestalt auf dem Planeten des Lichts. Es gibt *kein wirklich.* Es gibt nur *deine* Realität. Wir sind das, was der andere sieht, was seinem Verständnis von Aussehen, Attraktivität, Schönheitsideal und physikalischen Gesetzen entspricht. Gefäße, die zum Beispiel nicht von der Erde sind, machen uns zu ganz anderen Wesen. Wir können uns daher nicht in dem Sinn zurückverwandeln.«

»Also bleibst du in meiner Gegenwart für mich immer ein Mensch?«

»Korrekt.«

»Und du kannst es nicht ändern?« Die Gesetze von Lucea faszinierten sie zunehmend.

»Nein, das heilige Licht zwingt mich und alle anderen Magier in die Form, die das Gefäß hat.«

»Gefällt dir deine Gestalt? Gefällt es dir, menschlich zu sein?«

»Ja«, sagte er. »Ich mag den Hauch von Sterblichkeit, der euch immer umgibt.«

»Und Violetto?«

Er legte seine Stirn in Falten. »Nein, der hasst es.«

Die Antwort hätte sie sich denken können. Ein weiterer Grund, lieber Master Blue zu dienen als ihm. »Dann gehöre ich zu dir. Nicht zu ihm.«

Seine Miene wurde ernst. »Ich hätte als Partner auch lieber Red gehabt, aber du trägst nun Violettos und meine Magie in dir. Die Gesetze in unserer Welt sind eindeutig. Du bist jetzt ihm und mir verpflichtet. Allein das Überschreiten der Schwelle zur vollfertigen Magierin befreit dich aus der Knechtschaft. Erst danach kannst du dir deinen Partner freiwillig wählen.«

»Er hat gedroht, mich zu töten«, meinte sie direkt. Sie verzichtete bewusst auf subtile Anspielungen. Es musste doch möglich sein, ihn umzustimmen, wenn er begriff, was für ein Schicksal ihr drohte, sollte sie bei Violetto bleiben müssen.

»Hat er das?« Master Blue stand auf. Ihre Hand rutschte von seinem Schritt und das Prickeln ließ sofort nach.

»Ja.«

»Er wird seine Gründe gehabt haben, dir die Wahrheit zu sagen.«

»Die Wahrheit?« Alles drehte sich in Marlenes Kopf. »Wie meinst du das?«

»Der Rat billigt keine Gefäße, die die schwarze Magie erlangen könnten.« Als der Mann bemerkte, wie sie immer ängstlicher wurde, nahm sein Tonfall einen weicheren Klang an. »Keine Sorge. Die schwarze Farbe ist ein rares Licht. Sie kommt bei Gefäßen nur äußerst selten vor, außerdem gibt es keinen bekannten Fall, in dem ein *rissiges* Gefäß einen schwarzen Funken je überlebt hat. Sie sterben, bevor sie das Alter für unsere Ernte erreicht haben. Aber da ein solches Gefäß theoretisch unsere Welt vernichten könnte, gibt es das hypothetische Gesetz, solche Gefäße zu melden und zu entsorgen.«

Sie wollte nicht nachfragen, ihr kluger Verstand weigerte sich, aber ihr Mund entwickelte ein Eigenleben und tat es einfach: »Wie sterben sie? Und woran? Und woher wisst ihr es vor der Ernte?«

Seine Eisaugen tauten für einen winzigen Moment auf, dann gefroren sie wieder. Ruhig fuhr er sich durch sein blaues, kräftiges Haar, das die Beschaffenheit von Seide aufwies: Samtig weich, schimmernd, glatt.

»Die Gefäße zerbrechen an der Kraft des dunklen Lichts, ihre Seelen gehen daran zugrunde, die Risse beschleunigen den Prozess, schließlich bringen sie sich in jungen Jahren…« Er stockte inmitten des Redeflusses, dann lächelte er groteskerweise, was weder zu seinen unbewegten Augen noch zu dem vorigen Inhalt passen wollte. »Ach, lassen wir das Thema. Das Wichtige ist doch, dass du, meine Kleine, grün und hellgrau in dir trägst. Das sind die Fakten, alles andere ist Spekulation. Punkt.«

Ein schwacher Trost, aber Marlene klammerte sich in ihrer Hilflosigkeit an seine Worte, obwohl ihre Intelligenz seinen Satz richtig beendet und sie ihre Schlussfolgerungen bereits gezogen hatte. *Die rissigen Gefäße brachten sich um.* So wie sie es in der Nacht ihrer Entführung geplant hatte. *Er wusste es.* Er wusste um die Gefahr, die von ihr ausging, aber er schwieg. Genau wie sein Diener und Partner. Alle beschützten sie ihr Leben. Oder war es andersherum? Bewahrten Sarsal und Red ihren Freund mit ihrem Schweigen vor etwas?

»Darf ich aufstehen?«, fragte sie Blue, der neben ihrem Bett stand. »Mein Rücken tut vom Liegen schon weh.« Sie hatte beschlossen, das Thema selbstständig zu wechseln und Blue schaute sie beinahe erleichtert an, soweit man die minimale Gefühlsregung in seiner Miene so deuten wollte, als sie ihm diese Bürde abnahm.

»Ja«, gab er ihr die Erlaubnis und machte einen Schritt zur Seite, damit sie besser aus dem Bett kam. Die Decke glitt von ihrem nackten Leib und ein kühler Lufthauch umwehte sie. Sie streckte ungeniert ihre Gliedmaßen, wo sie früher als erstes ihre Blößen bedeckt hätte, präsentierte sie sich nun freizügig Sie scheute die Nacktheit nicht mehr. Sie ließ es sogar zu, dass er sie ausgiebig betrachtete.

»Die Narben«, sagte er leise und deutete auf Marlenes Rücken, »tun sie noch weh?«

Erschrocken ließ sie ihre Arme sinken und drehte sich blitzschnell so, dass er nicht mehr auf die bleibenden Erinnerungen ihrer Kindheit blicken konnte.

»Ein Autounfall«, log sie, »und nein, sie schmerzen nicht mehr.« Beide Sätze waren nur Ausreden. Bis heute tat es unglaublich weh, an die Schläge erinnert zu werden. Jedenfalls seelisch.

Der Mann schwieg, es war ihr unmöglich, einzuschätzen, was in ihm vorging, doch dann sagte er: »*So, so* ein Unfall.« Die ungewöhnlich scharfe Prosodie, die Blue anschlug, verriet Marlene in Sekundenbruchteilen, dass er mehr über sie wusste, als es ihr lieb war.

Er seufzte auf, bevor er sie leise, aber eindringlich tadelte: »Man sieht den Abdruck der Gürtelschnalle bis heute. Du solltest dringend eine andere Erklärung finden, wenn du es vorziehst, *mich* und die anderen Magier belügen zu wollen.«

Peinlich berührt senkte sie ihre Augenlider und starrte verlegen auf den Boden. Der blöde, taktlose Typ spielte sein Wissen immer gegen sie aus.

Ihre Scham schlug in Wut um. Feindselig ballte sie ihre Hände zu Fäusten.

»Ich will sie mir ansehen«, diktierte er ihr seine Forderung und fügte streng hinzu, »zeig mir deinen Rücken.«

Perplex riss sie ihren Kopf hoch. Das war doch ein übler Scherz von ihm, oder?

»Warum?«, wollte sie widerwillig wissen.

»Einfach, weil du *mein* Gefäß bist und ich es möchte.«

Unbehaglich schloss sie ihre Fäuste fester, krallte ihre Fingernägel in ihre Handinnenflächen und tilgte mit dem Schmerz, der dadurch entstand, ihre Scham. *Keiner sollte diese Narben ansehen dürfen,* selbst ihrem Freund war ein genauer Blick immer verwehrt geblieben.

Master Blue schien jedoch kein Interesse daran zu haben, sich in die Reihe der unwissenden, braven Männer einordnen zu wollen. Stattdessen machte er einen auffordernden, unmissverständlich drohenden Schritt auf sie zu.

Sie zuckte zurück, als er seine Hände ausstreckte.

»Ruhig«, säuselte er und ließ seine Fingerspitzen ganz sachte auf ihre unwillkürlich bebenden Schulterblätter sinken. »Lass mich die Schäden begutachten.«

Schäden. So konnte nur ein unsensibler Eismagier reden.

»Ich…«

»Dreh dich um«, forderte er sie immer noch äußerst freundlich auf, wenn auch schon mit einem gereizten Unterton. Seine Nettigkeit würde bald versiegen, wenn sie seinem Befehl nicht nachkam, das war eindeutig, herauszuhören.

Sie genierte sich furchtbar. Ein dicker, fetter Kloß, so groß wie eine Kröte, hing in ihrem Hals fest, als sie ganz langsam begann, sich umzudrehen. Er half mit seinen Händen an ihren Schultern nach, indem er sanften Druck ausübte.

»Fass *sie* nicht an«, bat sie ihn eindringlich und beschämt, als sie dem Magier schließlich ihren Rücken zugewandt hatte. Er trat dicht hinter sie, strich über ihre nackten Arme sachte hinab bis zu den Händen. Seine eiskalten Finger legten sich über ihre verkrampften, geballten Fäuste. Ihre Atmung verflachte sich augenblicklich, da sie mit dieser Art von Berührung nicht gerechnet hatte. Kühle umhüllte ihre angespannten Sehnen und Muskeln.

»Entspann dich, Marlene«, sagte er in einem tiefen, hypnotischen Timbre.

Marlene. Er nannte sie ganz vertrauensvoll bei ihrem irdischen Namen, nicht Flügelkind oder abfälliger Gefäß.

»Ich bin hässlich«, sie kämpfte mit ihrer erstickten Stimme. »Schau nicht hin, bitte.«

Die Hände des Zauberers glitten von ihren Handgelenken, dem Armverlauf folgend bis hin zu ihren Schulterblättern.

Sie hielt die Luft an, als er gegen ihre Bitte verstieß und gezielt die Narben anfasste und erkundete.

Eiskalte Schauer jagten über ihr Rückgrat und ihr Nervensystem rebellierte gegen das schneidend kalte Licht, dass in ihre Zellen eindringen wollte, als der Blaue seine Hand über ihre Haut gleiten ließ.

Verbissen stöhnte sie auf.

Aber mehr als der Schmerz wog die Schmach, dass er jede einzelne Narbe mit seinem Zeigefinger abfuhr und streichelte.

»Hör auf«, knirschte sie und konnte den Impuls, ihm auszuweichen, kaum unterdrücken. Nur die Gewissheit, dass ihre Bockigkeit schlimme Konsequenzen haben würde, hielt sie von einer offenen Rebellion ab.

»Nein«, widersprach er energisch, »ich mache mit dir, was mir gefällt. Und jetzt will ich deine Vergangenheit erfühlen.«

Dazu gezwungen seinen Bedürfnissen nachzugeben, verharrte sie regungslos vor ihm. Sie war seiner Dominanz psychisch und physisch hoffnungslos unterlegen.

Ihre Kehle brannte, ihre Zunge klebte an ihrem Gaumen, denn ihre Nervosität nahm ihr die Spucke. Sie hechelte, ihre Atmung ging schnell.

Seine Neugierde an den Spuren ihrer Kindheit schien kein Ende nehmen zu wollen. Fast genüsslich langsam eroberten seine Finger Millimeter für Millimeter ihre Narben.

Sie hielt das nicht mehr aus.

»Kann ich etwas zu trinken haben?« Eventuell gelang es ihr, zwei Fliegen mit einer Klappe zu schlagen. So konnte sie vielleicht erstens die unangenehme Musterung beenden und zweitens die Anweisung des Violetten umgehen.

»Vielleicht später, wenn dein Körper sich weich und nachgiebig unter meinen Handflächen anfühlt und mir signalisiert, dass du deinen inneren Widerstand mir gegenüber aufgegeben hast, dann bin ich bereit, mit dir über dein Anliegen zu diskutieren.«

Sie stöhnte auf und ein vulgärer Fluch verließ ihre zusammengepressten Lippen. Er war ein Sturkopf. Sie aber auch.

»Ich verdurste«, insistierte sie daher und probierte, ihm einen erbarmungswürdigen Schulterblick zuzuwerfen, der ihn erweichen sollte.

Doch er reagierte nicht auf ihre Täuschung. Stoisch und unbeirrt fuhr er die Narben nach, die Marlene am liebsten vor der ganzen Welt und dem kompletten Universum versteckt hätte.

»Durst«, quakte sie. Ihre Penetranz schien Wirkung zu zeigen, denn der Magier räusperte sich ärgerlich. Was sie wiederum bekräftigte, ihn um seinen Verstand zu bringen.

»Ich bin schon gaaaanz weich. So weich wie Wachs. Kann ich jetzt bitte etwas zu trinken haben?«

Master Blues Hände hielten inne, dann packten sie hart zu und drehten Marlene mit einer fließenden Bewegung herum. Seine Mundwinkel zuckten spöttisch, als sie sich nun wieder frontal gegenüberstanden. »Die Magie spricht noch nicht zu dir, daher kannst du sie lediglich fühlen, aber nicht hören, noch ihre Botschaften empfangen. Ich habe daher einen Wissensvorsprung, mein hinterlistiges

Flügelkind. Ich bin über alle Absprachen informiert, auch was dir an Nahrung zusteht. Barx hat dir deinen Anteil schon gewährt.«

Wütend funkelte sie ihn an, biss auf ihre Unterlippe und fauchte: »Scheiße, ich habe aber Durst. Wollt ihr mich verdursten lassen?«

»Nein«, seufzte Master Blue schließlich nachsichtig und wedelte mit seiner Hand. Ein Glas mit hellblauem Wasser erschien.

»Trink«, meinte er gutmütig. Allein für die Tatsache, dass er ihr diese Klitzekleinigkeit gewährte, wäre sie ihm beinahe dankbar um den Hals gefallen. Gierig griff sie nach dem Glas und wollte das Wasser herunterschlingen, als sie den ätzenden, bitteren Geschmack auf ihrer Zunge wahrnahm. Sofort spuckte sie es aus. Der Flüssigkeit waren offensichtlich Magiepartikel hinzugefügt worden. Wenn sie das trank, würde sie leiden und wieder Bauchschmerzen bekommen. Darauf konnte sie getrost verzichten.

Zornig pfefferte sie das Glas auf den Boden, der Inhalt verteilte sich in einer großen Pfütze zu Blues Füßen, dann schrie sie ihn an: »Wie kannst du nur auf Violettos Seite sein? Er will mich nicht, weil er mich als Gefäß schätzt, sondern, weil er es dir heimzahlen will. Er bestraft mich, um dir zu schaden. Das ist ungerecht! Nein, es ist unfair, dass du trotzdem zu ihm hältst!«

Der blaue Magier zuckte kurz zusammen, wirkte sichtlich betroffen, doch dann fasste er sich wieder. Rasch wandte er seinen Blick ab, damit sie nicht noch mehr ungewollte Emotionen in seiner Mimik lesen konnte, und flüsterte ins Licht hinein. »Gefäßner, Barx. Komm bitte.«

Blues Reaktion, lediglich nach Barx zu rufen und ihre Anschuldigung unkommentiert im Raum stehen zu lassen, traf sie. Damit hätte sie nicht gerechnet. *Hing er denn wirklich so sehr an den Vorschriften seiner Welt, dass es ihm gleichgültig war, was mit ihr geschah?* Sie wollte nicht dem grausamen Violetto neben Blue dienen müssen.

Marlene fixierte den Verräter, dabei fiel ihr erneut auf, dass er traurig und nachdenklich wirkte, als er auf das Erscheinen des Dieners wartete, und für einen kurzen Augenblick vergaß, seine Maske zu wahren.

Der Diener ließ zu Marlenes Bedauern nicht viel Zeit verstreichen, fast augenblicklich nach Blues Befehl erschien ein verschwommener Umriss, der sich schnell in Barx verwandelte.

Der Magier deutete mit einem gefährlichen, dunkelblauen Leuchten auf sie. »Bestrafe sie. Das

Gefäß versteht noch nicht, was ihr zusteht und was nicht. Ihr Mundwerk ist für ihre Position recht frech. Aber halte dich an die Regeln, Barx, keine brutale Gewalt!«

Was war Master Blue nur für ein mieser Bastard, lieferte er sie doch gewissenlos dem Feind aus.

Sie wich bockig dem Griff des Dieners aus, der sie einfangen wollte. Wie ein Reh sprang sie durch den Raum, gejagt und verfolgt von einem unerbittlichen Jäger.

Master Blue verfolgte die Szene mit einem gemischten Ausdruck. Auf seinen Lippen lag ein amüsiertes Lächeln, hinter seinen blauen Augen verbarg sich jedoch grenzenlose Melancholie.

Aber Marlene fand für eine aufschlussreiche Interpretation seines indifferenten, emotionalen Ausdrucks keine Zeit, sie war damit beschäftigt, dem Diener zu entkommen. Doch weder er noch Barx griffen mit Magie ein, es schien beinahe so, als würden sie ihr eine faire Chance geben wollen, was natürlich völlig absurd war, denn in einer fremden Welt, in der nichts so war, wie es schien, gab es auch keine reellen Fluchtmöglichkeiten. So hetzte sie ziel- und orientierungslos durch den fiktiven Raum, im Nacken einen Diener, der knurrende Laute des

Missfallens ausstieß und sie durch seinen Zorn weiter antrieb, ihm entkommen zu wollen.

Barx bekam sie am Oberarm zu fassen, doch sie entglitt ihm, dafür kassierte ihre Haut rote Striemen von seinen Fingernägeln.

»Bleib stehen«, fauchte er, »oder ich wende einen Schlingenzauber an.« Seine Geduld mit der widerspenstigen Beute schien erschöpft.

Sie überhörte seine Drohung geflissentlich, was sich als ein böser Fehler herausstellen sollte. Denn wenige Sekunden später, nachdem seine Warnung wirkungslos verklungen war, spannte sich plötzlich ein feiner Lichtfaden über den Boden. Sie konnte nicht mehr rechtzeitig über die Stolperfalle springen, strauchelte, musste sich kurz mit den Händen an der Bettkante abstützen und den Schrecken überwinden, da hatte er sie auch schon im Nacken gepackt. Er zwang sie mit seiner Kraft in die Knie. Keuchend und mit geröteten Wangen saß sie nun vor ihm. Atemlos schaute sie zu den zwei Männern auf, doch nichts passierte. Sie wartete auf die Strafe.

»Schläge bist du gewohnt, nicht wahr?«, meinte Blue in die Stille hinein, die nur durch ihr hektisches Atemholen unterbrochen wurde.

Sie nickte. Er wusste ja doch Bescheid. »Ja, war so üblich in meiner Familie.«

»Ich werde dir eine andere Art von Bestrafung zukommen lassen. Brutale Gewalt ist nicht so effektiv, wie viele denken. Der Verlust von schönen Dingen wiegt mehr, als das Hinzufügen von unangenehmen. Ich werde es dir zeigen…« Er nickte Barx zu. »Bring sie in den Novizen-Garten. Sie soll sehen, was ihr entgeht.«

»Aber Violetto wollte heute…«, setzte Barx an, doch Master Blue wurde ärgerlich. »Sie ist auch *mein* Gefäß. Er wird heute Abend genug Zeit für sie finden.«

Der Diener, der es anscheinend nicht wagte, dem hohen Magier zu widersprechen, packte Marlene fester im Genick und zog sie auf die Beine.

»Garten«, befahl er dem Licht, das ihn und seine Gefangene augenblicklich in eine andere Umgebung teleportierte.

Marlene bestaunte die hochgewölbte Halle, in der sie sich nun befand und in der eine Flut an Farben herrschte. Neugierig schritt sie vorwärts, sie war so fasziniert, dass Barx nicht nachhelfen musste, sondern sie ihm freiwillig folgte.

Vögel zwitscherten, Bäche entsprangen aus dem Nichts und bunte Blumen reihten sich wie Kettenglieder aneinander. Unter ihren nackten Füßen spürte sie weiches Gras. Ihrem Sehsinn bot sich eine Explosion an exotischer Schönheit, überall liefen Tiere herum, die in allen Facetten des Lichtspektrums schillerten. Ein hellgrüner Hase hoppelte mit aufgestellten Lauschern auf sie zu, schnupperte, seine Nase zitterte, während er die Witterung aufnahm, dann sträubte er sein Fell. Mit einem leisen Geschnatter wandte er sich ab und lief davon. Sein ehemals grünes Fell schimmerte nun in einer dunklen, nachtblauen Nuance.

»Seltsam, ein magisches Flackern im Garten der Novizen?«, murmelte der Diener neben ihr, aber ihre Aufmerksamkeitsspanne reichte nicht für sein Gemurmel aus, denn ihr Gehörsinn hatte eine überaus aufregende Entdeckung gemacht. Sie hörte helles Lachen. *Menschliches Lachen.* Sie verdrehte ihren Nacken und folgte dem schönen Geräusch. Und dort sah sie junge Frauen und Männer. Sie kniff die Augen zusammen. »Sind das Magier?«

»Nein«, korrigierte sie Barx, »das sind Menschen.«

»Gefäße?«

»Ja, in verschiedenen Stadien«, erklärte der Diener und schob sie weiter.

Das Lachen wurde leiser, als Marlene von Barx zu einer kleinen Hütte geführt wurde. Sie durchwateten einen kleinen Bach, dann standen sie vor der braunen Holztür.

Wehmütig warf Marlene dem paradiesischen Anblick einen letzten Blick zu, bevor sie in der Dunkelheit des Hauses verschwand. Hier empfing sie kein freundliches Licht, sondern nur flackernder, dumpfer Kerzenschein, der alles in ein gespenstisches Schattenspiel tauchte.

Ihre nackten Füße, die gerade noch die Freiheit gespürt hatten, tapsten nun über sprödes, raues Holz. Es roch nach abgestandener Luft, fast modrig. Kein Fenster schenkte dem Raum Licht.

Barxs Hand zog sich von ihrem Nacken zurück. »Das ist der Ort der Besinnung, aber wir nennen ihn auch Bestrafungsraum«, erläuterte er eine Tatsache, die Marlene mit ihrem wachen Verstand schon längst erfasst hatte. »Du hast die Wahl, du kannst mit den anderen Gefäßen im Garten Zeit verbringen oder hier drinnen deine Strafe absitzen, bis du zur Vernunft gekommen bist.«

»Was ist der Preis, den ich ableisten muss, um in den Genuss des Gartens zu kommen?«

»Den Magiern gehorchen.«

»Okay«, erwiderte sie wenig ernsthaft, doch Barx öffnete zu ihrer Überraschung die Tür wieder und zeigte mit dem Daumen in das Gartenparadies.

»Geh«, befahl er nur knapp und sie ließ die Chance nicht ungenutzt verstreichen. Sie drehte sich augenblicklich von dem Diener weg und rannte hinaus. Die Luft schmeckte nach Gewürzen und Nektar. Das Gras kitzelte ihre Fußsohlen, als sie durch das farbenprächtige Blumenmeer lief. Sie juchzte, ihre Seele war angefüllt mit Glück.

Vorsichtig näherte sie sich der Menschengruppe, die scherzend und lachend am Fuß eines bunten Springbrunnens saß. Sie waren alle nackt genauso wie Marlene, doch es herrschten angenehme, warme Temperaturen, sodass Kleidung unnötig war.

Die Frauen und Männer schauten auf, als sie Marlene anschleichen sahen. Eine brünette Frau erhob sich und winkte ihr zu. »Komm her«, lockte sie und machte ein aufmunterndes Gesicht.

Scheu gesellte sich Marlene zu der kleinen Gruppe an Gefäßen. Es waren drei männliche und zwei weibliche Erdenbewohner. Die braunhaarige Frau mit einer gelben Aura zog Marlene an der Hand zu sich. »Du bist neu, oder?«

»Ja.«

»Wer sind deine Master?«, wollte die Frau neugierig wissen.

»Ich bin nicht sicher, aber es sind wohl Master Blue und Violetto.«

Mitleidige bis entsetzte Blicke streiften sie. *Das war nicht gut.* Anscheinend waren die Magier als Master nicht sehr beliebt.

Die Brünette seufzte und strafte die anderen mit einem maßregelnden Stirnrunzeln ab. »Hab keine Angst, sie schauen nur so betroffen, weil sie neidisch sind. Keiner von uns hat einen dunklen Magier.« Sie hüstelte. »Aber bevor wir hier einen Schwanzvergleich starten, sollten wir uns mal vorstellen. Ich bin Olympia, ich gehöre hauptsächlich Y und seinem Partner Pink. Die blonde Schönheit«, sie zeigte auf eine elfenzarte Frau, »ist Eva, sie ist das Gefäß von Zwei und Grün.« Dann sauste ihr Zeigefinger auf einen gutaussehenden, jungen Mann. »Robert, er ist schon ein Lehrling und gehört Master Grün. Dahinter sitzen Alexander und Max, beide Eigentum von der einzigen, weiblichen Magierin, Silber. Sie hat noch keinen Partner erwählt und ist als weibliche Magierin auch nicht unbedingt darauf angewiesen.«

Marlene konnte sich die Namen und Zugehörigkeiten nur schwer merken, so aufgeregt war sie, andere Menschen sehen und sprechen zu dürfen. Sie war aufgewühlt, nervös und voller Freude.

Olympia strich sich durch ihr braunes, dickes Haar. »Komm setz dich zu uns.«

Marlene ließ sich auf das flauschige Gras nieder, am Horizont sah sie Barx, der sie aus der Entfernung beobachtete. Unruhig rutschte sie auf ihrem Hinterteil hin und her. Die Brünette folgte ihrem versteinerten Blick. »Barx ist ein exzellenter Gefäßner, du bist bei ihm in guten Händen.«

Sie löste ihren Blick von dem Diener und wandte sich der Frau zu. »Und Blue und Violetto?«

»Schwierige Gesellen, ihre Magie macht sie gefühlskalt, dafür unglaublich mächtig. Wenn sie ein Gefäß wählen, was sehr selten vorkommt, dann muss es perfekt sein, egal von welchem Planeten es stammt.«

»Und was passiert mit den Gefäßen, die dann doch nicht ihrem Standard entsprechen?«

Olympia verzog ihr ebenmäßiges, niedliches Gesicht. »Das erledigt sich von selbst, sie zerspringen an der Kraft der mächtigen Magier.«

Die offenen Worte drangen tief in Marlenes Geist vor. Sie erinnerte sich noch genau an das hilflose Mädchen, das sie einst im Verwahrungsraum getroffen hatte. Sie wollte nicht so enden.

»Was muss ich tun, um nicht zu zerspringen?«

Max, ein dunkelhäutiger Junge mit frechen Grübchen an den Wangen, meldete sich zu Wort. Seine Stimme klang tiefer als man bei seinem knabenhaften Gesicht gedacht hätte. »Hingabe, gib dich der Magie hin. Sie will dir nichts Böses, sie will dich nur besitzen. Ihr geht eine Symbiose ein, du schenkst dem Licht deinen Körper, es dir unendliche Macht.« Seine freundlichen Grübchen verschwanden. »Wenn du dich verschließt, mit deinem Schicksal haderst, bekommst du Risse. Verbitterung ist der Anfang vom Ende.«

Marlene wurde wütend. Alle Blicke waren auf sie gerichtet. »Ihr habt vielleicht fürsorgliche, nette Magier, aber ich nicht!«

Die brünette Frau streichelte beruhigend über Marlenes Schulter. »Violetto ist zwar dafür bekannt, menschliche Gefäße zu verachten, aber er erwählt ein Gefäß nie grundlos. Und Master Blue…«, sie sinnierte, »über ihn gibt es kaum zuverlässige Angaben. Niemand kennt ihn wirklich. Er ist ein lebendes Mysterium. Dennoch…«, sie umfasste behutsam Marlenes Schulter, »wird er dich ebenfalls nicht gefährden. Ein weibliches Gefäß ist wertvoll, sie brauchen uns, damit ihre Spezies überleben kann.«

Die Braunhaarige tippte ungeduldig auf Marlenes Rücken. »Aber genug darüber, wir wollen alle lieber wissen, aus welcher Zeit du stammst und was du uns über deine Epoche erzählen kannst…«

»Aus welcher Zeit?«, wiederholte sie verwirrt das seltsame Satzfragment. Sie verstand das Anliegen des Mädchens nicht, das ungefähr ihrem Alter entsprach und ihre Sprache fließend beherrschte. Es gab keine Anzeichen, dass sie sich unterschieden.

Aber Barx materialisierte sich plötzlich hinter Marlene, bevor sie Olympia ihre Verwunderung über die seltsame Frage kundtun konnte. Sie wurde von dem Diener am Genick gepackt und davon geschleift. Seine bevorzugte Stelle schien ihr Hals zu sein, wie sie verbissen feststellte.

»Du hast genug Informationen gesammelt. Jetzt ist es an der Zeit, deine Strafe in der Hütte abzuleisten.«

Marlene durchschaute die Taktik. Sie sollte von dem Paradies kosten, um es dann schmerzlich zu vermissen. Sie sollte wissen, dass es ihr möglich war, Einfluss auf die Qualität ihres unfreiwilligen Aufenthalts zu haben.

Die anderen Gefäße winkten ihr zum Abschied enttäuscht zu. Die Szene war wirklich skurril. Sie hing im stahlharten Griff des Dieners fest und wurde nackt über eine künstlich erschaffene Wiese gezogen, während ihr fünf, ebenfalls unbekleidete Menschen zu winkten. Es glich einem schlechten Film.

Barx öffnete die Tür zur Hütte wieder. Bugsierte Marlene rein und schloss sofort hinter ihr ab. Nun war sie mit Barx in dem spärlich beleuchteten Raum gefangen.

»Dreh dich um, Hände an die Wand«, forderte er ruhig.

»Was hast du…«

»Umdrehen. Hände an die Wand«, unterband er ihre Widerworte sofort. Sein Daumen bohrte sich in ihr Schulterblatt, als sie immer noch nicht reagierte. »Du bestimmst die Dauer des Aufenthalts. Für mich hat Zeit keine Bedeutung, für euch Menschenwesen jedoch schon. Am Ende wirst du den Kürzeren ziehen.«

Sie starrte ihn aus den Augenwinkeln an, dann gab sie nach. Sein entschlossener Ausdruck hatte sie rasch zum Aufgeben bewegt. Widerwillig und mit pochenden Herzen ging sie zur Wand, drehte ihm ihren Rücken zu und legte ihre Handfläche auf der Holzverkleidung ab.

Nervös zuckten ihre Finger, verunsichert wollte sie beobachten, was er tat. Doch er schien ihr diese Kontrolle der Situation nicht überlassen zu wollen. »Augen geradeaus.«

Sie schluckte die Spucke hinunter, die in ihrer ausgetrockneten Kehle brannte. Mühsam kam sie seinem Befehl nach. Angst kroch in ihr hoch.

Plötzlich waren seine Hände auf ihrem Körper.

»Deswegen will Blue nicht, dass du zu hart gestraft wirst«, wisperte er, als er flüchtig die vernarbten Wunden berührte. »Die Ursachen deiner Risse sind auf deine Haut gezeichnet.«

Sie leckte über ihre Lippen, fixierte mit ihren Augen die raue Holzwand vor ihr. Fast zwanghaft versuchte sie, den Diener, der hinter ihr stand, auszublenden. Aber es gelang ihr nicht, seine Finger waren überall.

Sachte umrundeten seine Handflächen ihre Schulterblätter, liebkosten ihre Wirbelsäule und streichelten über ihre Schenkel. »Das ist die Lust, die ich dir schenken werde, wenn du brav bist«, seine Finger drückten sich fest in ihr Gewebe und heiße Erregung durchflutete ohne Vorwarnung Marlenes Körper und ließ ihn wohlig erbeben, »und das, wenn du dich widersetzt.« Stöhnend ging sie unter dem elektrischen Strom an eindringlichen Empfindungen in die Knie. Ihre Fingernägel kratzten über das Holz, sie riss sich in der Ekstase gefangen die Fingerkuppen blutig, aber der Schmerz drang nicht zu ihrem Bewusstsein vor. Am Ende lag sie zitternd und keuchend auf dem Boden. Ihre Muskulatur wurde durchgeschüttelt. Das Atmen fiel ihr schwer. Ihr Leib war eine Marionette, deren Fäden der Diener in seiner Hand hielt und ihre Gliedmaßen in seinem Rhythmus zucken und tanzen ließ.

Als Barx endlich seine Gabe verebben ließ, fühlte sie sich, wie durch den Fleischwolf gedreht.

Er beugte sich zu ihr herunter, zog ein Tuch aus seiner Robe und wischte damit den Speichel und den Schweiß aus Marlenes Gesicht. »Hast du verstanden?«

»Ja«, erwiderte sie mit glasigen Augen. Es fiel ihr schwer, bei Bewusstsein zu bleiben. Eine solche Art von schmerzhaft intensiver Lust gab es auf der Erde nicht, daher konnte Marlene das Erlebte nicht in Worte fassen. Sie wusste nur, dass es sie vollkommen auslaugte und entblößte. Sie wälzte sich auf ihre blanken Knie, dann stand sie mit zittrigen Beinen auf. Er musste sie festhalten, damit sie nicht stürzte.

»Du bleibst hier, bis Violetto oder Blue dich abholen.«

Erschöpft gab sie mit einem Kopfnicken zu verstehen, dass sie ihn gehört hatte. »Durst, bitte«, maunzte sie dann. Sie erwartete jedoch keine Gefälligkeiten. Aber sie wurde positiv überrascht.

Barx hielt ein großes Glas reines Wasser in der Hand und führte es Marlene an die Lippen. Gierig trank sie das kühle, frische Wasser aus. Es war ihr egal, dass er dabei die Zügel in der Hand behielt und ihr das Glas nicht reichte, sondern sie das Wasser aus dem Glas schlürfen musste.

Dankbar lächelte sie den Diener mit den braunen Augen und dem rasierten Gesicht an. Während sie ihn studierte, fragte sie sich, ob alle Diener braune Augen hatten. Sie besaßen keine schillernden Farben, aber ein sanftes Bernsteinfunkeln. Es war ihr lieber als die unnatürlichen Augenfarben der anderen.

»Fertig?«, fragte er ruhig.

»Ja.« Er entfernte das Glas von ihren Lippen und es löste sich wie von Geisterhand im Nichts auf. Der Anblick von erscheinenden und verschwindenden Dingen oder Personen verwirrte ihren Verstand immer noch. Sie würde sich daran nur schwer gewöhnen können. Ihre physikalischen Gesetze hatten hier keinen Wert.

»Dann werde ich dich jetzt alleine lassen.«

Sie mochte nicht in der düsteren Hütte zurückbleiben, aber in der Welt der Magier hatten Gefäße kein Mitspracherecht. Sie sehnte sich danach, einen höheren Status oder zumindest die gleichen Privilegien der anderen Menschen, die ihre Freizeit im Garten verbringen durften, zu erreichen.

»Wann darf ich raus?« Sie bewegte ihren Kopf zur Tür hin, »...in den Garten?«

»Wenn du bereit bist, zu dienen«, schnauzte Barx sie unfreundlich an.

»Aber das tue ich doch.«

Ein verächtlicher Ausdruck huschte über sein ansonsten eher ruhiges Gesicht. »Nein. Außerdem bist du minderwertig. Keiner versteht, warum Master Blue ein rissiges Gefäß auserwählt hat. Solche unverzeihlichen Fehler begeht er selten.«

»Naja«, stichelte sie zurück, »dein Herr Violetto scheint ja auch nicht ganz abgeneigt gegenüber mir *minderwertigen Wesen.* Nicht wahr?«

Barx Miene wurde noch düsterer, seine Kiefer mahlten aufeinander und seine Zähne knirschten. »Er will nur den Fehler ausbügeln, den Blue gemacht hat.«

Böse stierten sie sich wie unversöhnliche Kontrahenten an. Vergessen war seine Gnade, ihr Wasser gewährt zu haben.

»Mistkerl«, fluchte sie.

»Scheiß arrogantes Gefäß«, knurrte er zurück, dann löste er sich auf. Er hatte wohl entschieden, dass die Konversation damit beendet war. Und was Marlene am meisten an seinem prompten Abgang ärgerte, er hatte das letzte Wort behalten.

Verdrossen lehnte sie ihren Körper gegen die raue Holzwand, ihr stand es nicht im Sinn, zu weinen, aber sie tat es. Doch die Tränen linderten nicht die Anspannung, sondern fügten ihr mehr Schmerz hinzu.

Schließlich waren ihre Augen verquollen und gerötet.

Sie wischte sich mit dem blanken Unterarm über ihr Gesicht.

Sie hasste es, zu warten. Vor allem, wenn eine Vereinigung angekündigt worden war.

Doch nun ließ man sie absichtlich warten, wollte sie vielleicht auch mit der Ungewissheit, was mit ihr geschehen würde, quälen, was sie noch mehr erzürnte.

Wie ein Tier im Versuchslabor fühlte sie sich. Die Zeit verrann nicht, die Kerzen brannten nicht ab, weil alles nur eine Illusion war. Es gab keine Anhaltspunkte wie lange sie nun schon in diesem dunklen, tristen Raum verharrte.

Ihr Zorn wuchs und wuchs. Dann als sie glaubte, innerlich von dem Hass zerrissen zu werden, entlud sich ihre Anspannung in einem gutturalen Schrei und sie hieb mit den blanken Fäusten immer und immer wieder auf die Holzverkleidung ein. Dabei sprangen ihr grüne und graue Funken entgegen. Der Raum erzitterte kurz und sie konnte einen Blick auf den paradiesischen Garten erhaschen, dann schlossen sich die Wände wieder.

Nur Blut und Schürfwunden waren der Lohn ihres Ausbruchs.

»Immer noch voller Energie?«, säuselte eine schmierig nette Stimme, die Marlene sofort als die von Violetto identifizierte. »Dabei sollte Barx dich doch völlig auslaugen. Ich glaube, ich muss mit dem unnützen Diener ein ernstes Wörtchen reden. Er vernachlässigt seine Aufgaben.«

Sie ruckte panisch herum.

Der violette Magier stand vollkommen nackt vor ihr. Lediglich sein schimmerndes, wallendes Haar bedeckte einen Teil seiner Schultern.

Seine purpurnen Augen lechzten gierig auf sie hinab, während er breitbeinig und dominant vor ihr stand.

»Wage es nicht«, piepste sie ihm entgegen.

»Sonst was?«, fragte er gefährlich nach.

Darauf hatte sie keine Antwort, denn sie konnte dem Magier mit nichts drohen.

»Du bleibst stumm? Gut so. Denn Renitenz mag ich nicht. Gefäße müssen dienen, Gefäße sollten sich überhaupt glücklich schätzen, erwählt zu werden. Also zeig gefälligst Dankbarkeit. Lern es zumindest, wenn du es jetzt noch nicht kannst!«

Sie biss auf ihre Unterlippe, schluckte weitere, wüste Beschimpfungen hinunter.

Sie musste sich nun klug verhalten und mit Violetto geschickt verhandeln, wenn sie nicht unnötig leiden wollte. »Darf Barx dabei sein?«, fragte sie, obwohl der Diener ihr auch zuwider war, dennoch war er die einzige Chance, Schmerzen zu umgehen.

Violettos Augenbrauen zogen sich angewidert zusammen. »Oh nein, ich will nur starke Gefäße. Gefäße, die den Schmerz aushalten, ohne zu zerspringen. Ich will meine Magie nur an die weitergeben, die es wert sind, danach ein Magier zu sein.«

»Aber die Diener, dafür sind sie doch da«, flüsterte sie heiser.

»Nicht bei mir.«

Marlene wurde heiß und kalt zugleich. Das war ein verdammter Albtraum. Plötzlich schien ihr die Anwesenheit von Meister Blue verlockend und wohltuend. Er legte Wert auf ihre Unverstheit, jedenfalls solange er es beeinflussen konnte.

Der Magier beugte sich zu ihr herunter, seine Finger fühlten sich wie Raubtierklauen an, als er sie festhielt und anschließend auf den Boden zwang.

Bevor sie sich erheben konnte, saß er auf ihrer Hüfte, presste ihre Arme auf den Boden und drang in sie ein.

»Nimm meine Magie in dir auf, unwürdiges Geschöpf«, keuchte er.

Marlene wurde sofort schwindelig. Seine geballte Kraft drang in sie ein und ließ sie aufschreien.

Ohne einen Gefäßner waren die wuchtigen Stöße kaum zu ertragen.

Schweiß rann ihr über das Gesicht, während sie wimmerte.

Ihr Leib kribbelte, als die fremde Macht von ihren Körperzellen Besitz ergriff und sie mit einem heißen Licht erfüllte, das sie innerlich zu verbrennen drohte.

Er keuchte über ihr auf. Auch er musste Schmerzen haben, aber nach seinem Gesichtsausdruck zu urteilen, genoss er die Qual.

Verfluchter Masochist.

Sie streckte, reckte und drehte ihren Körper unter seinem Gewicht, aber er ließ sie nicht entkommen.

Das violette Feuer breitete sich immer weiter aus. Neben Schweiß rannen nun auch Tränen über Marlenes hitzige Wangen.

»Ich kann nicht mehr«, raunte sie heiser, aber der Magier über ihr blieb steinhart. »Dann wirst du zerbrechen, also reiß dich zusammen. Nur die harten kommen in den Garten.«

Bis jetzt war das für Marlene nur ein christlich angehauchter, sinnfreier Spruch gewesen, aber jetzt gewann er an Bedeutung. Sie verstand, dass sie nur bei den anderen Gefäßen ihren Platz fand, wenn sie die Tortur überleben wollte.

Sie riss sich zusammen, versuchte den Schmerz auszublenden und konzentrierte sich auf die Decke über ihr. Aber ihre Bemühungen schienen nicht zu fruchten, denn je mehr sie den Magier ignorierte, desto drängender stach es in ihrem Unterleib.

»Dienen«, schnaufte Violetto, »bedeutet, den Schmerz anzuerkennen, nicht ihn zu leugnen. Empfang die Qual, heiß den Schmerz Willkommen, lerne ihn zu lieben.«

Nein, dazu war sie nicht bereit. Sie strampelte heftiger in seinem Griff, doch eine eiskalte Welle erfasste sie und schleuderte ihren Körper zurück auf den Boden.

»Du wirst es erdulden«, knurrte Violetto. »Ich will perfekte, starke, mutige Magier in diesem Universum. Ich verabscheue Gefäßner, sie sind genauso schwach wie ihr Gefäße. Entweder ihr seid der Magie würdig oder nicht.«

Wieder ein zerreißender Schmerz. Die Dehnung wölbte förmlich ihren Unterleib nach vorne. Dann herrschte Dunkelheit. Endlich schwebte sie auf einer wattierten Wolke der gnädigen Ohnmacht davon.

Als sie wieder zu sich kam, stützte Blue ihren Kopf, der auf seinen Knien gebettet lag.

»Bleib ruhig liegen«, befahl er und winkte Barx heran.

»Ich will Sarsal«, jammerte Marlene dessen Körper überall schmerzte.

»Nein, Barx ist gut, vertrau ihm.«

Sie schüttelte abwehrend ihren Kopf. »Nein, bitte. Er mag mich nicht. Und er gehört zu Violetto.«

»Quatsch«, befand der Blaue und strich Marlene zärtlich über ihre Wangen, was jedoch einen eiskalten Frostfilm auf ihrer Haut hinterließ. »Er ist nicht parteiisch, er ist in erster Linie Gefäßner und somit um das Wohlergehen seiner Schützlinge bemüht.«

Marlene hätte Blue jetzt von ihrer Konversation zwischen dem Diener und ihr berichten können, aber sie war zu erschöpft, um weitere Widerworte zu finden. Sie drehte ihren Hals nach links, dann nach rechts.

»Wo ist Violetto?«

»In der Regeneration.«

Endlich eine gute Nachricht. Es freute Marlene, dass der Zauber durch ihren Körper derart zu Schaden gekommen war, dass er nun in der Regeneration war. Ein komatöser Magier konnte ihr nichts antun.

Sie verdrehte ihre Augen und schaute zu deinem kühlen Gesicht des Magiers auf, der ihren forschenden Blick offen erwiderte.

»Wirst du dich jetzt mit mir vereinigen?«

Güte füllte seine hartherzigen Augen und seine Finger zuckten kurz über ihre Stirn, doch er vermied eine weitere, frostige Berührung ihrer Haut.

»Ein weiterer Magie-Transfer wäre möglich…« Er schwieg.

Sie wurde nervös. Aus irgendeinem verfluchten Grund fühlte sie sich nicht wohl dabei, allein die violette Magie in ihrem Leib pulsieren zu spüren. Sie wollte mit dem eiskalten Licht des blauen Magiers angefüllt sein. Sie brauchte sein klares, pures Licht des Eises. Nicht das kränkliche, blasse Lila.

»Aber?«, hauchte sie sehnsüchtig, obwohl sie tausend Qualen litt und ein weiteres, zeitnahes Ritual sie womöglich zerstören würde.

»Es wäre möglich, aber unangebracht«, beendete er ihre Frage.

»Nein«, sie rieb ihre Schenkel aneinander. Ihre verschwitzte Haut klebte feucht zusammen. Sie wollte durch Blues Licht von Violettos Taten reingewaschen werden. »Tue es.«

Seine Pupillen wurden eng. Er fixierte sie aus abweisenden Augen. Irgendwas musste ihn verärgert haben, denn er schob ihren Kopf grob von seinen Beinen, legte ihn auf den Brettern des Bodens ab und stand abrupt auf.

»Du würdest starke Schmerzen haben, die Vereinigung mit Violetto hat dich schon genug Kraft gekostet. Eine Pause ist zwingend notwendig.«

O Gott, sie würde keine Minute länger das giftige, bitter schmeckende, violette Licht aushalten.

»Es ist mir egal«, säuselte sie.

»Mir aber nicht«, er klang absolut kompromisslos und seine Meinung schien in Stein gemeißelt, da konnte auch Marlenes Klagen und Flehen nichts ausrichten. Frustriert ihn nicht erweichen zu können, setzte sie sich auf und zog ihre Knie dicht an ihren malträtierten Leib. Violette Funken wirbelten um ihr Haar. Sie schlug mit der flachen Hand nach den höhnisch funkelnden Lichtern.

»Ich hasse dich«, schniefte sie bockig. Ihre Art fand in ihrer Intelligenz keinen Anklang. Ihr wendiger Verstand fragte sich, wie sie um eine

Vereinigung betteln konnte, wo sie doch wusste, was das für Strapazen bedeuteten, aber ihr Herz war dem blauen Licht verfallen. Es war eine Obsession, die langsam gereift und nun wie Lava aus einem ehemals ruhendem Vulkan herausbrach.

Doch je näher sie dem Magier kam, desto weiter schien er sich zu entfernen.

Er lehnte sie ab. Verstieß sie. Verschloss sich vor ihr.

Und wie, um ihre düstere Vorahnung zu bestätigen, sagte er: »Barx wird sich nun um dich kümmern. Ich verlasse dich, bist du wieder vernünftig und bei Sinnen bist, du weißt ja gar nicht, was du da redest.«

Sie ließ ihren Arm nach vorne schnellen, grub ihre Finger tief in den Stoff seiner Robe, aber ihre irdischen Kräfte und die spärliche Magie, die sich schon in ihr angesammelt hatte, reichten nicht aus, sein Auflösen zu verhindern.

Am Ende blieb ihr nur die reine Luft, die sie umklammert hielt.

Der Diener hockte sich zu ihr, ergriff ihre in der Luft schwebenden Hände. Behutsam strich er über die verletzten Stellen. »Das Licht wird deine Wunden rasch heilen«, sagte er und drehte ihre Handinnenflächen nach oben. Ein goldenes

Licht legte sich wie ein hauchdünner Verband um ihre Schürfwunden, dann ließ er ihre Handgelenke los und sah sie kritisch an. Erst befühlte er ihre fiebrige Stirn, dann sank seine Hand tiefer. »Darf ich?«, wollte er netterweise wissen, obwohl Marlene keine andere Wahl hatte, als zu nicken.

Seine Finger glitten zu ihrem Unterleib, sie zuckte automatisch zusammen, als er sie dort befühlte. »Die Risse sollten die Nymphen später behandeln«, befand er nach der Untersuchung und Marlene bekam sofort eine Gänsehaut.

»Komm«, sagte Barx, stand auf und ging zur Tür. Er stieß die Tür schwungvoll auf. Helles, freundliches Licht strömte warm und gut riechend in die düstere, muffige Hütte. Doch kein Sonnenstrahl drang zu ihrem Innersten vor.

Mit dumpfen Augen starrte sie in das wunderbare, entzückende Zuckerwatten Paradies, was an Schönheit und Farbenpracht nicht zu übertreffen war. Jede Blume schien heller, fröhlicher und intensiver als die Nachbarsblume zu wachsen.

Träge erhob sie sich. Kein Lächeln, kein Entzücken als sie nach draußen trat und von der freundlichen Welt empfangen wurde.

Der Diener schüttelte betrübt den Kopf, er wollte etwas sagen, doch dann schwieg er, nur seine Lippen zuckten noch verräterisch.

»Sprich deine Standpauke schon«, meinte Marlene monoton, »erzähl mir, wie undankbar und unbrauchbar ich als Gefäß bin.«

Barx berührte sie seicht im Nacken. Augenblicklich entspannten sich ihre verkrampften Muskeln und der Schmerz ließ an Intensität nach, als er über ihren Hals strich und den Haarflaum kitzelte.

»Meine Worte vorher waren unfair. Ich habe nur schon so viele Gefäße verloren, da Violetto mich nicht das tun lässt, wozu ich geboren wurde. Ich muss mich von euch distanzieren, denn, wenn ich eine Bindung zu euch aufbaue, ist jeder Verlust für mich unerträglich.«

Sie horchte auf, war aber nicht gewillt, seine Entschuldigung einfach so zu akzeptieren.

»Woher der Sinneswandel?«, knurrte sie und vermied es, dem Garten, durch den sie gingen, zu viel Beachtung zu schenken. Sie wollte nicht mit dem Paradies bestochen und gefügig gemacht werden.

»Master Blue hat mir Hoffnung gemacht, dass du nicht kaputtgehen wirst.«

Sie biss sich auf die Lippe, ballte ihre Hände und senkte den Kopf. Den Boden fest im Blick lief sie neben dem Diener her.

Er irrte sich, Master Blue würde sie nicht retten.

»Du glaubst mir nicht«, bemerkte der Diener neben ihr enttäuscht.

»Ja«, gab sie einsilbig zurück.

Ein leises, missbilligendes Brummen folgte als Reaktion, doch er beließ es dabei. Stattdessen fragte er: »Willst du im Garten bleiben oder in dein Zimmer?«

Ihre Wahl war idiotisch, aber ihrem kindlichen Trotz angemessen: »Ich will ins Zimmer.«

»Okay«, er hielt sie mit einem Ruck zurück und hinderte sie am Weiterlaufen. »Ich bringe dich ins Zimmer, aber vorerst bestrafe ich dich angemessen für deinen frechen Ton.« Seine freie Hand erhob sich.

»Blue will nicht, dass du mich verprügelst«, erwiderte sie gehässig und scheute nicht die direkte Konfrontation mit dem Diener.

»Keine Sorge, meine Schläge werden anders sein…«

Sein verheißungsvolles Grinsen ließ ihr das Blut in den Adern gefrieren.

»Hat dir schon mal jemand den Hintern versohlt?«

Sie wurde bleich. »Das ist erniedrigend«, keifte sie, aber schien damit bei Barx eher Freude als Schamgefühle hervorzurufen.

»Genauso erniedrigend ist es, sich als Gefäßner von Gefäßen so kommandieren zu lassen. Die meisten Gefäße wissen, wem sie Respekt zollen sollen, wenn sie eine schöne Zeit haben wollen.«

Trotz seiner Ernsthaftigkeit und seiner harten Worte funkelte die pure Spiellust in seinen braunen Augen.

Vergnügt präsentierte er ihr seine flache Hand. »Haut auf Haut. Schmerz um Schmerz«, raunte er theatralisch. Dann drehte er sie flink mit einer fließenden Bewegung um und ließ seine Handfläche auf ihren blanken Po sausen.

Ein gleichmäßiges Brennen schnellte von ihrem Hinterteil zu ihrer Schaltzentrale im Gehirn empor. Doch bevor sie den Schlag kognitiv verarbeiten konnte, hatte Barx seine kräftige Hand schon weitere drei Male flink und bestimmend auf ihren Hintern platziert. Es klatschte laut.

Marlene hüpfte automatisch nach vorne, aber sein Arm folgte ihr und zog sie an der Taille zu sich heran. »Hiergeblieben, ich bin noch nicht fertig mit dir«, raunte er in ihr Ohr.

Wieder ein kräftiger Hieb. Heiß und rot glühten ihre Backen. Seiner Handfläche musste es jedoch ähnlich gehen - eine kleine Genugtuung.

Irgendwie fand sie Freude daran, ihm auszuweichen und dafür einen intensiveren, zischenderen Schlag einzufangen.

Tatsächlich versank sie in dem Spiel, welches der Diener begonnen hatte, was auch daran liegen mochte, dass er immer eine Prise seiner erregenden Magie auf ihren nackten Po verteilte, wenn er sie versohlte. So schuf er genug Anreiz, dass sie seine kleine Bestrafung erduldete und sogar genoss.

Verlust

Barxs Hand kribbelte. Er vermutete, dass er und das Gefäß eine Zeitlang das gleiche, beißende Brennen verspüren würden. *Vereint im Schmerz.* Eine tröstende Vorstellung, wenn er daran dachte, wie fremd er dem Menschenwesen war, dem er als Gefäßner eigentlich ganz nah sein sollte.

Der Diener umrundete den schwebenden, violetten Magier, der vom Licht nach seiner Vereinigung geheilt wurde.

Grimmig starrte er die ausgezehrten, fädigen Gesichtszüge seines Herrn an. Wenn er in dieser menschlichen, komatösen Gestalt schlief, sah er noch grausamer, härter und älter aus.

Er hegte keine Sympathie für den Verletzten, denn der Magier verachtete ihn, weil er lediglich ein Gefäßner war und ihm nur *simple Zaubertricks* – wie sein Herr zu sagen pflegte - zur Verfügung standen. Zudem wollte Violetto nicht mal seine *Zaubertricks* nutzen, um den Gefäßen Linderung zu verschaffen. Sein Sadismus trieb ihn dazu, die Regeln des Rates zu missachten, und die Gefäße ohne beschützenden Gefäßner zu nehmen.

Kummer verdrängte die Wut in Barxs Herzen. Betrübt betrachtete er seine menschlichen Hände und hielt sie hoch. Die Erdlinge waren sehr zerbrechlich und Violetto verschmähte sie, da sie kaum Durchhaltevermögen besaßen.

Daher war der Diener das Tragen der irdischen Form nicht gewohnt, dennoch gefiel sie ihm. Er mochte die weiche Haut, das vielfältige Mienenspiel, den eigenartig betörenden Duft der Sterblichkeit.

Sein Herr hingegen hasste die schwächliche, sensible Gestalt der Menschen.

Sie waren so verschieden, er und sein Meister.

Sein Herr ließ es zu, dass er die Gefäße liebgewann und zwang ihn dann, mitanzusehen, wie er sie mutwillig zerstörte. Violetto genoss den vielfältigen Schmerz, den er in seinem eigenen Körper, in dem der Gefäße und in Barx anrichtete.

Der Diener zuckte zusammen. So viele kostbare Gefäße, die allesamt nicht hätten zerspringen müssen, waren schon durch Violettos brachiales, unethisches Vorgehen verloren gegangen.

Mit Tränen in den Augen betrachtete er das Erwachen seines Meisters. Die Regeneration war ausgesprochen kurz ausgefallen, ein untrügliches Zeichen für die mangelnde Bindung zwischen Gefäß und Magier. Je kürzer sie dauerte, desto weniger waren beide kompatibel.

»Barx?«, fragte der Zauberer lauernd. »Was tust du hier?«

»Ich wollte schauen, wie es dir geht.«

Das magische Licht stellte Violetto auf seine Füße und zog sich dann von seinem nun gekräftigten Leib zurück.

»Ich mag deine Anwesenheit nicht, das weißt du doch, also hau ab.«

Barx biss sich auf seine Lippen. *So viele. So viele. So viele.*

»Hörst du nicht?!«

So viele. »Herr, sie ist *besonders*, wenn sie zerspringt, wird es Fragen geben. Es ist nicht so wie bei den anderen Gefäßen, sie ist ein Flügelkind und auch Master Blue wird ihren Verlust nicht einfach hinnehmen. Schon ihre Ankunft hat für Furore gesorgt.«

»Oh, Barx«, heuchelte der Magier Mitgefühl, »du hängst an diesem Erdling. Das ist der wahre Grund, warum ich sie verschonen soll, oder?«

»Ja.« Barx log seinen Herrn nicht an, denn seine Magie enttarnte Lügen effizient und schnell.

»Nun, aber du bist nur ein nutzloser Gefäßner, ich hingegen ein mächtiger Magier. Ich werde sie befüllen, wie und wann ich es will. Geht sie dabei kaputt, dann war meine Magie zu rein und wundervoll für so ein schlechtes Gefäß.«

»Aber…«

»Verschwinde endlich, deine Dienste werden nicht gebraucht«, unterbrach ihn Violetto herrisch und schlug mit seiner Hand nach Barxs Gesicht.

Dieser schaffte es gerade noch, auszuweichen, dann löste er sich mit einer Mischung aus Resignation und Hass auf.

So viele unnötige Verluste – und er war nicht mehr bereit, das hinzunehmen.

Partner

»Wo ist mein Magiepartner«, herrschte der Blaue den Wächter an, der die Zellen für delinquente Magier bewachte und wedelte mit einer magischen Signatur. »Der Rat hat seine sofortige Entlassung angeordnet. Hier sind das Lichtsiegel und die Bestätigung des Gremiums.«

Der beige Zauberer warf einen gelangweilten Blick auf das offizielle Dokument, dann deutete er auf ein dunkles Loch, in das kein heiliges Licht vordrang. Blue hielt bei dem Anblick des schwarzen Schlunds den Atem an. Reds Farbe musste sich vollkommen alleine und verloren fühlen, so abgeschnitten wie sie von dem heiligen Licht dort war. In der Dunkelheit zu sein, war die Höchststrafe, denn ohne das magische Leuchten wurden die Farben krank, schwächlich und wahnsinnig. Schon die wenige

Zeit, die sein Freund dort verbracht haben musste, war die reinste Tortur.

Blue bedauerte es, seinen Partner nicht eher aus der Misere befreit zu haben, aber das Gremium war nur sehr, sehr schwer davon zu überzeugen gewesen, dass der Rote nur einen dummen Fehler und kein Kapitalverbrechen begangen hatte.

Master Blue trat furchtlos und ohne Umschweife in die absolute Finsternis hinein. Ein rotes, ängstliches Glimmen funkelte in der hintersten Ecke und wies ihm den Weg.

Schnell durchdrang er mit seinem blauen Licht den zähen, schwarzen Nebel und eilte auf seinen Freund zu.

Der junge Magier sprang schluchzend auf, als er ihn bemerkte und fiel ihm zitternden um den Hals.

Blue ließ die Umarmung geschehen, obwohl im jeglicher Körperkontakt zuwider war, aber bei seinem Partner verhielt sich seine eisige Welt etwas anders.

Er strich dem bebenden Roten über seinen Rücken, beruhigte ihn. »Du darfst gehen, der Rat hat deine Strafe ausgesetzt.«

Der rote Zauberer schmiegte sein Gesicht in Blues Halsbeuge und krallte seine menschlichen Finger in dessen Gewand.

»Verlass mich nicht, du bist mein Partner…«

Der Andere drückte ihn fester gegen seine Brust. »Das werde ich nicht.«

Schluchzend lehnte Red sich gegen Blues Oberkörper, doch seine Hände hörten auf, an der Robe des Zauberers zu zerren.

Sie verharrten stillschweigend in der Dunkelheit, nur umgeben von ihrer eigenen Aura.

Beide wussten sie, dass die Zeit ihrer Partnerschaft seit der Ankunft des Flügelkinds ein Ende fand und jede gegenteilige Beteuerung eine Lüge war.

Aber im Moment zählte nur dieser Augenblick, als sie sich näher als je zuvor waren.

Sehnsucht

Man hatte ihr nach der letzten, anstrengenden Vereinigung und der anschließenden Versiegelung durch die Nymphen ein wenig Privatsphäre gestattet und ihr wieder einen eigenen Raum zugestanden. Als sie durch ihr kleines Reich schritt, bemerkte sie, dass es sogar ein Bad besaß. Erstaunt über diesen neuen Komfort ging sie hinein. Ihre Finger glitten zu dem silbernen Regler, den sie mit ihrem Zeigefinger bewegte. Augenblicklich strömte warmes Wasser aus dem Duschkopf und auf ihre Haut. Marlene war heilfroh, dass das Duschwasser keine Magie enthielt und sich brav wie echtes, natürliches Wasser verhielt.

Endlich etwas Vertrautes, Gewohntes in dieser verrückten Welt gefunden zu haben, stieg sie unter die Dusche. Die Wassertropfen benetzten ihren Körper, glitten über ihre Haut und perlten an ihr herunter. Sie schloss die Augen. Sie spürte immer noch die Schmerzen der Vereinigung, auch wenn schon einige Zeit vergangen war, waren die Folgen der violetten Magie immer noch deutlich zu spüren. Ihr Unterleib brannte.

Mit geschlossenen Augen tastete sie nach dem Temperaturregler und ließ ihn auf die kälteste Stufe schnappen. Das Eiswasser erinnerte sie an die kalten Arme von Master Blue, wie er sie gehalten und beruhigt hatte, nachdem Violetto in sie eingedrungen war.

Ihre Gliedmaßen wurden taub, aber sie wiegte sich in der schmeichelnden, eiskalten Umarmung des imaginären Magiers. Seine blaue

Farbe faszinierte sie, sie wollte das Eis, welches seinen Körper formte, zum Schmelzen bringen.

Sie sank auf den Boden, die Kälte folgte ihr, kroch in jede Muskelfaser ihres Körpers und lähmte sie. Unfähig den Sturz abzufangen, kippte sie auf die Seite. Ihre Schläfe pochte scharf, wahrscheinlich hatte sie eine Platzwunde, denn rote Schlieren mischten sich unter das klare Wasser, welches Marlenes Kopf und Leib umfloss.

»Frier das violette Leuchten ein«, flüsterte sie. »Mach, dass es aufhört.« Eiskaltes Wasser schwappte über ihren Mund und Nase hinweg. Sie hustete.

Ein harter Ruck. Dann verlor sie den Kontakt zum Boden. Master Blue stand neben ihr und musterte sie. Er war es also nicht, an dessen Brust sie gedrückt wurde.

»Was soll das, Flügelkind?« Blues Stimme klang ärgerlich. Dann ein Befehl, der nicht ihr galt. »Leg sie ins Bett und sprich einen Wärmezauber.«

Sie wurde durch den Raum getragen, sie krallte ihre kraftlosen Finger in die rote Robe eines wohlbekannten Magiers. »Master Red«, wisperte sie und schmiegte ihre Wange gegen seinen Brustkorb. Sie war froh, ihn nach Violettos Attacke unversehrt vorzufinden.

»Sie ist ziemlich kalt«, meinte der Rote und Master Blue seufzte auf. »Ein Grund, warum ich dich brauche. Meine Magie würde sie noch weiter auskühlen.«

Eine Hand in ihren Nacken legend, bettete der Magier sie vorsichtig auf der Matratze. Marlenes eingefrorene Intelligenz notierte trotz der Unterkühlung, dass die Berührungen von dem roten Magier sie kaum schmerzten. Entweder zeigten die Vereinigungen bereits Wirkung oder ihr Nervenzentrum war derart vereist, dass es nicht fähig war, Impulse weiterzuleiten.

Blue erschien in ihrem Sichtfeld. Erzürnt starrte er mit stechenden Augen auf sie herab. »Muss ich dich wirklich mit einem Schlingenzauber belegen, wenn du alleine bist?«

»Nein«, krächzte Marlene.

»So?« Er zog seine rechte Augenbraue hoch, verschränkte seine Arme vor der Brust und richtete sich wieder ein Stück auf. Er wirkte aus ihrer Position noch größer, bedrohlicher und mächtiger. »Dann warte ich auf eine Erklärung von dir, aber irgendwie beschleicht mich der Verdacht, dass du mir keine befriedigende Antwort geben kannst.«

»Doch.« Die Zunge in ihrem Mund wollte ihr nicht gehorchen. Ihre Lippen bibberten, eine ausdifferenzierte Kommunikation erwies sich daher als äußerst schwierig, aber ein kurzer Blick in sein ungeduldiges Gesicht machte ihr klar, dass ihr nicht mehr viel Zeit für eine Rechtfertigung blieb. Gleich würde er den Schlingenzauber aussprechen und dann kommentarlos verschwinden.

Master Blue machte eine gelangweilte Geste. Sie rappelte sich hektisch auf. »Nicht. Kein Schlingenzauber.« Die drei Worte hatten schon mal geklappt. Sie leckte über ihren eiskalten Mund, wollte ihn wärmen, aber er blieb äußerst steif.

»Schon gut«, beruhigte er sie, »ich wollte dich nicht mit Magie fesseln. Aber Master Red soll sich zu dir ins Bett legen und dich wärmen. Okay?«

Schüchtern nickte sie. Sie wünschte sich lieber die eisigen Arme von Blue, aber sie wagte es nicht, ihm zu widersprechen.

Ein heißer, glühender Körper kroch an ihre Seite und zwei starke, haltgebende Arme schlangen sich um ihren Oberkörper. Sie wurde nach hinten und mit dem Rücken gegen seinen Brustkorb gezogen. Wellen von Hitze durchströmten ihre Zellen, lösten die Kälte aus ihren Gliedern und schenkten ihr warmes Wohlbefinden.

Sie stöhnte auf, als Reds kräftige Finger ihre Schultern durchkneteten und somit die glühende Magie tiefer in ihr Gewebe trieben.

Erst als ein rosiger Schein auf ihre Lippen und Haut zurückgekehrt war, fragte Blue sie wieder: »Und? Was ist deine Erklärung für diesen Unsinn?« Seine Augen blieben seltsam unbewegt. »Wolltest du dich umbringen?«

Sie erinnerte sich sofort an Violettos Warnung, dass er sie töten würde, falls sie die dunkle Seite wählen würde. »Nein«, stotterte sie daher. Und es war die Wahrheit. Sie war nicht mit der Absicht zu sterben unter die Dusche gegangen, sondern, um Blues Nähe zu spüren. Sie wusste nicht, was sie dazu trieb, aber sie schien als Gefäß nach seiner Magie süchtig zu sein. Sie träumte von ihm, von seiner Kälte. Ihr Geist und ihr Körper wollten sich dem mächtigen Magier unterwerfen. Sie war dazu bestimmt, seine Magie in ihren Körper aufzunehmen. Nicht die von Red oder die von Violetto.

»Strapaziere meine Nerven nicht«, knurrte er, »indem du dir alles aus der Nase ziehen lässt.«

»Ich wollte dir nah sein«, sie sah ihn aus fiebrigen, glänzenden Augen an.

Master Blue wich unmerklich einen Schritt zurück. Es wirkte wie ein kurzes Taumeln seiner großen, kräftigen Gestalt.

»Was?«, er hörte sich absolut fassungslos an. Seine schwindende Contenance verwirrte Marlene, aber ihm erging es mit ihrem Verhalten wohl auch nicht besser. Ihre plötzliche Annäherung musste ihn völlig aus dem Konzept bringen.

»Ich begehre deine Farbe, deine Kälte…«, murmelte sie, »und das Wasser kam deiner Anwesenheit am nächsten. Ich weiß nicht warum, es ist absurd oder vielleicht auch krank, aber ich verspüre den Drang, dir zu dienen.« Jetzt war das Ungeheuerliche ausgesprochen.

Wieder machte der Magier einen Rückwärtsschritt, er floh vor ihren Worten mit einem leichenblassen, verstörten Gesichtsausdruck.

»Red«, raunte er aufgelöst, »ich muss gehen. Kümmere dich soweit wie nötig um sie, dann geh. Den Rest soll Barx erledigen.«

Marlene verstand nicht, warum der Magier so reagierte, aber bevor sie überhaupt eine Frage in ihrem Kopf formulieren konnte, war er auch schon verschwunden.

In ihrem Rücken hörte sie, Red geräuschvoll ausatmen. »Gut gemacht, Flügelkind«, lobte er sie ironisch und rieb mit seiner Hand über ihre Stirn, die sich unter seiner Berührung erhitzte. Die Platzwunde, die sie sich bei ihrem Sturz zugezogen hatte, heilte. Er löste seine Umklammerung, rutschte von ihr weg und setzte sich im Schneidersitz neben sie.

»Ich denke, dir ist inzwischen warm genug, oder?«

Sie nickte. »Ja, danke.«

»Brauchst du irgendwas?«

Jetzt schüttelte sie den Kopf.

»Gut«, er entknotete seine Beine und stand auf. »Dann werde ich nun gehen.«

Sie legte ihren Kopf in den Nacken und sah bittend zu ihm auf. »Ruf Barx nicht. Er muss es nicht erfahren, okay?«

Master Red lachte spöttisch auf. »Nur, weil du denkst, in einem Raum zu sein, bist du in keinem abgeschlossenen System. Die Magie trägt Informationen meilenweit zu jedem, der fähig ist, sie zu entschlüsseln.« Pikiert über ihre Naivität rümpfte er die Nase. »Warum glaubst du, sind wir aufgetaucht? Aus Zufall wohl kaum. Ach, Flügelkind, kapiere doch endlich mal unsere Welt. Geheimnisse können hier nur die mächtigsten Magier haben.«

Sie ließ den Kopf hängen. Es war ihr sehr unangenehm, zu wissen, dass alles, was sie tat, von der Magie beobachtet und weitergetragen wurde. Selbst ihre vermeintliche Privatsphäre war also nur eine Illusion.

Reds Handkante legte sich sanft unter ihr Kinn. »Du hast soeben Blue ein Angebot für eine Partnerschaft unterbreitet, weißt du, was das heißt?«

Sie sah stumm zu ihm auf, deutete aber mit ihren Augen ein »Nein« an.

»Gefäße empfinden nie Zuneigung oder Liebe ihren Mastern gegenüber, daher müssen sie oft gegen ihren Willen gefüllt werden, bis sie selbst Magier sind. Aber in sehr seltenen Fällen gibt es Gefäße, die von der Magie ihres Masters angezogen werden. Sie bieten dem Magier sozusagen die Bereitschaft an, eine Partnerschaft eingehen zu wollen, die sie unwiderruflich aneinanderbindet.«

Bis jetzt hörte sich das für Marlene harmlos an. Nichts, was Blues Reaktion erklären konnte. »Und was ist daran schlimm?«

Red lächelte verzückt. »Oh, für das Gefäß gibt es keine direkten Nachteile, aber für den Magier schon. Wenn er den Pakt der Partnerschaft eingeht, dauert diese solange an, bis ein anderes Gefäß ihm seine Partnerschaft anbietet, nur das löst die Verbindung auf, das kann rasch, aber auch nie passieren. Er selbst kann den einmal eingegangenen Pakt nicht selbstständig beenden, er ist für immer an das Gefäß gebunden…« Reds Grinsen wurden noch breiter. »Und *zwar emotional*…etwas, was Blue auf den Tod nicht ausstehen kann.«

»Mhm. Und jetzt?«

Das Lächeln des Roten erstarb. »Es gibt zwei Möglichkeiten für einen betroffenen Magier, er kann die Bindung eingehen oder er kann das Gefäß verstoßen.«

Verstoßen? Sie wollte nicht zurückgewiesen werden. »Was meinst du, welche Option wird er wählen?« Ihre Finger spielten nervös mit ihrem Haar, während sie atemlos auf Reds Einschätzung wartete.

»Ich weiß es nicht, Flügelkind«, gab er ihr zu verstehen, »aber es bedeutet, dass er sich auch von alten Beziehungen trennen muss. Ein Pakt heißt, Verluste zu akzeptieren. Einmal hatte Blue schon den Mut gefunden, das Wagnis einer frischen Partnerschaft einzugehen, aber der Pakt scheiterte. Es war der Zeitpunkt als aus seinem zarten Himmelblau ein stilles Ozeanblau geworden ist.«

»Was ist passiert?« Zum ersten Mal erfuhr sie private Details von dem geheimnisvollen Magier.

»Das ist seine Sache, Flügelkind. Ich habe schon viel zu viel ausgeplaudert. Wenn er es will, wird er dir seine Geschichte erzählen, wenn nicht, hast du Pech gehabt.«

Sie musterte den freundlich zugewandten Magier mit den feuerroten Augen, die viel lebendiger als die von Blue wirkten.

»Du bist sein Partner, nicht wahr? Er müsste sich von dir trennen, wenn er mit mir den Pakt eingehen möchte. Ist es so?«

»Ja«, erwiderte der Andere überraschend ehrlich und betrübt.

Marlene dachte an die vielen Augenblicke zurück, wo Blues Miene ins Melancholische verrutscht war, wenn er sich unbeobachtet gefühlt hatte. Sie hatte den Ausdruck oft heimlich bei ihm beobachten können. Langsam ergab alles einen Sinn. Die Tragik, einen hohen Preis für eine dunkle Farbe zahlen zu müssen, war also auch an ihm nicht vorübergegangen.

Red reichte ihr seine warme Hand zum Abschied, auch jetzt war seine Magie nicht mehr als ein sanftes Prickeln, kein stechender Schmerz. Irgendwas schien sich in ihrem Körper verändert zu haben.

»Desensibilisierung gegenüber schwächerer Magie«, griff er ihren ratlosen Blick, der auf ihren umschlungenen Händen lag, richtig auf. »Daher tut es dir nicht mehr weh.« Der Magier kniff seine Lippen kurz zusammen. »Violettos und Blues Macht wirken so stark in dir, dass dir niedere Magie nichts mehr anhaben kann. Tja…ich bin wohl tatsächlich aus dem Spiel, kleines Flügelkind.«

Er wirkte dabei weniger enttäuscht, als es den Anschein hatte oder er war einfach ein guter Schauspieler.

Ihre Hände lösten sich voneinander und Red winkte ihr zum Abschied kurz zu, bevor er verschwand.

Zwiespalt

Red materialisierte sich in der Nähe seines besten Freundes und *bald* ehemaligen Paktpartners. Er hielt aber respektvollen Abstand, denn der blaue Magier war aufgewühlt und damit unberechenbar. Seinem Licht alle Ehre machend, war seine Aggressivität nur die Spitze des Eisbergs.

»Wie kann sie das tun?«, schrie er einen imaginären Feind an und warf seine Arme in die Luft. »Was fällt ihr ein?!«

Red schmunzelte und machte einen Schritt in Blues Bewusstseinsfeld, sodass dieser ihn bemerken musste, ob er wollte oder nicht.

»Ich glaube, das Flügelkind macht nichts mit Absicht, sondern ihre Magie treibt sie dazu.«

»Dann soll eben ihre verfluchte Magie es unterlassen…«

»Es unterlassen dem Schicksal zu folgen?« Der Rote hob amüsiert seine Augenbrauen hoch.

»Ja«, knurrte der Andere böse und unwillig.

»Blue«, der rote Magier wurde ernst, »wieso hast du sie als Gefäß erwählt?«

»Es war ein Versehen, ich habe die Risse übersehen«, verteidigte sich Blue vehement und machte mit seinen Fäusten Schattenboxen.

»Nein, Blue. Warum hast du *sie* ausgewählt?«

Der Magier mit den blauen Augen ließ seine Arme sinken, jetzt baumelten sie schlaff neben seinem Körper.

»Was willst du mir sagen, Red?«

»Du willst Wiedergutmachung für das, *was damals* passiert ist…«

Der Blaue machte einen gewaltigen Satz nach vorne, packte Red am Hals und drückte wütend zu.

»Hör auf, einen solchen Mist zu behaupten.«

Der angegriffene Mann keuchte, doch dann grinste er. »Oh, das Angebot der Partnerschaft muss dich wirklich sehr an deinen Fehler erinnern, wenn du so verstört bist.«

»Wenn du nicht mein Freund wärst…«, fluchte Blue und ließ Red schlussendlich los.

»Wärst du ziemlich alleine. Mit dir hält es sonst ja keiner aus.«

Master Blues Miene funkelte kurz auf, doch dann lag sie wieder ruhig und unbewegt dar.

Red strich sich mit den Fingern über seinen Hals. »Diese fragile, menschliche Gestalt gefällt mir nicht«, blaffte er, dann widmete er seine Aufmerksamkeit wieder seinem eiskalten Gegenüber. »Blue, du solltest aufhören, das zu verleugnen, was du schon lange vorher wusstest.«

Der Angesprochene zuckte ärgerlich, aber auch betroffen zusammen. »Was willst du mir unterstellen? Dass ich absichtlich ein potentiell gefährliches Gefäß in unsere Welt gebracht und es vor dem Rat verheimlicht habe?«

Ungerührt schaute ihn Red an. »Ja.« Doch bevor der Blaue wieder aufbrausen und handgreiflich werden konnte, hob er beruhigend seine rechte Hand. »Aber ich denke, es ist Schicksal. Es soll so sein.«

Der dunkle Zauberer runzelte seine Stirn. »Wie meinst du das, Red?«

Der Rote lächelte. »Du bist schlau, mächtig und erfahren. Nie wäre dir unbeabsichtigt ein solcher Fehler unterlaufen, wenn es nicht deine Bestimmung wäre. Du wusstest von ihrer grausamen Vergangenheit, von ihrem Wunsch zu sterben, du wusstest um die Risse und um die Gefahr, dass sie einen schwarzen Funken in sich trägt.«

»Ja, vom ersten Augenblick an«, bestätigte Blue ehrlich die Vermutung seines besten Freundes. »Auch, wenn ich es verdrängen wollte.«

»Und trotzdem hast du sie in unsere Welt geholt, weil du ihren Wunsch nach Partnerschaft gespürt hast. Daher wolltest du sie nach deiner letzten Vereinigung mit keinem anderen Magier, selbst mit mir, deinem Seelenpartner, nicht teilen.«

Wieder nickte der Zauberer mit dem tiefblauen Licht. »So ist es.«

»Dann, mein lieber Freund, musst du es auch beenden. Geh die Partnerschaft mit ihr ein, auch wenn du Angst hast, das Schicksal würde dir wieder einen Streich spielen und dir deine Partnerin wegnehmen. Riskiere es.«

Der blaue Magier hatte seinem Freund andächtig gelauscht. Irgendwas bewegte ihn, denn seine Mundwinkel vibrierten.

»Aber, wenn es wieder passiert, wenn sie wie Aset zerbricht, wenn sich alles wiederholt. Was dann?«

»Eure Verbindung ist anders«, beschwichtigte ihn der Rote.

Der Eismagier betrachtete sein Gegenüber lange, dann sagte er eigenartig leise: »Es ist nicht nur die Angst, dass es wie bei Aset laufen könnte«, seine blauen, von einer undurchdringlichen Eisschicht bedeckten Augen fixierte den Feuermagier, »es ist die Sorge, dass dir etwas passieren könnte, wenn du ohne meinen Schutz bist. Wenn der Pakt zwischen uns aufgelöst ist, bist du Freiwild für alle mächtigeren Magier, die noch keinen Partner haben. Selbst Violetto könnte beim Gremium eine Partnerschaft mit dir erzwingen.«

Red lächelte geheimnisvoll. »Ich kann auf mich aufpassen. Außerdem ist der Violette mehr an dem Flügelkind als an mir interessiert.«

Skeptisch betrachtete Blue seinen Freund und dachte an den kostbaren Moment in dem Gefängnis zurück, in dem Red ihn sosehr gebraucht hatte, dass es in seiner Seele geschmerzt hatte. »Du bedeutest mir viel, Red. Ich werde es nicht tun, ich kann es einfach nicht…«

Doch bevor der andere Magier antworten und hilfreiche Worten sagen konnte, zuckten beide Magier wie vom Blitz getroffen zusammen.

»Blutmagie?!«, schnaufte der rote Magier auf. »Jemand wendet die verbotene Magie des Todes an.«

Blue riss seine Augen auf. »Ich spüre Marlenes Licht schreien. Schnell! Die Blutmagie vergiftet ihr Licht und macht ihre Schutzbarrieren brüchig. Hol Sarsal aus der Bestrafung zurück, ich denke, wir werden seine besonderen Fähigkeiten dringend brauchen.«

Schwarzes Feuer

Marlene musste sich keine Gedanken darüber machen, lange alleine zu sein, denn kaum hatte sich die letzte Lichtspur des roten Magiers aufgelöst, erschien auch schon Barx.

»Hallo«, seufzte sie aus voller Brust und machte sich auf eine Standpauke bezüglich ihrer ungewöhnlichen Duschzeremonie bereit. Doch Barx ging mit keinem Wort darauf ein, sondern packte sie grob am Arm und schüttelte sie.

»Bist du verrückt geworden«, grollte er aufgebracht, »wie kannst du Master Blue die Partnerschaft anbieten? Master Violetto tobt vor Wut, seit er aus der Regeneration aufgewacht ist. Das wird böse enden! Wieso hältst du dich nicht an die normalen Regeln? Zwei Master, zwei Lichter, ein Gefäß!«

Da, wo er sie gepackt hielt, bildeten sich jetzt schon rote Flecken, so fest bohrten sich seine Finger in ihr Fleisch. Seine ganze Gestik und Mimik war angefüllt mit grenzenlosem Zorn, aber auch Sorge.

»Das war doch keine Absicht«, schnaubte sie zurück und wollte ihm ihren Arm entreißen, aber er hielt sie nur grober fest. Sie verstand gar nicht, wie Violetto schon wieder aus seinem Koma erwacht sein konnte.

»Absicht hin oder her, wenn Violetto dich in die Finger bekommt, wird es übel.«

»Warum ist er überhaupt schon aus der Regeneration?« Sie verschränkte ihre Arme vor der Brust, denn sie glaubte ihm irgendwie nicht. Ob das ein Test war?

Barx verdrehte seine Augen. »Oh, man. Dein Leben steht auf dem Spiel und du willst, dass ich dir unsere Welt erkläre?« Als er in ihr zweifelndes Gesicht sah, stieß er einen Fluch aus, doch dann erklärte er: »Je enger die emotionale Bindung von Magier und Gefäß desto länger dauert die Regeneration. Daher ist es für einen Zauberer und seine Gesundheit prinzipiell ungünstig, eine emotionale Beziehung mit einem Gefäß einzugehen. Master Violetto hegt keine Gefühle dir gegenüber, daher war er nicht lange im magischen Koma.«

»Oh«, flüsterte sie und entknotete ihre abwehrenden Arme wieder. Das waren interessante Neuigkeiten.

Der Diener sah sich hektisch um. »Los, wir müssen zu Master Blue, er ist deine einzige Rettung. Und bete, dass er dich nicht verstößt und du Master Violetto vollkommen ausgeliefert bist.«

Panisch nickte Marlene, die jetzt spürte wie ernst es dem Diener war, auch wenn seine plötzliche Fürsorge sie verwunderte.

»Warum hilfst du mir?«

Die Augen des Dieners wurden dunkel, die goldenen Sprenkel in seiner Iris waren im Schatten seiner Traurigkeit kaum noch zu erkennen. »Ich musste zu oft miterleben, wie Violetto mir anvertraute Gefäße zerspringen ließ, weil sein Credo stets lautete, nur die stärksten sollen seine Magie tragen dürfen. Es ist eine unendliche Qual für einen Gefäßner dies miterleben zu müssen. Ich bin zwar sein Diener, aber ich will nicht mehr sein Knecht sein.«

Er verharrte kurz. Lauschte.

»Was machst du?«, wollte sie leicht hysterisch wissen, da sie befürchtete, wertvolle Zeit würde ungenutzt verstreichen, doch Barx hielt sich mahnend seinen Zeigefinger an die Lippen.

»Psst…ich muss mich konzentrieren und die Anwesenheit von Master Blue orten. Nur so können wir uns dahin teleportieren.«

Marlene zitterte in seinem Griff. Adrenalin peitschte durch ihre Adern, ließ ihr wachsendes Licht nervös flackern, sie fühlte das Herannahen eines bösartigen, violetten Sturms.

Dann ein lauter Knall. Ohne Vorwarnung wurde der Diener von ihrer Seite geschleudert und krachte gegen die imaginäre Wand, die seinen Flug aber nicht sanft abfederte, denn selbst in der Illusion folgte der Raum den irdischen, physikalischen Gesetzen, solange niemand den Zauber, der über dem Raum lag, brach.

Eine violette Wolke breitete sich explosionsartig im Raum aus und inmitten dieses Wirbels erschien Violettos Umriss.

Seine Grabesstimme dröhnte durch den Raum. »Barx, du wagst es, mich zu hintergehen, mit meinem Konkurrenten zu sympathisieren und mir das Flügelkind wegzunehmen?«

Marlene sprang zwischen den Magier und den bewusstlosen Diener und stellte sich schützend vor ihn. Mit ausgebreiteten Armen stand sie nun einem furchterregenden Monster gegenüber.

Ihr Brustkorb senkte sich so hastig auf und ab, dass sie Seitenstechen bekam.

»Lass ihn in Ruhe«, quiekte sie wenig selbstsicher. Sie hasste sich für ihre schmale, piepsige Stimme, die in Paniksituationen immer die Oberhand gewann.

»Meinst du, du kannst mich einschüchtern?«, knurrte der Violette und stürmte mit gebleckten Zähnen auf sie zu. »Du bist nur ein schrecklich ödes, hässliches Gefäß. Ich hingegen bin ein großer Magier.«

Ihr erster Impuls war es, ihm auszuweichen, aber sie zwang ihren Körper standhaft zu bleiben. Wenn ihr schon die Stimme versagte, ihr Mut würde es nicht tun.

Eine heftige Ohrfeige ließ sie Sternchen sehen, doch auch der heftige Schmerz änderte nichts an ihrer Entschlossenheit.

Hinter sich hörte sie, Barx stöhnen. Er schien wieder zu sich zu kommen, wobei Marlene nicht wusste, ob der Diener von dem Aufprall oder von der Magie des Violetten K.O. gegangen war.

»Marlene«, sprach sie Barx zum allerersten Mal bei ihrem richtigen Namen an, »mach ihn nicht noch wütender, geh einfach zur Seite.«

»Nein«, erwiderte sie entschlossen und nahm das Blickduell mit Violetto tapfer auf, auch wenn ihr unter seiner bösen Aura ganz bang zu Mute wurde. Doch obwohl sie für Außenstehende eingeschüchtert wirken musste, fauchte in ihrem Inneren ihre Magie, sie wollte entfesselt werden und den Kampf mit dem violetten Licht aufnehmen, aber Marlene hielt sie instinktiv zurück, denn etwas Dunkles, Bedrohliches lauerte zwischen ihren hellen Farben und wartete darauf, befreit zu werden.

Die nächste Ohrfeige ihres Angreifers ausgeführt mit dem Handrücken fiel schon brutaler aus, sodass sie dieses Mal mehrere Sekunden brauchte, um ihre Umgebung wieder klar sehen zu können.

Als sie ihre zusammengekniffenen Lider wieder öffnete, hatte der Magier ihren schützenden Körper umlaufen und sich zu seinem abtrünnigen Diener begeben.

Marlene ruckte herum, mit brennenden Augen musste sie mitansehen, wie Violetto den Kopf des Dieners schraubstockartig umklammert hielt.

Knirschende Geräusche waren zu hören, während der Körper des Dieners unkontrolliert zuckte.

Marlene hastete zu dem Magier, ignorierte den beißenden, heftigen Schmerz in ihren Eingeweiden, als sie an Violettos kräftigen Armen zerrte und sein aggressives Licht sie abwehren wollte.

»Hör auf«, flehte sie ihn mit Tränen in den Augen an, als sie verstand, dass er den Diener töten würde.

Seine enorme Kraft speiste er aus seiner unendlichen Magie, die dem Diener keine Chance ließ.

Marlene hängte ihr ganzes Körpergewicht an seine Arme, rüttelte an seinem tödlichen Griff, doch egal, was sie unternahm, ihre kümmerliche Körperkraft schien keinen Einfluss auf ihn zu haben.

Für ihn war sie nur ein störendes Insekt. Lästig, aber unbedeutend.

Violettes Licht angereichert mit einem blutroten Unterton quoll aus seinen Fingerspitzen und über den Diener. Ein übelerregender Gestank verbreitete sich mit dem Lichtgemisch und verpestete die Atemluft. Dann ein ekelerregendes Geräusch. Knochen brachen. Blutrotes Feuer mit braunen Flecken verschlang den Körper des Dieners für Sekunden, Marlene sah, wie Violettos Opfer leblos auf dem Boden zusammensackte und die goldene Aura, die ihn umgab, verblasste. Die erloschenen, leeren Augen des Dieners bohrten sich tief in Marlenes Seele. Barx war tot, ermordet von ihrem größten Feind, den sie auf Lucea hatte. Sie brüllte auf. Ein dunkles Licht durchbrach ihre innerliche Barriere und trat tosend zum Vorschein. Grüne Funken umhüllten ihren Leib und rabenschwarze Lichter tanzten auf ihrer Haut.

»Du«, dröhnte sie und bemerkte, wie Violetto erschrocken vor ihr zurückwich, dabei trat er achtlos auf die Leiche des Dieners, was Marlene noch mehr erzürnte. »Du bist unwürdig!«

Schwarzes Feuer flammte in ihren geöffneten Handflächen auf und stürzte sich lechzend und knisternd auf den Magier, der versuchte, ihr zu entkommen, aber nun genauso hilflos wie sein Diener miterleben musste, chancenlos zu sein.

Marlenes Magie hüllte ihn ein, riss ihm Stück für Stück das Fleisch von den Rippen und sie genoss es dabei, seinen Schmerzenslauten zu lauschen, als sie ihn und sein abscheuliches Licht genüsslich zerpflückte.

Sie bemerkte sehr wohl die Präsenz anderer Magier, die sich nach und nach einfanden, wahrscheinlich aufgeschreckt durch das ungewöhnlich hohe Aufkommen von Magie, aber es interessierte sie nicht.

Alle Magier waren ihr hoffnungslos unterlegen. Das roch sie meilenweit.

Doch dann erschien ein blaues, klares Licht, welches sie so sehr begehrte, dass es körperlich und seelisch schmerzte. Sie verzehrte sich danach.

»Flügelkind«, sein Tonfall glich einem plätschernden Bach, »du hast deine Rache bekommen. Es reicht nun.«

»Er hat ihn getötet«, schrillte sie voller Wut, Zorn und Hass. Ihr schwarzes Licht expandierte, verschlang immer mehr von dem weißen, heiligen Licht, sodass bald der ganze, unendlich weiße Raum in Finsternis versank.

Der blaue Magier näherte sich ihr vorsichtig, dicht gefolgt von seinem Diener Sarsal, während die anderen Magier respektvoll Abstand hielten.

»Der Rat wird ihn dafür bestrafen«, meinte Blue sanft und reichte ihr versöhnlich seine Hand. »Niemand darf Blutmagie verwenden, selbst er nicht.«

Aber Marlenes Herz war angefüllt mit dunklem Licht, sie wollte sein Friedensangebot nicht annehmen, auch wenn sie Blue begehrte.

»Und die ganzen Gefäße, die er achtlos zerstört hat? Was ist mit denen? Gibt es für sie auch Gerechtigkeit?«

»Nein«, erwiderte der Blaue wahrheitsgemäß.

»Das ist ungerecht. Wir leiden, wir fühlen auch!«

»Ja, das ist unfair«, gab der Magier weiter zu, »aber so sind unsere Regeln. Wir brauchen die Gefäße, um zu überleben, es ist aber für unsere Spezies auch notwendig, eine gute, gesunde Auswahl aus ihnen zu treffen. Die Gesetze von Lucea sind da eindeutig.«

»Eure Gesetze?! Dann werde ich *eure* Welt zerstören, dann sollt ihr dem Untergang geweiht sein«, hallte ihr Stimme metallisch und um

Oktaven tiefer als zuvor durch den Raum, der inzwischen im Begriff war, im schwarzen Nichts komplett aufzugehen.

»Das willst du nicht«, sagte der Zauberer leise, »du willst die Partnerschaft mit mir eingehen und ich bin bereit, dieses emotionale Wagnis erneut zu versuchen. Auch wenn es am Ende bedeutet, dass *ich* zerbrechen werde.«

Das schwarze Feuer und die grünen Funken wurden eine Nuance heller.

Aus verklärten Augen starrte sie den schönen, tapferen, aber eiskalten Magier an.

»Das ist eine Falle, nicht wahr?« Sie versuchte, die Wahrheit in seiner kühlen Miene lesen zu können. Die Worte, ein Gefäß mit Rissen müsse getötet werden, wenn es schwarze Magie entwickle, sausten durch ihren pochenden Schädel.

Sie wollte ihm vertrauen. Sie wollte seine Partnerin sein, aber sie konnte es nicht, denn er war ein Produkt jener feindlichen Welt, in der sie als Gefäß keine eigenen Rechte besaß.

»Nein«, lockte Blue sie und kam einen weiteren Schritt auf sie zu. »Kein Hinterhalt. Ich meine es ehrlich, ich will dich beschützen, aber du musst meine Hilfe zulassen, Kleine.« Wie hypnotisiert verfolgte sie seine geschmeidigen

Bewegungen. Er war in seiner menschlichen Gestalt so wunderbar anzusehen, aber am herrlichsten erschien ihr sein magisches Leuchten, die kristallklare Aura. Es zog sie, wie die Motten das tödliche Licht umschwärmen, magisch an.

Plötzlich riss eine flüsternde, warnende Stimme in ihrem Kopf sie von seinem atemberaubenden Anblick und dem blauen Glitzern los.

Wo war Sarsal?!

Mit einem Zischen sprang sie herum und wehrte die Attacke des Dieners, der sich von hinten angeschlichen hatte, gerade noch rechtzeitig ab.

Sie kannte die Tricks der Magier. Noch einmal würde es den Aliens nicht gelingen, sie zu betäuben. Enttäuscht über die Hinterlist und Verlogenheit ihres geliebten Zauberers prasselte das schwarze Feuer noch stärker aus ihr heraus.

»Eine verdammte Falle…«, brüllte sie mit einem knurrenden Fluchen auf. »Du bist ein Lügner, ein verachtenswertes Wesen ohne Moral und Mitgefühl.« Der Raum wurde dunkler und dunkler.

»Nein, Flügelkind«, sagte Blue, »ich wünschte, es wäre so, wie du es vermutest. Dann hätte alles seine Ordnung. Aber mein Herz gehört dir, nur bleibt mir keine andere Wahl, als dich mit den Mitteln, die ich habe, vor dem Tod zu bewahren, auch wenn du es vielleicht als Verrat empfindest.«

Dann schlangen sich die eiskalten, frostigen Arme von Master Blue um ihren Leib. Obwohl das schwarze Feuer sofort zum Angriff überging und seine Haut versengte, ließ er sie nicht los.

Sie strampelte mit beiden Beinen, wollte ihn treten, aber er wich jedem ihrer Tritte geschickt aus.

Sein Gesicht war schmerzverzerrt, aber trotzdem blieb seine Stimme weich und liebevoll. »Scht. Flügelkind. Beruhige dich. Wir gehören zusammen. Ich bin da, um dich zu beschützen.«

Sie rollte mit ihren Augen, fixierte ihn aus einem Seitenblick heraus, während ihre Magie seinen Körper malträtierte.

Sie wollte ihm gehören. Für immer diese Umarmung und den Klang seiner Stimme genießen dürfen.

Aber in ihr tobte das schwarze Licht.

Sarsal hatte sich inzwischen von ihrem Abwehrschlag erholt und rannte auf sie und seinen Meister zu.

Unmut stahl sich auf sein Gesicht, als er die Verfassung seines Herrn mit einem Stirnrunzeln notierte.

Marlene schleuderte ihm die schwarze Pest entgegen, aber das Feuer tangierte ihn nicht so wie die anderen Magier, die gezwungenermaßen Abstand halten mussten, da jeder kleinste Funke sie vernichten konnte.

Sarsal rümpft seine Nase über ihre wirkungslose Attacke. »Gefäße können ihrem Gefäßner nicht gravierend schaden«, klärte er sie beinahe belustigt auf. »Dein schwarzes Licht tut mir zwar weh, hat aber nicht die gleiche, vernichtende Wirkung wie auf die Magier.«

Sie begriff, in der Falle zu sitzen, dennoch fauchte ihre schwarze Magie heißhungrig auf und versuchte, den Diener zu verschlingen. Aber jener schritt wie ein gleißender, goldener Engel durch den rabenschwarzen Feuersturm. Dann stand er genau vor ihr.

»Wehe dir«, wollte sie den Diener verbal abwehren und einschüchtern, doch der Diener schenkte ihrer Drohung keine Beachtung. Er neigte mit seinen starken Fingern ihren Hals zur Seite, dann stieß er die Nadel tief in ihre Halsvene und injizierte die Droge. Marlene rebellierte und bäumte sich auf, während das

Mittel durch die Spritze in ihren Körper lief, doch gegen den unbeugsamen Willen des blauen Magiers, der sie stoisch festhielt, und gegen Sarsals Immunität hatte sie keine Chance.

Tiefe Bewusstlosigkeit folgte. Eventuell auch der Tod, denn der letzte, vernichtende Gedanke war: *Rissige Gefäße mit schwarzen Licht werden getötet.*

Seine Entscheidung

»Zurück«, donnerte Blue gebieterisch, als die anderen Magier sich der bewusstlosen Marlene, die schlaff in seinen kräftigen Armen hing, nähern wollten.

Ein empörtes Raunen ging durch die Reihen und ein grauer, dunkler Zauberer bahnte sich seinen Weg durch die Massen.

Blue identifizierte den Mann sofort anhand seines uralten, mächtigen Lichts. Der oberste Herr der Magier stand vor ihm, der Ratsvorsitzende.

Sofort nahm Blue eine abwehrende Position ein. Mit dem rechten Unterarm zog er die Schlafende dicht gegen seinen Brustkorb und beugte seinen Oberkörper abschirmend über sie, während er seinen linken Arm verteidigend nach vorne streckte und Master Tiefgrau auf Abstand hielt.

»Sie gehört mir«, knurrte er und bemerkte, wie er dabei seine Zähne fletschte. Ungewohnt intensive Emotionen durchfluteten seinen ansonsten reiz- und gefühllosen Körper, der durch die blaue Magie gewöhnlich von seiner Umwelt abgeschottet wurde, sodass keine Gefühle zu ihm vordrangen. Jetzt aber strömte eine Vielzahl an Empfindungen auf ihn ein und überfluteten seine sonst analytische, berechnende Wahrnehmung. Sein geplagter Geist schwirrte vor *Verlustängsten, Scham, Wut, Liebe, Trauer*. Alles kochte in ihm hoch.

»Blau«, der Herr der Magier verzichtete auf eine förmliche Anrede, was seinen ganzen Ärger deutlich zum Ausdruck brachte, »du hast den Rat in deinen Absichten getäuscht, du hast wissentlich ein verdorbenes Gefäß in unsere Welt gebracht und willst nun, dass wir untätig bleiben?!«

Die Stimme des Ratsvorsitzenden zerschnitt das weiße Licht, das sich langsam von den finsteren Schatten, die Marlene heraufbeschworen hatte, erholte. Die Luft vibrierte. Magie sammelte sich zum finalen Angriff.

Auch Blues Licht, obwohl der dunkelgrauen Magie hoffnungslos unterlegen, züngelte und flackerte aggressiv auf.

Sarsal und Red bezogen hinter ihrem Freund Stellung, er spürte ihre Verbundenheit in seinem Rücken. Es tat gut, nicht vollkommen allein dem mächtigsten Mann von Lucea gegenüberstehen zu müssen.

»Ihr Licht ist schwarz, aber nicht böse«, verteidigte er seine Entscheidung und auch das Leben seines Schützlings.

»Nicht böse?!«, echote der graue Magier konsterniert und deutete auf das entstandene Chaos und auf Violetto, der gerade von zwei Magiern davongetragen wurde. »Sie ist der Inbegriff der Zerstörung. Sie muss sterben!«

»Nein«, Blue kniff seine vollen Lippen aufeinander, bis sie nur noch dünne Striche waren. »Sie hat nur auf die Blutmagie reagiert. Violetto war es, der das Licht unserer Welt gefährdet hat, nicht sie.«

Die neblig-grauen Augen des Grandmeisters wurden schmal und seine Tonlage unerbittlich. »Stell dich nicht zwischen mich und das Gefäß. Ich werde nicht zögern, euch beide zu töten, wenn es sein muss.«

Blue hielt den leblosen Leib des Mädchens, das über seinem Arm hing, noch fester an sich gedrückt. Er fühlte ihren kräftigen Herzschlag, ihre Körperwärme und ihr sensibles Licht, welches sich schutzsuchend an seine blaue Magie schmiegte. Er konnte nicht anders, er musste für sie mit ihrem Leben einstehen.

»Dann wirst du mich umbringen müssen, ich werde sie dir nicht kampflos überlassen.«

Erschrockenes Gemurmel erfüllte die Luft, bunte Lichter tanzten durch die angespannte Atmosphäre.

»Wie du willst«, ertönte die schneidende Stimme des hohen Magiers und seine grauen Augen verengten sich. »Dann wirst du mit dem Gefäß den Tod finden.«

Blue hob entschlossen sein Kinn an, er war bereit, sein Licht für Marlene zu opfern. Um ihn herum sammelten sich Schneekristalle, seine Aura flimmerte in einem so intensiven Blau, wie es niemand zuvor zu Gesicht bekommen hatte. Die anderen Magier beschatteten erschrocken ihr Augenlicht vor der tödlich frostigen Eismagie, die ungefiltert über sie hereinbrach. Eiszapfen, so scharf wie Rasiermesser, wuchsen aus dem Boden, während ein Schneesturm die Sicht vernebelte und mit seiner peitschenden Kälte auch die letzten, standhaften Zauberer zurückweichen ließ.

Nur der Herr der Magier blieb besonnen. Er war der einzige Zauberer, der nicht die Flucht ergriff, sondern das Eis und die Kälte auf sich einprasseln ließ, denn eine graue Schutzhülle wehrte Blues Kraft ab, sodass sein Besitzer schadlos blieb.

Unerwartet flimmerte ein rotes, warmes Licht inmitten des Infernos auf und verdrängte für einen kostbaren Augenblick die brutale Aura der nahenden Schlacht.

»Nicht«, schrie der Feuermagier und warf sich zwischen die Kontrahenten. Eilig nahm er Blickkontakt zu seinem Freund auf, während er blitzschnell eine Feuerbarriere um sich und Blue hochzog, die der Grandmaster zwar mit Leichtigkeit überwinden konnte, aber es aufgrund des Überraschungsmoments noch nicht tat. Für wenige Sekunden waren sie so von ihrer Umwelt abgeschirmt, nur er und sein Partner, umgeben von einer funkelnden Lichtsäule.

Red flüsterte eindringlich. »Blue, bitte tue es. Geh die Partnerschaft ein. Es ist die einzige Lösung.«

Der Magier sah entgeistert seinen Freund an, doch dann senkte er seine Lider, blickte auf Marlene hinab, die keine Chance hatte, wenn er verlor – was er unweigerlich tun würde.

»Aber, wenn ich das mache, dann wirst du…«

Der Rote unterbrach ihn unwirsch: »Ich werde *ebenfalls* sterben, wenn du *jetzt* den Konflikt nicht auf die einzig vernünftige Art löst! Oder was glaubst du, passiert, wenn du in diese Schlacht ziehst? Dass ich tatenlos danebenstehen werde, während Tiefgrau dich mit einem Fingerschnippen vernichtet? Wohl kaum. Also entscheide dich, entweder du verlierst mich ganz, weil ich mit dir untergehe, oder nur unsere Partnerschaft!«

Verdutzt öffnete Blue seinen Mund, blieb aber stumm.

Der rötliche Schutzwall, der sie umgab, flackerte, denn immer mehr graue Magie durchdrang ihn und riss faustgroße Löcher hinein. »Mach es«, schrie der Partner seinen eiskalten Freund an, der endlich reagierte. Obwohl die Zeit knapp wurde, denn der Schutzwall war inzwischen in etliche Fragmente zerbrochen, sagte er langsam und bedächtig: »Ich, Master Blue, Magier des blauen Lichts, stimme dem Antrag des Flügelkinds auf eine

Partnerschaft zu.« Er stockte kurz, warf seinem Freund, dem Feuermagier, einen peinvollen Blick zu und fuhr anschließend fort: »Ich löse die vorige Bindung zu Master Red auf. Und erbitte das heilige Licht, die neue Partnerschaft zu prüfen und den Pakt zwischen mir und dem Flügelkind zu besiegeln.«

Wieder ein tosendes Raunen, das dieses Mal einem Orkan glich. Tumult entstand in den Reihen der Magier, während der Graue nur fassungslos seinen Kopf schüttelte.

»Du hast es so gewollt«, zischte dieser und er streckte seine Hand empor, um das graue Licht in seiner Faust zu sammeln. Doch nichts geschah.

Nur ein paar kümmerliche Funken sprangen um die knochigen Finger des Alten herum.

Der Aufschrei in der Menge, der folgte, übertönte alles. Ängstliches Kreischen. Zorniges Brüllen. Ungläubiges Rufen.

Der blaue Zauberer entspannte seine verkrampfte Haltung, beinahe hätte er sogar die Contenance verloren und geschluchzt. Aber er drängte die Tränen und seine Rührung - dem Wesen eines Eismagiers entsprechend - zurück. »Das heilige Licht hat entschieden, der Bund ist gültig«, raunte er in einem gezwungen gleichgültigen Tonfall, so als beträfe ihn das nicht, sondern eine fremde Person. »Sie darf weiterleben.«

Der Alte starrte völlig überrumpelt auf seine Faust, dann senkte er seinen Arm ab. In seiner Stimme schwang absoluter Hass mit. »Du machst einen großen Fehler, einen sehr großen Fehler.« Dann entschwand er in den Fluten der Magier, die ebenfalls bösartig, aber auch verschreckt zu dem blauen Zauberer schauten, der immer noch Marlene festhielt und auch nicht loslassen wollte.

Blue gestattete sich ein ganz leises, befreites Ausatmen als maximal sichtbare Gefühlsregung, als der Herr der Magier endlich verschwunden war. Mehr sollten die Umstehenden nicht an seiner Erleichterung teilhaben.

Er hob das Flügelkind zärtlich in seine Arme und trug sie nachdenklich davon, während er seinen Blick auf sie heftete. Solange das heilige Licht auf seiner Seite war, blieb Marlene unantastbar für Tiefgrau. *Aber für wie lange noch?* Das Licht konnte wankelmütig sein, bis jetzt galt die Partnerschaft, aber wenn die Risse bei Marlene bestehen bleiben würden, könnte das magische Leuchten seine Entscheidung bald revidieren.

Dienen

Sie kam mit heftigen Kopfschmerzen zu sich, aber allein die Tatsache, dass sie wieder aufwachte, irritierte sie.

Ihre Ohren sausten. Ihre Schläfen schienen in dicken Schraubzwingen zu stecken und der unaufhörliche Druck drohte, ihr Gehirn zu zermatschen.

Die Ankündigung, schwarze Magie unverzüglich zu vernichten, hing in ihrem Geist unwiderruflich fest.

Aber sie lebte noch.

»Na«, ein kühler Hauch erfüllte den warmen Raum und wehte über ihren nackten Körper, »aufgewacht?« Samtige Finger glitten an ihrem Hals entlang, bis sie bei der Einstichstelle angekommen waren. »Sarsal hat enorm viel Betäubungsmittel verwendet, du hast tatsächlich lange geschlafen. Aber ich denke, er wollte einfach sichergehen, dass du unsere magische Welt nicht niederbrennst.«

»Blue«, stammelte sie.

Der Magier sah ziemlich lädiert aus. Blutergüsse, verkrustete Wunden und angesengtes Haar zeugten von dem heftigen Kampf, den sie beide gefochten hatten.

Es berührte sie sehr, dass sie ihm dieses Leid zugefügt hatte.

»Gut, man erkennt mich also noch«, meinte der Blaue scherzhaft und machte eine ausladende Handbewegung, »ich war mir nicht mehr ganz sicher, nachdem ein paar Körperteile von mir doch arg mitgenommen aussehen.«

»Dich«, sagte sie sehr, sehr leise, »würde ich immer erkennen.«

»Schön«, spöttelte er weiter, »aber lass uns das nicht zur Gewohnheit werden. Ja?«

Wie konnte er so ausgelassen sein? Sie hätte ihn beinahe umgebracht.

»Ich habe schwarze Magie in mir…«, hauchte sie und musste ihren Blick von ihm abwenden, »und ich bin ein Gefäß mit Rissen.«

»Schau mich an«, forderte er sie in einem ruhigen Tonfall auf, der jedoch keinen Widerspruch duldete.

Langsam hob sie ihr Kinn, befolgte seinen Befehl und blieb abwartend ruhig.

»Ja, deine Beschreibung ist zutreffend, niemand kann leugnen, dass du ein rissiges Gefäß bist, aber du bist *mein* Gefäß.« Ein flüchtiges, seliges Lächeln stahl sich auf sein hartes Gesicht und er korrigierte seinen Satz um ein entscheidendes Detail, »nein, du bist *meine Partnerin.*«

Konfus brach sie ihr Schweigen. »Aber ich dachte, ihr tötet mich?«

»Das wäre auch der Fall, wenn ich nicht daran glauben würde, dich kitten zu können. Nur dafür musst du mir unbedingt vertrauen und dich mir hingeben, in Schmerz und Lust. Verstehst du?«

Nein, sie verstand nicht. Ungläubig musterte sie den ungewöhnlich gutgelaunten, aber offensichtlich schwer verwundeten Magier.

»Marli«, meinte er plötzlich sanftmütig und ernst, »von Anfang an habe ich geahnt, dass deine Farbe eine dunkle sein würde und dass du Risse haben könntest. Aber das Wissen darum hat meine Entscheidung, dich nach Lucea zu holen, nicht beeinflusst.«

»Warum?«, fragte sie atemlos.

»Weil ich dich beobachtet habe, dein gebrochenes Lächeln hat mich unerwartet berührt. Ich sah dich, nachdem du von deinem alkoholkranken Vater verprügelt worden bist, wie du stumm, aber mit einem grotesken Grinsen, dein Kleid über die blutigen Striemen gezogen und dich im Spiegel betrachtet hast, als wäre nichts gewesen. Da stieg in mir der

Verdacht auf, dass du innerlich aufgegeben und zerbrochen bist und meine Wahl falsch, eventuell auch fatal sein könnte«, seine Miene wurde noch tiefgründiger, »…aber das merkwürdig verletzliche Lächeln auf deinen Lippen, ich konnte es nicht vergessen.«

Seine Ausführungen führten dazu, dass sie verschämt ihr Gesicht abwenden wollte, ihre Wangen glühten, aber er hielt ihr Kinn fest. »Nein, du musst dich nicht verstecken oder dich schämen, allein dein Vater ist der Schuldige.«

Er beugte sich zu ihrem Gesicht, seine Lippen schwebten über den ihren. Doch er küsste sie nicht. Er war ihr nur ganz, ganz nah. So nah, dass sie die kleinen, blauen Kristalle in seinen blauen Augen sehen konnte. »Meine Hoffnung war immer, dass ich dich retten kann, bevor deine Magie sich für die Zerstörung entscheidet. Doch ich war unsicher, ob es mir gelingen würde, denn ich habe schon einmal versagt…«

Ihre Empathie konnte unter bestimmten Umständen grenzenlos sein, ihre Sinne waren geschärft, die Antennen ausgefahren. Sie hörte die Schuld in seiner samtigen Stimme heraus.

»Wen konntest du nicht retten, Blue?«

Jetzt war er an der Reihe, überrascht die Augenbrauen zu wölben. Doch dann lächelte er.

»An deiner Einfühlsamkeit sollten wir noch mal arbeiten«, seufzte er, »immer geradeheraus, diese Kleine.«

Trotz des ernsten Themas war er erstaunlich umgänglich, das erfreute und verwunderte sie gleichermaßen. Er wirkte wie ausgewechselt, in seiner eisigen Aura schimmerten immer mehr warme Akzente.

»Erzählst du es freiwillig oder muss ich erste meine schwarze Magie anwenden?«, neckte sie ihn. Die vertrauensvolle Atmosphäre trug dazu bei, dass sie es wagte, behutsam die zwischenmenschlichen Grenzen auszuloten. Seine Miene blieb freundlich, er tolerierte ihren lockeren Umgangston also.

»Bloß nicht«, lachte er. »Der Magierrat ist jetzt schon in heller Aufruhr aufgrund der eindrücklichen Kostprobe deiner Macht.«

»Dann sprich.«

Er räusperte sich umständlich. Es war ihm offensichtlich unangenehm, darüber zu reden oder Gefühle zu zeigen.

»Sie hieß Aset und war ein Gefäß von der Erde, eine Sklavin einer einflussreichen Ägypterin. Damals eine Hochkultur mit faszinierenden Bautechniken.«

Mit kreisrunden Augen lauschte sie seinen Worten. Langsam drang die atemberaubende Erkenntnis zu ihrem Verstand vor, *wie alt* Magier Blue sein mochte, wenn er schon im Zeitalter der Pharaonen Gefäße geerntet hatte.

»Sie war ebenfalls ein rissiges Gefäß, denn die harten Bedingungen der Sklaverei hatten sie zerstört. Ich war damals noch ein naiver, unbeschwerter Himmelsmagier und dachte, sie retten zu können. Wir verliebten uns…« Er brach ab und schwieg solange, dass Marlene schon befürchtete, er würde nicht mehr die Kraft finden, fortzufahren, doch dann murmelte er: »…aber die Risse wurden immer größer. Irgendwann fiel auch dem Rat ihre Instabilität auf, sie fürchteten um die vorgeschriebene Qualität, die ein Gefäß laut dem Gremium aufweisen muss.«

Kleine Schneeflocken tanzten um seine eisige Miene, während er brüchig weitererzählte: »Ich bot ihrem Licht den heiligen Pakt an, hoffte ihre Farbe würde die gleiche Zuneigung für mich entwickeln, wie es Aset bereits tat, aber ihre Farbe war dazu nicht bereit, sodass Lucea die Partnerschaft ablehnte.« Blues Geist fand zurück in die Gegenwart, seine Stimme klärte sich und wurde wieder gewohnt emotionslos. »Sie nahmen mir Aset weg. Ich schwor mir daraufhin, nie wieder ein Gefäß von der Erde zu nehmen oder eine Bindung einzugehen.«

»Ist sie tot?«

»Tot?« Er starrte sie ausdruckslos an, obwohl die Eiskristalle verräterisch in seinen Pupillen glitzerten. »Nein, sie besitzt keinen schwarzen Funken, sie ist lediglich unbrauchbar. Das Gremium gewährt ihr den Tod nicht, denn solche, verlorene Gefäße werden von Jungmagiern und unerfahrenen Dienern zu Übungszwecken gebraucht und genutzt.«

Die Vorschriften von Lucea hörten sich in Marlenes Ohren perfide und unerbittlich an. »Wo ist sie jetzt?«

»In dem Aufbewahrungsraum für Gefäße, dort bist du ihr auch kurz begegnet. Ich selbst darf mich ihr nicht mehr nähern, aber Sarsal kümmert sich um sie. Sie ist selten bei Bewusstsein, die einzige Gnade, die ich ihr gewähren kann.«

»Das ist so grausam und ungerecht«, befand Marlene und fragte empört, »warum schickt ihr sie nicht wieder auf die Erde zurück?«

»Auf die Erde?«, er wirkte ehrlich konsterniert, »in ein Zeitalter, das nicht das ihre ist? Wir würden die Zeitschleifen des

Universums durcheinanderbringen. Daher kann kein Gefäß je zurückkehren.« Seine eisblauen Augen erfassten plötzlich Marlene. »Du auch nicht. Die Zeit in unserer Welt vergeht anders. Was hier Tage sind, sind bei euch Jahrhunderte.«

»Wie?«, stotterte sie.

Er nickte. »Ja, schon ab der ersten Minute, die ein Erdengefäß in unserer Welt verweilt, gibt es kein Zurück mehr.«

»Dann sind alle, die ich kannte, bereits verstorben?« Sie schluckte. Plötzlich begriff sie auch das Anliegen der anderen Gefäße im Garten, die sie nach *ihrem Zeitalter* gefragt hatten. *Olympia*. Ein uralter Name. Jahrhunderte alt.

»Verstorben?«, griff er ihren entsetzten Aufschrei auf, »Nein, viel mehr als das, sie sind bereits zu Asche und Staub zerfallen.«

Blue konnte manchmal in seiner Art sehr unsensibel sein.

Das musste Marlene erst einmal verdauen. Nun war sie an der Reihe, die Tränen und den Kloß in ihrem Hals hinunter würgen zu wollen, aber sie besaß nicht die gleiche Gefühlskälte wie ihr Master, bei ihr flossen die Tränen in Strömen. Ihre Freunde, ihre geliebte Tante, alle waren sie von der Erde verschwunden, ohne, dass sie die

Gelegenheit gefunden hatte, sich zu verabschieden.

Blue verstand ihre Tränen falsch. Er umarmte sie hingebungsvoll. »Du wirst nicht zerbrechen. Du trägst dunkle Magie in dir, du bist stärker als die anderen Gefäße.«

Obwohl er sie aus dem falschen Grund tröstete, genoss sie seine Zuwendung, doch nach und nach begann seine Magie, ihre Haut zu malträtieren. Sie spürte ihren Status als unfertige Magierin, ihr Körper war noch nicht ausreichend für fremde Magie gewappnet. Gleichzeitig wollte ihr Licht mehr…es wollte tief in die blaue Magie des Zauberers eintauchen, darin versinken und bis zum Boden seiner Kraft tauchen. Hin und hergerissen zwischen Verlangen und Ablehnung drang erneut ein leises Seufzen über ihre geschürzten Lippen.

Master Blue zog sich hastig zurück, als sie ihr schmerzverzerrtes Stöhnen verlauten ließ, doch in seiner Mimik veränderte sich etwas, er schien ihren Zwiespalt zu erahnen.

»Marlene«, meinte er bedächtig, »bist du bereit, mir zu dienen? Mir zu vertrauen? Ich muss es jetzt wissen.«

Mit verschleiertem Blick sah sie zu seinem kühlen Gesicht auf.

»Ja.«

Zufrieden strich er ihr durch das Haar, hinterließ dabei einen eisigen Schauer auf ihrem Körper. »Du wirst es nicht bereuen, du wirst nicht zerbrechen, du wirst zu der mächtigsten Herrin dieser Welt aufsteigen.«

»Aber Violetto…«, wollte sie ängstlich wissen, doch Blue machte nur eine gelangweilte, abwertende Handgeste, die so aussah, als würde er eine lästige Fliege verscheuchen.

»Der Bund ist durch das heilige Licht geschützt. Selbst der Rat, der dein schwarzes Feuer fürchtet, kann nichts dagegen unternehmen. Du gehörst jetzt nur noch mir.«

Sie verspürte, aufgrund seines letzten Satzes, den er dominant und überlegen formuliert hatte, den Drang, ihre Selbstbestimmung zu verteidigen.

»Ich gehöre dir, bis meine Zeit gekommen ist«, korrigierte sie ihn. Sie war sich plötzlich ihrer enormen Macht bewusst und das erfüllte sie mit Stolz.

Er lächelte teuflisch. »So sei es, aber noch bist du meine Schülerin. Und ich bin als harter Lehrmeister bekannt.«

Oh ja, das wusste sie, aber jetzt wollte sie ihn haben. Sofort. Ihr Licht verlangte danach.

Sie richtete ihren Oberkörper auf, erhob sich vom Bett und griff nach seinen eisigen, stahlharten Armen.

Sie wollte es animalisch, sie wollte es unbequem, sie wollte es auf dem nackten Boden.

Sie hielt den Zauberer fest, zog ihn im lasziven Hinabgleiten mit sich nach unten auf die Erde. Sie kam in der Rückenlage zum Liegen, mit rosigen Wangen und glänzenden Augen betrachtete sie den mächtigen Mann, der auf ihrer Hüfte saß und sein Körpergewicht nur mit seinen Knien abfing. Voller Verlangen fuhr sie in sein dichtes Haar und zwang seinen Oberkörper mit spielerischer Verführung zu ihrem Gesicht hin, indem sie an den Strähnen riss.

Erst überrascht, dann willig folgte er ihrem Drängen und küsste ihre Lippen.

»Warte«, er löste sich von ihrem gierigen Mund, »ich rufe Sarsal.«

»Nein«, bestimmte sie, legte ihre Hände in seinen Nacken und beförderte seinen Kopf mit einem harten Ruck wieder in ihre Nähe. »Ich brauche ihn nicht. Ich will dich authentisch spüren, mit all deinem Schmerz und der Liebe, die du zu bieten hast.«

Sie bog ihren Rücken durch, reckte ihm ihren wollüstigen Leib entgegen und saugte sich an seinen kühlen Lippen fest.

Ein wohliges Kribbeln durchzuckte ihren Mund, als sie seinen Geschmack nach Tau und Eiswasser in ihrem Mund aufnahm.

Sie stöhnte vor Erregung und er hielt für einen Moment inne.

»Was ist?«, fragte er sie besorgt, »tue ich dir weh?«

»Nein, du Narr«, schimpfte sie in ihrem Liebesspiel erneut gestört, »ich genieße deine Berührungen.«

»Du genießt sie?«, hakte er vorsichtig nach und ließ seine Finger über ihren Brustansatz gleiten.

»Ja.«

»Das hat noch nie ein Gefäß gesagt«, erwiderte der Blaue verblüfft und gerührt zugleich.

»Schweigen wäre jetzt auch schöner«, scherzte sie halb ernst, halb belustig und umklammerte mit ihren Schenkeln seinen Unterleib. »Und jetzt nimm mich endlich.«

Verwirrt sah er ihr in die Augen, forschte nach, doch als er anscheinend nur die pure Lust und keinen Schmerz entdecken konnte, ließ er sich langsam auf ihren Bauch sinken.

Sofort umhüllte Marlene ein frostiges, aber klares, erfrischendes Gefühl. Sein blaues Licht fügte ihr keine unerträglichen Schmerzen mehr zu, sondern nur noch eine inspirierende, prickelnde Mischung aus Reizung und Lust.

Rasch löste der Magier die Schnalle seines Gewandes und streifte es achtlos ab. Jetzt lagen sie Haut an Haut beieinander. Behutsam und vorsichtig drang er in sie ein, während eine strahlende Aura ihre vereinten Leiber umhüllte.

Sie konzentrierte ihre Aufmerksamkeit auf den Rhythmus seiner Stöße, die ihren Unterleib zucken ließen. Im Gegensatz zu den anderen Vereinigungen verfiel sie in eine unglaubliche Ekstase und das ohne das Zutun eines Gefäßners.

Über ihr thronte Blue, seine Augen hielt er halbgeschlossen, er genoss es, in ihr zu sein. Trotz der Lust behielt er aber permanent und wachsam ihre Verfassung im Blick, jederzeit bereit, die Vereinigung abzubrechen, falls sich ihr Zustand verändern sollte.

Seine Achtsamkeit ihr gegenüber ließ sie noch entspannter werden. Sie gab die Kontrolle auf, die sie eigentlich nie besessen hatte, und vertraute ihm ihren Körper und ihre Seele an.

Sein Glied stieß tief in sie hinein, verspritzte die blaue, eisige Magie in ihrem Leib. Sie seufzte auf, als sie sein Licht empfing.

Seine Hände glitten zu ihren Handgelenken, er nagelte sie auf dem Boden fest, während er sein Becken hart, aber im Einklang mit ihrem ekstatischen Zucken kreisen ließ.

Sie synchronisierten ihre Bewegungen. Sie nahm auf, er gab ab. Tief, immer tiefer drang er vor, füllte sie aus. Seine Männlichkeit schien in ihrem Unterleib anzuschwellen und kontinuierlich an Umfang zuzulegen. Eisige Schauer, wie tausend Eiswürfel, die ihr jemand nacheinander eingeführt hatte, sorgten für heftige Kontraktionen.

Seine Finger schlangen sich fester um ihre Arme, hielten sie fest. Er schnaufte ebenfalls reflexartig und laut nach Luft. Beide hatten sie die höchste Stufe der Lust, aber auch das absolute Schmerzlimit erreicht. Irgendwann vermischte sich ihr Stöhnen zu einer Symphonie der gemeinsamen Ekstase, die in einer kolossalen Explosion endete.

Sich auf dem Boden windend schrien sie beide auf, Lucea erbebte unter ihrer Vereinigung.

Ein Licht, welches dem nachtschwarzen Firmament eines Sternenhimmels glich, funkelte über Marlenes Körper.

Mit einem erschöpften, aber überglücklichen Ausdruck sank Blue über ihrem Körper zusammen. Seine samtigen Lippen küssten ihre Halsbeuge, seine forschenden Hände erkundeten die Hitze ihres Leibes, dann umfasste er zärtlich ihren Kopf, musterte das Licht in ihren Augen.

»Du bist eine Sternenmagierin«, hauchte er, »und dein Licht ist wunderschön, unglaublich und berauschend. Nie zuvor habe ich eine solche Schönheit erblickt.« Er schmiegte seinen trainierten Körper gegen ihre weichen Rundungen. Seine Zärtlichkeit tilgte den erlittenen Schmerz schneller, als es Sarsals Gabe jemals möglich gewesen wäre.

Ihre Vereinigung war voller freiwilliger Lust gewesen. Die Qualität ihrer Übereinkunft übertraf alles, was in ihrer Welt je existiert hatte.

»Ich liebe dich«, murmelte Blue schlaftrunken in ihr Ohr und brachte damit ihr Herz, das sich gerade langsam beruhigt hatte, erneut zum Stolpern. Aber dieses Mal wollte sie ihren Puls nicht besänftigen, sondern genoss das Kribbeln in ihrer Brust.

»Ich dich auch, Blue.«

Sternenhimmel

Red lächelte. Die Geburt eines neuen Lichts machte die Kunde. Das heilige Licht selbst sorgte für die Verbreitung der Nachricht.

Überall rauschte, wisperte und flüsterte die Magie den Namen der zukünftigen Herrscherin von Lucea.

Sternenhimmel. Sternenhimmel. Eine Sternmagierin.

Red blinzelte Sarsal zu, der neben ihm stand und ebenfalls die Botschaft vernahm.

»Ihr Licht steht fest«, murmelte der Rote, »das Flügelkind hat seine Wahl getroffen.« Er sog die Luft ein, schmeckte die saftigen, frischen Lichtspuren des Neulings. Ihre Magie war dunkel, kräftig, aber auch tröstend, schön und klar. Master Red war von dem Facettenreichtum ihres Lichts überwältigt.

»Blues Entscheidung für das Gefäß war ausgezeichnet.«

Der Diener erwiderte das zufriedene Grinsen des roten Zauberers.

»Hat daran jemals jemand gezweifelt?«

Nun lachten sie beide laut. Nur einer, ein grauer, uralter Zauberer, der ebenfalls die Kundschaft einer neuen Magierin erhalten hatte, teilte die Freude nicht. Er machte sich auf den Weg zu Violetto, der sich nach dem Angriff des Mädchens noch in der Regeneration befand. Er brauchte ihn, er und sein Licht konnten die Partnerschaft und damit die Immunität der zukünftigen Magierin auflösen, schließlich schlummerte auch ein Funken violett in dem nachtschwarzen Licht…

Und wenn das alles nicht half, gab es immer noch den Feuermagier, den man als Druckmittel gegen Blue einsetzen konnte.

Der Sternenhimmel und der dreiste Eismagier würden fallen. Dafür würde er höchstpersönlich sorgen.

ENDE

Abschlussworte

Wir hoffen, wir konnten euch auf eine kleine Reise in eine magische Fantasiewelt mitnehmen und eure eigene Fantasie anregen. Falls euch unser Buch gefallen hat, freuen wir uns über Feedback.

Danke an all unsere Leser. Danke an unsere Fans. Danke an all, die unsere Bücher lesen und kaufen. Für euch schreiben wir.

Und denkt daran, Fantasie soll Fantasie bleiben, also immer schön brav bleiben und nicht eine neue Welt namens Lucea gründen. : -).

Falls ihr das Buch zufällig : -) auf einer Downloadseite entdeckt habt, würden wir uns bei Gefallen des Buches auch über einen entsprechenden, nachträglichen Kauf (Honorierung unserer Zeit, Leistung, Fantasie, Leidenschaft ^^) bedanken, ihr unterstützt und animiert uns so zum Weiterschreiben ;-).

Unsere Bücher: Lena Kleine
Die Entführung der Wochentage 1
Die Entführung der Wochentage 2
Die Entführung der Wochentage 3
Die Entführung der Wochentage 4
Dunkle Tage: Gefangen
Der Psychopath im Puppenhaus (Thriller, Erscheinung ca. Mitte 2016).

Printed in Poland
by Amazon Fulfillment
Poland Sp. z o.o., Wrocław

29327303R00186